Editora Charme

FAÇA SUA ESCOLHA
ROLETA
Russa
FAMÍLIA GAZZONI
VOLUME 1 - 1ª PARTE

GISELE SOUZA

Copyright© 2016 Gisele Souza
Copyright© 2017 Editora Charme

Todos os direitos reservados. Nenhuma parte deste livro pode ser utilizada ou reproduzida sob qualquer meio existente sem autorização por escrito dos editores.

Esta é uma obra de ficção. Nomes, personagens, lugares e acontecimentos descritos são produtos de imaginação do autor. Qualquer semelhança com nomes, datas e acontecimentos reais é mera coincidência.

1ª Impressão 2017

Produção Editorial: Editora Charme
Capa e Produção Gráfica: Verônica Góes
Revisão: Jamille Freitas e Ingrid Lopes
Foto: Depositphotos

Este livro segue as regras da Nova Ortografia da Língua Portuguesa.

CIP-BRASIL, CATALOGAÇÃO NA PUBLICAÇÃO
SINDICATO NACIONAL DE EDITORES DE LIVROS, RJ

Souza, Gisele
Roleta Russa / Gisele Souza
Editora Charme, 2017

ISBN: 978-85-68056-39-4
1. Romance Brasileiro - 2. Ficção brasileira

CDD B869.35
CDU 869.8(81)-30

---

www.editoracharme.com.br

Editora **Charme**

FAÇA SUA ESCOLHA

ROLETA
Russa

FAMÍLIA GAZZONI

VOLUME 1 - 1ª PARTE

GISELE SOUZA

PLAYLIST

RUSSIAN ROULETTE – *Rihanna*

TAKE A BOW – *Rihanna*

HATE THAT I LOVE YOU – *Rihanna, NeYo*

I HATE EVERYTHING ABOUT YOU – *Three Days Grace*

NEVER TOO LATE – *Three Days Grace*

WE FOUND LOVE – *Rihanna, Calvin Harris*

ANIMAL I HAVE BECOME – *Three Days Grace*

IN THE END – *Linkin Park*

WHEN YOU'RE GONE – *Avril Lavigne*

WHAT HURTS THE MOST – *Rascal Flatts*

THE OLY EXCEPTION – *Paramore*

CRAWLING – *Linkin Park*

RADIOACTIVE – *Imagine Dragons*

DEMONS – *Imagine Dragons*

Ao meu melhor amigo, meu companheiro de aventuras, o amor da minha vida.
Cada momento de saudade me inspirou a escrever esse livro.

Minha melhor escolha foi amar você.

Te amo, meu Gu! 🩶

PRÓLOGO

Meu coração estava acelerado, martelando no peito, enquanto as lágrimas escorriam livremente por meu rosto; não havia barreiras. O sangue corria pelas minhas veias como lava queimando e destruindo cada parte de mim que tocava.

Os pelos dos meus braços estavam arrepiados e calafrios faziam com que eu ficasse cada vez mais tensa. O tempo zombava de mim! Um desespero me assolou e percebi que tinha começado a hiperventilar. Olhei para cima e ele me encarava com um sorriso triste, seus olhos azuis estavam rasos d'água e só o fato de que depois daquilo tudo mudaria fazia com que meu desespero aumentasse em proporções gigantescas. Porém, mesmo no meio daquele caos, ele tentava me acalmar, sempre colocando minhas vontades e segurança à frente de tudo. Eu estava a ponto de desmaiar, sabia que aconteceria a qualquer minuto, e ofeguei tentando colocar um pouco de ar em meus pulmões.

Talvez, se eu fechasse os olhos, perceberia que tudo não passava de um pesadelo, daqueles terríveis que você acorda chorando e dando graças a Deus por não ter passado de um sonho ruim. Quem sabe não daria certo se eu o fizesse?

Ele me encarou e se preparou; sabíamos que estávamos no fim da linha. Era o último fio que nos ligava. Acho que naquele momento meu coração parou.

— Feche os olhos, Carina. — Sua voz embargada e que eu tanto amava fez-me voltar no tempo. Voltei para o dia em que minha vida mudou completamente.

Talvez tudo não passasse realmente de um sonho ruim...

CAPÍTULO UM
Carina Agnelli

Cinco meses antes...

— Você sabe que isso é perigoso, Carina! Volta pra cá!

Sorrindo, olhei para Lia, que me encarava com puro terror nos olhos. Éramos amigas desde pequenas e ela ainda não havia se acostumado com minha veia aventureira.

— Deixa de ser medrosa, Lia! É seguro! — Eu já havia perdido a conta de quantas vezes saltei e mesmo assim minha amiga ficava aterrorizada sempre que me acompanhava.

Ela fez uma careta e respirou fundo, virou de costas e olhou de cara feia para o cara que esperava que terminássemos nossa discussão.

— Se acontecer alguma coisa com ela, eu te caço até no inferno, ouviu?

O instrutor sorriu para minha amiga de uma forma um pouco diferente de como havia sorrido para mim quando chegamos. Ele estava interessado nela; não tinha como não ficar. Lia era uma garota linda, sensual e muito inteligente, sem falar na boca dura que sempre a colocava em problemas.

Ainda me perguntava o porquê de termos ficado tão amigas, já que éramos diferentes demais. Eu sempre era atraída para o perigo, para o errado. Até tentava me segurar, pois sabia que me traria problemas certas escolhas que fazia, e procurava aplacar essa vontade me aventurando em esportes radicais, algo mais "seguro", mas sempre senti falta de algo mais na minha vida.

Já ela, gostava de se arriscar em outros âmbitos da vida: homens! Principalmente os mais cafajestes.

— Você pode me caçar onde quiser, gata! Sua amiga está segura. — Piscou charmoso e Lia sorriu, esquecendo completamente de mim.

O que na verdade foi muito bom, pois não precisaria ficar acalmando ninguém. Olhei o precipício abaixo de mim e sorri sentindo meu coração batendo rápido demais. Meu corpo todo estava arrepiado, e meus ouvidos zumbiam, tamanha a adrenalina que corria por minhas veias. Aquela sensação era extasiante, viciante, eu acreditava que nunca poderia deixar de sentir aquela vontade louca de me libertar.

Sem nenhum aviso, saltei da pedra e, de olhos fechados, senti a independência que me inundava ao fazer o que eu gostava. Não precisava ser a filha perfeita, a menina certinha, a futura médica da família. Não tinha que ensaiar cada fala, era livre para sentir. Podia ser eu mesma, dando asas aos meus desejos.

Só que aquilo era momentâneo, logo eu retornaria a terra firme e teria que vestir a minha roupa de filha exemplar. E realmente acabou rápido demais.

Precisei retornar à Pedra Bonita, local de partida do voo, porque Lia e eu combinamos que voltaria e iríamos a algum lugar para passar o tempo, mas, assim que cheguei, vi que minha amiga já estava engajada em uma conversa com o instrutor de asa delta e eu sabia que não sairíamos depois de o meu salto como havíamos combinado. Minha opção seria ir sozinha e correr o risco de não ter ninguém que me salvasse de mim mesma, ou ir para casa ter um almoço tranquilo com meus pais.

Assim que Lia me viu, piscou um olho, confirmando exatamente o que eu já sabia: ela tinha outros planos para o resto do dia e eu iria para casa.

Sempre tive medo da minha alma que precisava correr risco para se sentir viva.

Quando acordei naquela manhã, não sabia que minha vida mudaria completamente, que tudo se tornaria uma confusão e que minha vida "perfeita" viraria de cabeça para baixo.

Depois de pegar um táxi para voltar para casa da pedra onde praticava o esporte que tanto gostava, só queria um banho e me preparar para a noite que planejava há meses. Apesar de ter o restante do dia ocupado com o instrutor gato, minha amiga não me deixaria perder a noite. Lia queria me levar a uma boate há um tempo, mas eu sempre recuava. Agora, ela disse que eu não iria escapar mais e, sinceramente, depois de sentir a liberdade por meu corpo, depois de tanto tempo me contendo, eu precisava de mais. Então, iria mesmo que fosse sozinha.

Assim que pisei na sala de casa, minha mãe apareceu na porta com um sorriso contido e se aproximou devagar.

— Não demore muito, seu pai tem uma novidade para contar.

Meu coração deu uma batida forte e voltou ao normal. Senti um arrepio na espinha, um pressentimento estranho.

— O que foi? Aconteceu alguma coisa?

Ela balançou a cabeça e abanou a mão direita, olhando para trás de seus ombros em direção à cozinha.

— Não se preocupe, filha. Tudo vai ficar bem.

Não sabia dizer bem o porquê, mas desconfiei naquele momento que nada ficaria bem depois daquele almoço.

— Mas, pai, por que temos que nos mudar? E logo para esse lugar? Tem que ser tão radical? — Papai suspirou pesadamente e desviou os olhos dos meus.

Estávamos almoçando na cozinha, coisa comum nos finais de semanas, quando estavam todos em casa, já que, em dias normais, cada um tinha pressa demais e não conseguíamos passar tempo suficiente juntos. Então, ele deu a notícia bombástica de que não só íamos nos mudar, mas que também iríamos para outro país. Eu fiquei nervosa porque, apesar de ter vinte e dois anos, ainda morava com eles. Meu pai financiava meus estudos e me bancava para que eu pudesse me dedicar somente a isso. O que queria dizer que eu teria que segui-los, deixando minha vida toda para trás.

— Algumas coisas aconteceram no meu trabalho, Carina. E, infelizmente, temos que ir embora o mais rápido possível. Seu tio ajeitou tudo lá para nós e partiremos pela manhã.

Arregalei os olhos, encarando seu perfil tenso, e voltei o olhar para minha mãe, que estava de cabeça baixa e remexendo a salada no prato sem nenhuma vontade de comer.

— E a minha faculdade? Não posso largar tudo assim, as coisas lá são diferentes daqui. É outro país, pelo amor de Deus! Mãe?

Ela me encarou com seus olhos castanhos tão doces, mas que agora estavam tristes e conformados com o nosso destino.

— Nós conversamos sobre isso, Carina. Você vai ficar com a Lia até terminar esse semestre e depois irá ao nosso encontro. Já vimos uma faculdade lá e você é inteligente, vai se adaptar bem.

Olhei para os dois e percebi que estavam determinados. Eu poderia tentar viver por conta própria, conseguir um emprego, qualquer coisa. Mas a verdade era que eu queria me dedicar completamente aos estudos, e uma pontinha de adrenalina percorreu meu corpo com a perspectiva de coisas novas. Só que não iria admitir isso nem a mim mesma. Tudo mudaria a partir dali.

Vi que não havia nada a ser feito e, silenciosamente, acenei com a cabeça. O melhor era me conformar e não arrumar empecilhos para meus pais. Porém, queria saber o motivo de nossas vidas mudarem tão drasticamente.

— Poderiam, pelo menos, me dizer o motivo de tudo isso? — pedi com a cabeça baixa, sem coragem de encará-los e ver que mentiam para mim, o que eu suspeitava que acontecia.

— Você ainda é muito nova pra saber de certas coisas, Carina. A vida não é um conto de fadas. — Papai nunca soou tão duro e amargo.

Levantei-me devagar, sem alardes ou dramas. Coloquei o guardanapo na mesa e olhei entre um e outro, que estavam tensos e esperando qualquer explosão da minha parte. Não poderia culpá-los, fui uma adolescente complicada, mas isso já havia passado. Agora, eu era uma mulher focada no futuro e mesmo que, às vezes, uma pontinha de rebeldia aflorasse, eu a sufocava com determinação, pois meu foco era o diploma de Medicina que me aguardava.

— Eu sei que não, pai. Pode ficar tranquilo, eu sei que não.

Saí da cozinha devagar para não criar nenhum pânico desnecessário e subi as escadas. Ainda tensa, entrei no quarto e só então consegui respirar com mais tranquilidade. Encostei-me à porta e fechei os olhos. Minha vida não era complicada, vivíamos num bairro de classe média alta, nossa casa era bonita e bem cuidada. Meus pais se amavam e me amavam também. Eles se conheceram na faculdade e se apaixonaram, fizeram tudo corretamente, casaram, subiram na vida profissional e, então, decidiram ter um filho.

Moramos naquele bairro desde que me entendo por gente e eu tinha muitos amigos ali. Estava no sexto período de Medicina. Minha vida era cuidadosamente planejada; era um tipo de TOC que eu tinha. Odiava sair das linhas que tracei, mas me via obrigada a isso e, por pior que tudo parecesse, tentava me manter otimista. Era melhor do que me entregar à explosão que vivia dentro de mim. Eu mantinha esse lado que poucas pessoas conheciam trancado. Era melhor assim... Evitada problemas e preocupações desnecessárias.

CAPÍTULO DOIS

Carina Agnelli

O tempo que fiquei na casa da Lia serviu para ver o quanto sentiria falta dela e de toda a vida que estava deixando para trás. Quem iria garantir que eu me mantivesse sã e não arrumasse problemas? Como viveria sem a minha rotina nos finais de semana? Mas nada mais importava no momento, pois estava deixando uma vida para embarcar em outra completamente nova. O pior era que eu estava completamente no escuro a partir dali.

Ao me despedir da minha amiga, prometi que não me esqueceria dela e que manteríamos contato, iríamos nos visitar em algum momento e acabei me afogando em lágrimas quando a vi tão triste. Odiava aquilo!

Desembarquei numa Nova York fria e com neve. Era inverno e eu estava encantada com a paisagem coberta por uma pequena manta branca, deixando a vista romântica e melancólica, sem contar o frio. Essa parte eu não vou comentar muito, pois, caramba, estava há muito tempo batendo o queixo enquanto meu pai dirigia até o bairro onde iríamos morar, que era um pouco longe do centro. Mais ou menos meia hora no carro e, mesmo com o aquecedor ligado, eu sentia que meus ossos poderiam congelar. Exagero? Experimente sair do calor do Rio de Janeiro direto para a neve!

Olhei pela janela, vendo os prédios e ruas que se abriam ao longo do caminho, tudo tão diferente e tão parecido com o que eu estava acostumada. Estávamos perto do Natal e a cidade já estava linda e preparada para a grande comemoração. Suspirei pesadamente e encostei a cabeça no banco. Por mais que estivesse tentando me manter otimista, tinha certo receio do desconhecido. E teria pouco tempo para me adaptar, já que as férias nos Estados Unidos eram em meses diferentes, e eu logo estaria de volta à faculdade. Por algum motivo desconhecido, foi muito fácil para meu pai conseguir minha transferência. Já estava matriculada e tudo, e o novo período da minha vida começaria em algumas semanas.

Estendi a mão para minha bolsa e peguei o iPod e os fones de ouvido, coloquei-os e selecionei a *playlist* que escutaria no resto do caminho. O que foi bom, porque o tempo passou rapidamente. Quando desci do carro, me deparei com uma casa rústica e aconchegante. Fiquei impressionada. Tinha dois andares e uma enorme varanda, e o pequeno quintal estava salpicado de neve, em contraste com a grama verde. Esperei que meu pai tirasse a bagagem do carro e o segui pelo caminho de cimento, arrastando minhas duas malas de rodinha. Quando entramos, me aqueci imediatamente, pois uma lareira estava acesa logo na entrada, esquentando o local e tornando-o extremamente acolhedor.

Minha mãe veio do que achei ser a cozinha com um sorriso enorme no rosto e os olhos castanhos brilhando de felicidade. Imediatamente, larguei as malas e corri para os seus braços; não sabia que estava com saudade até que a vi. Com papai também não foi diferente quando foi me buscar no aeroporto.

— Filha, que saudade! Parece que faz séculos desde que te dei um abraço.

Rindo, me aproximei e deixei que seus braços acolhedores me envolvessem. Senti tanta falta do seu carinho nos dois meses em que ficamos longe, porque as conversas por telefone e internet não foram capazes de apaziguar minha necessidade de aconchego.

— Eu também senti saudade, mamãe. — Afastei-me do seu corpo e olhei em volta. — Adorei a casa, parece antiga e moderna, vocês acertaram em cheio.

Ela acenou e acariciou meu rosto, se afastando, sorrindo e olhando em volta. Eles estavam tão à vontade e tranquilos, nem pareciam mais os mesmos dos quais me despedi há dois meses.

— Como foi a viagem, querida? Correu tudo bem?

— Sim, mãe! Tudo tranquilo, só Lia que se derramou em lágrimas no aeroporto.

Minha mãe franziu a testa e inclinou a cabeça de lado.

— Só ela? Seus amigos não te acompanharam?

Respirei fundo, sabendo qual seria a reação da minha mãe depois que eu contasse o que havia feito.

— Eu não disse a eles que estava vindo pra cá, mãe. Preferi assim, não gosto de despedidas, você sabe. — Ela balançou a cabeça, me repreendendo com o olhar, e, pelo canto do olho, vi meu pai ficando momentaneamente tenso e se afastando com as malas pelo corredor.

Mamãe se aproximou e enlaçou meu ombro, beijou meus cabelos e imediatamente me senti mais segura. Apesar de já ser adulta, precisava dela para me garantir que tudo ficaria bem.

— Você não vai precisar mais disso, minha filha. Eu te prometo!

— Assim espero. Bom, vou encontrar meu quarto e descansar um pouco.

Ela acenou, sorrindo, e me levou até o pé da escada que ficava depois do corredor onde meu pai havia sumido. Subi e encontrei um quarto que pareceu a minha cara. Tinha uma pequena sacada que pude ver pelo vidro da porta e logo me encantei. Imaginei horas passadas ali com meus fones de ouvido e um livro de romance no colo, quando não estivesse aquele frio congelante, claro.

Fechei a porta atrás de mim e vi minhas malas no canto. Meu pai me conhecia bem, deve ter adivinhado qual quarto eu escolheria. Retirei o cachecol e o casaco pesado que vestia e deitei-me na cama, olhando para o teto.

Minha vida havia mudado e, mesmo que eu estivesse longe da minha casa por dois meses, ainda esperava encontrar a familiaridade que estava acostumada, mas não tinha nada. As estrelas que ficavam no teto do meu quarto já não estavam ali. Tudo estava fora do lugar, nada seria como antes.

— Carina, levante ou vai se atrasar para seu primeiro dia na cidade nova.

— Meu Deus, mãe! Tem isso também? Só quero dormir mais um pouco. — Tentei cobrir a cabeça, pois ela tinha afastado as cortinas e a claridade castigava minha retina sensível.

— Nada disso, mocinha, você vai sair e conhecer a cidade. Pelo que sei, você ficou dois meses reclusa indo da faculdade para casa, estou certa?

Droga, ela estava! Sem querer, me afastei de tudo, assim sentiria menos falta de todos. As cobertas foram retiradas do meu corpo e senti como se agulhas afiadas me percorressem. Que frio horrível!

— Nossa, aqui é o Ártico?!

— Não seja dramática, menina, logo você se acostuma!

Espreguicei-me e notei que estava vestindo a mesma roupa com a qual tinha chegado. Depois de deitar, apenas me movi para debaixo das cobertas. Não quis nem comer.

— Tudo bem, eu vou sair. Mas pra onde vou, mãe? Não conheço ninguém...

Ela sorriu e seus olhos brilharam.

— Você é uma menina esperta, vai fazer amizade logo. Tem uma lanchonete aqui perto que os jovens frequentam. Comece por lá, logo suas aulas iniciarão, você precisa se enturmar e vai se adaptar bem. A vizinhança é tranquila, tem seguranças espalhados por todo canto. Você vai ficar bem!

— Eu mal saio de férias e já vou voltar pra faculdade. Que ótimo.

Levantei-me, dei um beijo em seu rosto e fui para o banheiro contíguo ao meu quarto. Entrei debaixo da ducha quente e relaxei um pouco, pois o dia seria atribulado. Fazer novas amizades não era meu forte, fora a minha tendência de ser atraída para confusão, coisa que escondia bem dos meus pais. Por exemplo, eles não sabiam da minha vontade louca de me rebelar a tudo, fazer o que me desse na cabeça e seguir meus instintos. Tinha me viciado na adrenalina ao me permitir ser livre, e normalmente tomava minha dose fazendo esportes radicais. Mesmo que parecesse banal, aplacava um pouco essa carência estranha. Mas sentia que necessitava de algo mais, alguma coisa me puxava para o perigo, era como um imã irresistível.

Sempre me mantive a espreita, porém, as vezes, perdia a batalha, como a loucura que cometi uma vez participando de um racha com um antigo namorado e quase sofremos um acidente.

Arrumei-me sem me importar demais com a produção, mesmo porque não tinha muita opção para ficar bonita, já que estava um frio de matar. Agasalhei-me ao máximo e desci para o café, estranhando estar tudo calmo. Parecia que meus pais estavam acostumados com a rotina. Meu pai até lia um jornal em sua língua materna. Ele aprendeu e falava fluentemente italiano e depois inglês, por causa do trabalho, assim como eu, o que seria útil, já que ali era uma comunidade italiana e morávamos nos Estados Unidos. Nessa parte, eu não teria problema algum de me relacionar.

Depois de um começo de manhã estranho, para dizer o mínimo, me apressei e fui caminhando para onde minha mãe tinha indicado. A tal lanchonete era perto e seria um bom lugar para começar a "conhecer" a cidade. Enfiei as mãos nos bolsos do casaco e coloquei os fones de ouvido; a cada passo parecia que iria congelar. Estava exagerando um pouco, pois não fazia tanto frio, mas eu estava habituada a quase um ano inteiro de calor, então, era normal esse choque térmico.

Por viver minha vida inteira em cidade grande, me acostumei com a violência e os perigos, e acabei aprendendo a ser cautelosa. Às vezes, achava que era até demais, pois passei a andar nas ruas olhando para os lados e me precavendo, receosa de qualquer risco iminente.

Talvez seja por isso que o notei naquela manhã fria...

Estava a uma boa distância de casa quando notei que tinha um cara andando atrás de mim. Ele era grande e intimidador. Deus do céu, onde eu havia me metido? Não deveria ter saído sozinha e tão cedo. Ninguém me conhecia e, se ele me levasse para um canto qualquer, ninguém saberia; e até meus pais notarem minha ausência, eu estaria morta. A adrenalina correu pelo meu sangue e apressei o passo. Tentei não olhar para trás, talvez ele estivesse só andando e eu poderia estar julgando-o sem nenhum motivo, só pela aparência. Bem, eu estava mesmo. Enquanto eu usava casaco rosa e jeans claro, ele estava vestido de preto e tinha um piercing no lábio inferior, e eu podia apostar que havia tatuagens escondidas debaixo da blusa fina de capuz que me impedia de ver seu rosto claramente. Mas, para ser sincera, nem tive tempo de analisá-lo demais. Estava um pouquinho assustada.

Tão assustada que nem vi a porcaria do tronco atravessado na calçada. Tropecei feio e, se não fosse por um par de mãos fortes me segurando, teria espatifado a cara na neve. Iria sentir o gosto do gelo em minha alma. Literalmente.

Ofegando, levantei a cabeça e me deparei com um par de olhos azuis tão claros que fiquei um pouco impressionada; o contraste com o cabelo escuro fez com que me mantivesse hipnotizada.

— Cuidado por onde anda, *mia bella*. Estava tão concentrada em seus pés que não viu o tronco enorme à sua frente.

Saindo do meu transe, olhei para o tronco assassino e percebi que estava fazendo papel de idiota, impressionada com o bad boy metido a herói. E era o tal do qual eu fugia, como se o cara fosse um marginal. Olhando de perto, ele não era nem um pouco assustador, mas lindo e gostoso. E que voz era aquela? Rouca e sensual...

— Desculpe, estava distraída mesmo — falei em inglês, apesar de ele ter usado o italiano também.

— Sem problema, só tome cuidado. Essa neve esconde muitas armadilhas. Sou Enzo.

Estendeu a mão e a peguei sem pestanejar. Se ele não estivesse atrás de mim, atento, eu estaria voltando para casa para trocar a roupa.

— Carina Agnelli — respondi com um sorriso fraco.

E tudo aconteceu em câmera lenta: seus olhos se arregalaram e ele ficou tenso no mesmo instante. Soltou minha mão e afastou-se um passo, como se eu tivesse uma doença contagiosa.

— Bom, Carina, eu vou indo. A gente se vê por aí. — Foi embora me deixando embasbacada.

Por que eu senti que o desconhecido estava fugindo de mim se minutos atrás andava devagar em meu encalço? Balancei a cabeça e fiquei parada no meio da calçada vendo-o se afastar. Quase na esquina, ele se virou e me olhou, parecendo chateado.

— Ótima primeira impressão, Carina. Cair de cara na neve e assustar o gato!

Mesmo que eu não soubesse o que fiz realmente para espantar o cara, me senti inadequada naquele lugar e estranha para aquelas pessoas. Ajustei meu casaco e continuei a caminhada até a lanchonete. O restante do caminho foi permeado de dúvidas e curiosidade sobre o estranho que achei que iria me matar e depois virou meu herói. Tudo bem, estava exagerando novamente. Eu apenas tropecei, mas o que sabemos? Qualquer passo pode ser o último.

Ainda estava pensando no cara desconhecido quando parei em frente à lanchonete. Era bem grande e, pela hora, estava realmente cheia; parecia que as pessoas deixavam de tomar café em casa para comer fast food. Tinha muitos jovens, mas alguns adultos e idosos também.

Abri a porta de vidro, e o calor e o burburinho me envolveram. Me dirigi a uma pequena mesa que havia acabado de ficar vaga e sentei, olhando em volta e tirando o casaco porque ali estava quentinho e gostoso. As pessoas viravam-se para mim, curiosas, e baixei a cabeça um pouco envergonhada. Percebi uma garota, provavelmente da minha idade, andando até onde eu estava e olhei para ela, que estava vestida com jeans e camiseta branca com o nome da lanchonete estampado na frente. Ela sorriu e pegou o bloquinho no bolso de trás da calça.

— Você não é daqui. — Não foi uma pergunta. Sacudi a cabeça afirmativamente e ela sorriu mais abertamente. — Meu nome é Jillian Davis, mas pode me chamar de Jill, e você é?

— Carina.

— Você é de onde, Carina? Não é americana nem italiana...

— Brasil, mas sou descendente de italianos e acabamos de nos mudar. — Não sei por que disse isso e fiz uma careta me desculpando.

— Legal! Então, querida... O que vai querer? Temos o prato do dia, mas eu te diria para não ir nele. O chef parece estar mal-humorado e pode ter caprichado na pimenta.

Levantei a sobrancelha e sorri para ela. Me identifiquei com a garota, ela lembrava muito minha amiga Lia; seu sorriso fácil e olhos brilhantes me fizeram ter certeza de que dali poderia sair uma boa amizade. Balancei a cabeça, assentindo. Eu já havia comido e só tinha me aventurado até ali para que minha mãe não pegasse no meu pé.

— Tudo bem, Jill! Olha, cheguei do Brasil ontem e minha mãe insistiu para que eu viesse até aqui socializar, sabe como é. Então, acho que vou ficar com algo doce. O que você tem?

Ela sorriu e anotou algo no bloquinho, colocando-o no bolso de novo.

— Acho que vai gostar disso. Já volto! — Piscou para mim e se afastou para atender a outra mesa que estava chamando-a.

Enquanto ela falava e sorria para um rapaz que abraçava seus quadris, notei alguém ao lado dele, que me encarava fixamente. Era o tal do meu perseguidor-herói. Ele estava sério e me olhava intensamente, tão forte que enrubesci e baixei a cabeça, desviando o olhar. Eu não era tão tímida assim, na verdade, era totalmente o oposto quando se tratava de caras, mas aquele era diferente, ele parecia gritar perigo por todos os poros.

Fiquei olhando pela janela de vidro, evitando qualquer contato visual com o rapaz. Se não fosse ficar tão estranho, eu mudaria de lado na mesa. Estava tão distraída que me assustei com o prato que foi colocado à minha frente. Olhei para cima e Jill sorria.

— Esse doce não foi o chef quem fez. Minha mãe fornece esses brownies pra cá, e tenho certeza de que você vai amar.

Olhei para o prato e senti minha boca enchendo d'água.

— Obrigada, adoro chocolate. — Sorri e, mesmo que a lanchonete estivesse cheia e vários clientes a chamassem, percebi que ela ainda continuava parada ali. Jill se deslocou e parou estrategicamente cobrindo os dois que estavam duas mesas à minha frente.

Ela bufou e enrolou uma mecha de seus cabelos escuros, que estavam presos pelo rabo de cavalo, no dedo.

— Bom, eu vou falar de uma vez. Não sou de fazer cerimônias. Tenho certeza de que notou o cara de olhos azuis te encarando, certo?

— Sim...

— Bem, ele disse para eu te pedir desculpas, não sei o motivo, e o doce é por conta dele. Como uma bandeira de paz.

— Hum, não sei se posso aceitar. Mal o conheço... — Empurrei o prato em sua direção.

Ela arqueou uma sobrancelha.

— Você já o tinha visto antes daqui? Porque me pareceu isso. Enzo nunca ficou encarando tanto alguém dessa forma, ele parece querer te raptar a qualquer momento.

— Nós nos esbarramos a caminho daqui.

— Hum, sei. Bem, aceite porque ele não vai concordar com outra opção. Um conselho de veterana e amiga do cara: você está perdida! Quando Enzo quer alguma coisa, ele consegue!

Franzi a testa e me inclinei um pouco, tentando olhar para ele. Enzo estava conversando com o cara ao lado e eu pude prestar atenção em cada pedacinho dele: seu cabelo escuro era espetado e o maxilar forte estava apertado numa careta de desgosto, ou algo parecido.

— Mas ele não pode me ter! Não sou uma mercadoria que ele compra com doces ou qualquer coisa — falei mais firme e alto do que pretendia e ele levantou os olhos até mim. Tinha tanto perigo naquele olhar que senti meu corpo formigando.

Droga, ele havia provocado meu ponto fraco. Mas eu era mais forte do que isso e podia resistir.

— Bom, boa sorte com isso! O cara ao lado dele é o Fabrizio e namoramos há três anos. No começo, eu também não queria nada. A família Gazzoni é implacável quando acha que alguma coisa pertence a ela.

— Hum, e o que os faz ter tanto poder assim sobre as pessoas? São da máfia ou algo assim? — Desviei meu olhar do dele porque estava começando a sentir calor com a intensidade que ele me encarava.

Percebi que Jillian ficou tensa e tentou sorrir.

— Bom, eu vou voltar ao trabalho. Antes de ir, me procure pra gente trocar telefones. Gostei de você!

Assenti e a vi se afastar olhando feio para a mesa dos meninos. Não me atrevi a olhar na direção dele novamente, tinha medo de que meu pior lado ganhasse a briga interna que havia em mim.

CAPÍTULO TRÊS
Enzo Gazzoni

Uma vida de porradas!

Assim eu poderia definir a minha vida. Sempre tive que brigar por tudo que queria e nada poderia mudar esse destino que foi traçado para mim. Eu era um homem sem escolhas, uma marionete com cordas presas em meus sentimentos e vontades.

Porém, aprendi a descarregar as minhas frustrações no soco. Treinava desde pequeno para ser um lutador profissional; mesmo sabendo que não poderia, ainda ansiava por esse sonho.

Em preparação para cada luta, eu orava para que todas as minhas angústias tivessem fim. Aquele pesadelo não desaparecia nem quando eu abria meus olhos.

— Você não está concentrado, Enzo. Posso ver os seus pensamentos voando alto. O que foi dessa vez?

Olhei para JJ, meu amigo e mestre, o homem que me ajudou a manter a violência dentro de mim sob controle. Não podia esconder dele a frustração que sentia cada vez mais aumentando dentro de mim.

Balancei e baixei a cabeça, prendendo a faixa em meu punho direito.

— Não se preocupe comigo, Jack.

Escutei-o bufar alto e sorri.

— Como não? Você é como um filho pra mim, me preocupo mais com você do que com qualquer outro que já treinei.

Engoli em seco e reprimi a vontade que tinha de desabafar tudo que havia em meu peito, mas ele não precisava de mais aquele peso além do que já carregava.

— São apenas coisas que preciso descarregar, e você sabe que o ringue é o melhor lugar para isso. — Levantei a cabeça e o encarei sorrindo. — Estou pronto para acabar com aquele mauricinho. Ele merece uma lição depois do que fez!

JJ balançou a cabeça e respirou fundo. Por mais que ele quisesse se manter imparcial naquele assunto, sabia da vontade que eu tinha de expulsar o idiota do Harris da academia. Porém, ele era filho de um homem muito poderoso para arrumar briga.

— Você sabe o que penso sobre tudo, não é? Você não foi condenado a ser quem querem que seja.

Ele me conhecia bem, mas não sabia da vida que eu precisava viver.

— Eu fui sim. Mas não se preocupe, farei o que puder para que os vilões paguem por seus erros.

— E isso te inclui?

Sorrindo, levantei-me e comecei a dar pulos para me aquecer. A luta clandestina que acontecia uma vez por mês era muito esperada, tanto para aqueles que queriam ser vistos por olheiros profissionais como para os que desejavam apenas extravasar alguma coisa. A segunda opção era mais a minha cara. Eu não iria lutar exatamente com quem queria naquela noite, mas estava de bom tamanho por enquanto. Alex White era da gangue de David Harris, outro idiota com quem eu ainda acertaria as contas. Gostava de bater nesses moleques metidos a donos do mundo, que machucavam as pessoas sem responder pelos seus atos.

— Com certeza! É a lei do retorno, meu amigo.

Dei as costas para o meu mestre e amigo e esperei meu nome ser anunciado pelo locutor da luta. Assim que pisei no ringue, olhei para meu adversário, prometendo-lhe tudo que ele merecia.

— Pronto para ter a surra que merece, White?

Após a luta, andei pela cidade, andei pela cidade sem rumo, apenas eu e minha Harley. Naqueles momentos, somente ela conseguia me entender. Apesar de ter vencido, chamado a atenção de olheiros e, acima de tudo, dado uma lição naquele lixo de ser humano, sentia que alguma coisa estava fora do lugar.

Minha vida estava me sufocando e eu não tinha ideia de como poderia escapar. Cheguei em casa quase amanhecendo e nem mesmo dormi, tomei um banho e precisava da minha dose de endorfina para começar o dia. E isso eu encontraria no *pecado de chocolate* da lanchonete.

Não imaginava o que aconteceria quando coloquei os pés na rua. Ao chegar na lanchonete, não consegui esconder a minha apreensão por tudo que estava sentindo naquele momento.

— Que cara é essa, Enzo?

Joguei-me no banco ao lado de Fabrizio e o olhei por um minuto. Se soubesse, iria começar com o discurso idiota, que me faria querer ainda mais pelo simples fato de não poder.

— Não foi nada.

— Conta outra, cara. Sei que aconteceu alguma coisa. Foi o tio de novo?

Balancei a cabeça, cortando logo o assunto do meu pai; não queria entrar nesse lado da minha vida, apesar de que realmente houve indiretas de sua parte sobre eu tomar meu lugar na família — sempre tinha, na verdade —, mas nada que me fizesse ficar chateado; estava acostumado com essa cobrança.

— Não foi nada, já disse.

Ele não deixaria barato assim, meu primo era insistente até demais. Às vezes, eu queria dar um soco nele para ver se me deixava em paz, porém, nunca conseguiria fazer isso, o cara era como um irmão.

— Ok, então eu sou o coelhinho da Páscoa. — Levantei a cabeça e sorri sarcasticamente para ele.

— Ah, que bonitinho... Gostei da comparação... Seu nariz é bem fofinho mesmo.

— Não seja idiota, desembucha!

Suspirei derrotado e apoiei os cotovelos na mesa, olhando para frente, e foi quando a vi entrando na lanchonete. Estava curiosa, olhando para os lados, mas parecia assustada e foi o que me atraiu quando a vi. Esse ar de vulnerabilidade fez o meu lado protetor segui-la e cuidar dela.

— Quando estava vindo pra cá, notei uma garota saindo de uma das casas próximas à minha.

— Hum, vizinha nova. Tudo bem, mas e daí?

Ela andou devagar e sentou-se numa pequena mesa um pouco afastada da que eu estava. Desviei o olhar porque percebi que estava observando-a como um falcão, coisa que não era do meu feitio, mas, desde que a tinha notado, uma estranha atração se apossou de mim, era como um maldito imã me puxando.

— Eu a acompanhei porque fiquei curioso, ela é diferente. Não é daqui, sabe? Linda demais, corpo sensual e rosto inocente. Segui a garota de longe e ajudei-a quando vi que iria tropeçar num tronco que havia caído na casa dos Campanaro, você sabe que eles nunca podam aqueles galhos velhos. Ela tem os olhos castanhos mais lindos que já vi e meio que fiquei enfeitiçado... Nem reparei de qual casa ela saiu, devia ter prestado mais atenção, me pouparia de um grande problema.

— Já se apaixonou? Seu coração é muito mole pra ser de quem é.

— Cale a boca e me deixe terminar! — Olhei para ele contrariado, que sorriu em resposta. — Bom, ela estava assustada com minha pequena perseguição e percebi que ficou impressionada com minha aparência. Então, me apresentei, sem o sobrenome, mas ela não teve a mesma ideia.

— E?

— Carina Agnelli.

— Merda!

— Eu sei!

— Ela está fora dos limites, primo. Você sabe disso, foi a instrução do tio Henrique. Sua sobrinha não sabe nada do nosso mundo e o pai dela quer que continue assim.

— Eu também sei disso. Mas, cara, ela é diferente. Não sei explicar.

— Tudo bem, Romeu. Mas sabe o que isso significaria, certo?

— Sei.

— Então, tira essa garota da cabeça e pensa nas outras meninas que estão loucas por uns minutos na sua cama.

Lembrei-me de todas as garotas que se atiravam em mim apenas por eu ser quem era e tudo que eram esperado de mim queria distância de tudo aquilo.

— Vamos lá, meu velho, nada de desanimar. Vou pedir a Jill seu prato preferido, você vai esquecer logo a garota.

— Acho meio difícil, já que ela está sentada à nossa frente.

Ele olhou para onde eu havia mencionado enquanto baixei a cabeça, incapaz de somente olhar. Minha vontade era ir lá, jogar o poder de sedução que eu sabia que tinha e tomá-la para mim, assim como meu corpo e minha mente gritavam que era o correto.

— Porra, Enzo! Você tem razão, ela é linda! Ei, olha... Jill já está fazendo amizade.

Automaticamente, meus olhos foram atraídos para os dela. Ela me encarava fixamente e não consegui decifrar nada do que se passava em seu rosto, se a atração era recíproca ou se levaria um pé na bunda quando me aproximasse; o caso não era mais o *se* e sim o *quando*. Eu estava encantado, totalmente fodido. Tudo pelo que batalhei para me manter distante do meu futuro certo estava sendo ameaçado por uma mulher que, por alguma razão, me puxou desde o primeiro momento em que a vi. Era algo que fugia completamente do meu entendimento.

— Pare de olhar, Enzo, a menina vai se assustar antes da hora.

Balancei a cabeça e tentei me concentrar em Fabrizio ou qualquer outra coisa, mas a cada minuto me pegava observando-a.

— Ei, meninos... O mesmo de sempre?

Olhei de lado e vi Jill se aproximando e sorrindo para nós, mais precisamente para o idiota que estava sentado ao meu lado, com um enorme sorriso no rosto. Ele era um babaca!

— Ei, gata! Vem cá e senta no meu colo, ainda preciso de você. A noite foi muito curta...

Fabrizio abraçou Jill pela cintura, aproximando-a do seu corpo, e ela riu tentando se afastar.

— Pare com isso, o chefe está de mau humor. Se ele vir você passando dos limites que impôs, já sabe, estou na rua.

Meu primo bufou e olhou em volta.

— Deixa ele tentar...

Arqueou uma sobrancelha e fez cara de mau, e tive que reprimir uma risada. Brizio, assim como eu costumava chamá-lo, era mais propenso a se beneficiar do nosso nome e do que significava, enquanto eu preferia ficar no escuro, ser discreto e passar despercebido. O que, às vezes, se tornava complicado, porque eu tinha uma genética meio difícil de ignorar.

— Enzo, você viu que temos uma novata na cidade?

A voz de Jill soou cúmplice e balancei a cabeça, o linguarudo já devia ter dado com a língua nos dentes enquanto eu estava distraído. Levantei os olhos e a encarei.

— Vi sim, Jill. Por que a pergunta? — Ela tinha um sorriso malicioso no rosto.

— Nada não, é que notei seu olhar em cima dela desde que a garota entrou na lanchonete. Talvez você quisesse fazer amizade. Enfim... deixe-me voltar ao trabalho, prometi levar o brownie para ela provar.

Jillian abaixou-se e beijou a ponta do nariz de Fabrizio, que se derretia todo quando estava perto da namorada. Ela se afastou e fiquei rodando o porta-guardanapo em cima da mesa enquanto ouvia a ladainha do meu primo sobre a última ronda que havia feito. Minutos depois, vi Jill retornando da cozinha com um prato do *pecado de chocolate*. Antes que ela se dirigisse à mesa da Carina, chamei-a com um aceno. Ela aproximou-se com a testa franzida, confusa.

— Eu pago esse doce, Jill. Diz a ela que é uma oferta de paz, uma maneira de pedir desculpas. Ela vai entender. — Pisquei um olho sabendo exatamente que isso faria com que meu pedido fosse prontamente atendido.

Ela fez uma careta, mas assentiu. Foi até a mesa da garota e entregou o brownie, disse alguma coisa e apontou para mim. Depois disso, Carina levantou os olhos e me olhou fixamente, e percebi que estava em dúvida se devia aceitar, então, mordeu os lábios e um pequeno sorriso surgiu no canto da sua boca. Mas ela me pareceu reticente e até brava, retrucou algumas coisas e, então, suspirou. Agradeceu a Jill, que se afastou, e olhou para o prato.

Algumas coisas aconteceram em câmera lenta e me deixaram completamente sem reação: ela jogou os longos cabelos ondulados para trás dos ombros, cortou o bolo com o pequeno garfo, levou-o à boca, lambendo os lábios, fechou os olhos e fez uma expressão de prazer, que me deixou completamente louco. Ela parecia degustar com tanta vontade... Quando pensei que não poderia ficar pior, a filha da mãe abriu os olhos e sorriu abertamente. Ela estava me provocando.

— É, primo, acho que a gata já está na sua. Tenho um palpite de que nem mesmo o Papa poderia te proibir de se aproximar da garota. Estou certo?

Carina baixou os olhos, fingindo estar envergonhada, e continuou a comer o bolo.

— Certíssimo!

Eu sentia como se meu corpo todo acordasse para a vida com aquele desafio. Eu queria ter essa mulher para mim, mesmo se fosse algo momentâneo; na verdade, eu preferia assim. Minha vida não era nenhum conto de fadas que meninas como ela sonhavam. Meu mundo era violento e perigoso. Eu saía de casa sem saber se voltaria vivo. Tinha inimizades que não foram feitas por mim. Meu nome era proferido como uma oração por alguns e como uma maldição por outros. Estive rodeado de pessoas do meio a minha vida inteira e, mesmo ela estando ligada àquela via sem volta, não estava exatamente. Era isso que o pai dela queria. Mantê-la no escuro poderia salvar sua vida. E por isso o que pudéssemos ter precisava ser coisa de carne, sexo suado, momentos de prazer e nada mais. Só que isso não queria dizer que eu não aproveitaria cada segundo na presença daquela menina misteriosa. Sim, para mim, ela era uma incógnita, seu rosto inocente implicava ingenuidade, mas seus atos, olhares furtivos e sorrisos maliciosos eram totalmente o oposto da impressão que ela dava. Apenas pessoas observadoras percebiam isso e, para o azar dela, eu era uma dessas.

Levantei-me e olhei para meu primo, que sorria abertamente para mim.

— Se me der licença, Brizio, preciso fazer uma coisa. — Ele levou o suco à boca e deu um longo gole, acenando com a mão.

Virei-me decidido a abordá-la, andei vagarosamente enquanto ela estava distraída olhando o celular e sorrindo. Sem cerimônia, sentei-me no banco vago à sua frente e ela levantou os olhos com as sobrancelhas arqueadas até que me viu.

— Vai me deixar falando sozinha de novo?

Sorri de lado e balancei a cabeça.

— Não, sinto muito por aquilo. Acho que não começamos muito bem, certo?

Ela baixou o celular, bloqueando-o, e apoiou as mãos na mesa, afastando o prato do brownie que já havia acabado.

— Eu diria que não, mas o que sei dos costumes daqui? Talvez isso seja normal.

— Não é, eu fiquei um pouco surpreso, só isso. Mas não estou mais.

— Surpreso? Não sou tão diferente assim...

Mordi os lábios e olhei dentro daqueles olhos marrons, intensos e quentes.

— É muito mais do que imagina, *cara mia*.

— Esse sotaque italiano funciona com as mulheres? — Arqueou uma sobrancelha, sorrindo.

— Na maior parte das vezes sim, mas sempre há exceções, não é mesmo?

Ela sorriu abertamente e colocou uma mecha de cabelo castanho atrás da orelha. Eu queria estender a mão e fazer isso por ela só para sentir a suavidade entre meus dedos, mas não o fiz. Poderia assustar a menina antes do tempo, como disse o Fabrizio.

— Tudo bem, eu te assustei, é isso? — Assenti divertido e vi que ela achava aquilo engraçado. — Interessante, já que era você quem estava me perseguindo.

— Eu não estava! Apenas cuidava para que não se machucasse.

— Entendo! Bem, da próxima vez, chegue e fale comigo, não me persiga assustadoramente.

Debrucei-me em cima da mesa e me aproximei mais. Seu hálito quente soprou em meu rosto e tive que me segurar com todas as forças para não beijá-la.

— Da próxima vez será diferente, pode contar com isso!

28 ROLETA *Russa*

CAPÍTULO QUATRO
Carina Agnelli

Ao sair do Brasil, nunca imaginei o rumo que minha vida tomaria. Tudo bem, eu sabia que as coisas seriam diferentes, mas nunca passou pela minha cabeça que coisas assim existissem e que tudo me levaria ao momento mais aterrorizante da minha vida. Não baseei atitudes nem medi sentimentos, simplesmente aconteceu. Fui arrebatada pelo destino, sem chance de dar uma palavra contra ou a favor. Foi irresistível.

Apesar de a minha cabeça dizer para me afastar, exigir que não aceitasse nenhum pedido de desculpas, que o melhor seria ignorá-lo para que minha vida fosse tranquila como devia ser, meu corpo e alma pediam para que eu me jogasse como se estivesse em um *bungee jumping*. Então, tomei a decisão da qual poderia e, provavelmente, me arrependeria pelo resto da minha vida: eu o provoquei, depois vi seu sorriso malicioso e estava perdida. Tentei me distrair quando ele não fez nada mais do que me observar; não vou dizer que não fiquei decepcionada, pois fiquei. Dentro de mim, havia uma necessidade de provar de todo aquele perigo que o cara emanava. Estava distraída com os meus pensamentos quando percebi alguém sentando à minha frente, então levantei os olhos e o observei. Enzo sorria maliciosamente, aquele tipo de sorriso puxado para o lado que evidenciava ainda mais o piercing nos lábios. Seus olhos azuis brilhavam divertidos e ele gostava de me provocar, mesmo sem saber que o fazia, ou talvez soubesse, vai saber o que se passava na cabeça do cara.

Quando ele se debruçou sobre a mesa e aproximou-se de mim, senti sua respiração muito perto e os lábios em meu campo de visão, juntamente com aquele rosto sexy e a barba por fazer. Puta merda, eu estava muito ferrada, não tinha como fugir agora. Sem desgrudar os olhos da sua boca provocante, rebati o que ele disse, porque essa era a minha natureza: não ficar quieta quando provocada. Talvez fosse um defeito, algo que realmente descobri mais tarde ser um ponto desfavorável a mim.

— E como pode ter tanta certeza? Talvez algo em mim assuste você. Nem me conhece...

Um som rouco soou de seus lábios. Levantei os olhos e o encarei, sua íris azul brilhava intensamente.

— Se você realmente quer levar tudo em marcha lenta, Carina *mia*, é melhor parar de olhar minha boca como se quisesse me devorar.

— Quem disse que eu quero alguma coisa em marcha lenta?

Ele fechou os olhos e dilatou as narinas, parecendo buscar algum controle.

— Droga, assim fica difícil. Achei que você seria uma gatinha manhosa, mas vejo que é uma tigresa cheia de garras. — Ele abriu os olhos e sorriu, sentando-se de volta no banco, afastando-se de mim. Não pude evitar que a decepção aparecesse em meu rosto, coisa que ele percebeu. — Não me olha assim. Se eu seguir meus instintos aqui, vou te levar para os fundos dessa lanchonete e te foder até não nos aguentarmos em pé, e não quero que seja assim. Quando eu te pegar, quero que seja da melhor maneira, não com cheiro de gordura e lixo ao nosso redor.

Tentei segurar um gemido insatisfeito e arregalei os olhos com a declaração tão sincera e crua. O pior de tudo é que me excitou de uma maneira que nunca havia acontecido. Tensa, olhei em seus olhos e mordi os lábios. Enzo me olhava intensamente com um sorriso cínico no rosto. Eu perdi completamente a fala, mas, pelo visto, ele não teve esse problema.

— Então, Carina. Qual é a sua história? — Franzi a testa, confusa. Ele inclinou a cabeça e passou o polegar nos lábios, fazendo com que o piercing se mexesse, provocando-me com aquele olhar misterioso. — Desculpe, é que fiquei curioso quando te vi passeando pela rua sozinha.

— Estava me seguindo desde lá? E qual foi a dessa declaração totalmente inapropriada para alguém que você acaba de conhecer?

Ele riu com a voz rouca; era um som sexy que arrepiou cada parte do meu corpo.

— Eu não estava te seguindo, *bella*. Só saí da minha casa e te vi. Moro seis casas antes da sua. Na verdade, nem vi de onde você tinha saído, devia ter prestado atenção realmente. E a declaração era somente a mais pura verdade. Desde que te vi, fiquei duro de vontade para tê-la debaixo de mim, em cima, de quatro... Todas as posições possíveis.

Não posso dizer que não fiquei surpresa, ele me olhava com um sorriso enorme no rosto, e eu franzi a testa, tentando decifrar o cara. Ele não parecia ser mau, mas o que eu sabia, certo? Enzo estava decididamente querendo me foder, como disse, de todas as maneiras. Eu devia dar um bofetão em sua cara, sair dali e nunca mais falar com ele. Não gostava nem permitia que os caras falassem comigo daquela forma. Porém, por algum motivo estranho e assustador, não podia, sentia meu corpo tão vivo ao estar perto dele e só queria mais, necessitava que cumprisse todas essas "promessas" que fazia.

— Somos vizinhos, então? — As coisas que passaram pela minha cabeça sabendo que ele estava a alguns metros de distância de onde eu morava não eram boas para minha sanidade mental. E sim, eu estava tentando mudar o rumo da conversa, ignorando tudo que ele havia dito.

— Exatamente! — Ele sorriu e era como se pudesse ler minha mente. Que droga!

— Então, quer dizer que você vai me perseguir mais vezes? — O pior era a minha ansiedade para que ele fizesse isso.

— Provavelmente. — Mordeu os lábios, passando a língua no piercing. Tive que fazer um esforço sobre-humano para não fechar os olhos diante daquela visão sexy. — Então, me diga mais de você. De onde veio, o que faz...

— Por que você quer saber? Nem te conheço.

Ele sorriu e revirei os olhos. Depois de todo aquele papo sexual, eu estava com "dedos" para falar da minha vida?

— Não seja por isso. — Estendeu a mão em minha direção. — Enzo Gazzoni, nasci em Verona, na Itália, mas vivi aqui minha vida toda.

Arqueei uma sobrancelha e olhei para ele, sorrindo. Peguei sua mão na minha e ele a levou aos lábios para um beijo que acabou rápido demais. Meu coração acelerou e senti meu corpo todo formigando, e tentei disfarçar meu incômodo.

— Tudo bem, mas acho que depois de tudo isso... — acenei entre nós dois insinuando a conversinha que tivemos e Enzo sorriu — as apresentações formais sejam besteira. Meu nome você já sabe. Sou do Brasil, tenho vinte e dois anos e estudo Medicina. Na verdade, fui transferida para cá e nem terei férias direito. Meus pais se mudaram há dois meses, eu cheguei ontem e minha mãe insistiu para que eu rodasse pela cidade para conhecer tudo. Aqui estou eu, não sei o motivo da mudança repentina e, pelo que vi, ninguém vai me dizer, então é isso...

O sorriso amplo em seu rosto diminuiu consideravelmente e ele me pareceu tenso. Virou-se para frente e suspirou. Olhou para mim e tentou esconder sua angústia com papo furado.

— Caramba, uma mudança e tanto, hein?

— Pois é, mas de alguma maneira sinto que vou ficar bem aqui. Gostei do lugar, das pessoas... — Deus, por que eu estava dizendo aquilo? Eu não era nenhuma santa, namorei muito e transei bastante, mas não fazia o tipo de dormir com o cara no primeiro encontro. Nesse caso, depois de alguma conversa, estava pronta para dar esse passo, na verdade, muito mais do que pronta.

Enzo me encarou com os olhos brilhantes, e um sorriso de lado enfeitou seu rosto bonito.

— Eu também passei a gostar mais desse lugar, agora.

Senti meu rosto queimando de vergonha. Por que eu estava tendo essa conversa com o cara? Por que me sentia tão atraída por ele?

Ao olhar seus lábios vermelhos, só pensava em morder o anel de metal e puxar para ver se ele gemeria em resposta. Arregalei os olhos, chocada diante desse pensamento; ele estava tão perto e eu queria devorá-lo. Devia ser algum tipo de abstinência, já que estava sem namorado há meses. Mas Enzo não era para namorar, pelo menos aparentemente. Aparências enganam e eu sabia disso. Fiquei olhando para ele, que me encarava atentamente.

— Sabe, quando a vi toda encolhida de frio, mesmo estando agasalhada para uma tempestade de neve, saquei na hora que você não era daqui.

— Eu te achei louco. Na verdade, ainda acho. — Ele arqueou uma sobrancelha, curioso, e emendei: — Me perseguindo daquele jeito, achei que iria sumir comigo em algum beco e demoraria dias para me encontrarem.

Ele sorriu e se aproximou.

— Eu sou um pouco louco, Carina. E nesse momento estou louco para sentir o gosto dessa sua boca gostosa.

Ofeguei porque eu também queria aquilo. Mesmo sabendo que era perigoso e eu nem o conhecia, foi aí que tudo ficou mais irresistível. Instintivamente, lambi os lábios e o encarei.

Enzo levantou e se afastou. Antes de se distanciar demais, ele virou e começou a andar de costas.

— Te vejo por aí, *cara mia*. — Droga, ele fez de novo, me deixou "falando" sozinha.

Fiquei ali, olhando para ele, imaginando o que estava acontecendo comigo. Estava me tornando uma menina boba e impressionada pela sedução de um cara mau que provavelmente só queria uma coisa: sexo. Eu não era uma virgem recatada, longe disso, mas nunca deixei que me usassem apenas para isso; todos os meus relacionamentos tinham uma finalidade, assim conseguiam funcionar. Contudo, com aquele italiano quente e perigoso, eu estava disposta a tentar pela primeira vez.

Vi que ele passou pelo amigo, que estava sentado na mesa à minha frente, falou alguma coisa e deu a volta, saindo pela porta do outro lado da lanchonete.

Suspirei, tentando não ficar chateada, pois sabia que era melhor assim. Antes nutrir raiva por ele do que outra coisa, e ser deixada sozinha por duas vezes em menos de uma hora era demais. Só que eu não conseguia sentir raiva, pelo contrário, só queria que ele cumprisse tudo que falou.

— Então, querida, gostou do brownie? Quer mais alguma coisa?

Olhei pra cima assustada e vi Jill parada ao meu lado com um sorriso enorme no rosto.

— Adorei, essa delícia deve ter um nome que os clientes deram. Certo?

Seu sorriso aumentou.

— Sim, pecado de chocolate... Foi o Enzo quem o batizou assim.

Fiquei encarando-a por alguns minutos esperando que fosse algum tipo de piada, mas, para minha infelicidade, não parecia ser. Baixei a cabeça entre as mãos e percebi que realmente estava perdida. O cara era sexy até mesmo não tentando ser.

— Droga!

Ouvi a risada de Jill e olhei para ela entre os dedos quando sentou-se onde Enzo estava alguns minutos atrás.

— Se te serve de consolo, eu nunca o vi desse jeito, ele não costuma se segurar assim.

— Isso devia ser algum elogio?

— Tá brincando? Com certeza ele não ter te comido em qualquer canto quer dizer que, de alguma forma, você é especial. — Ela se debruçou na mesa e me olhou atentamente. — Mas faça-o suar um pouquinho, ele está acostumado a ter tudo muito facilmente. Se o fizer correr bastante atrás, terá o maior bad boy aos seus pés.

Olhei para ela e assenti.

— Sabe, Jill, acho que seremos grandes amigas. E como dizem, mentes brilhantes se completam.

— Isso aí, garota! Bom, vou nessa. O trabalho me espera, seu brownie já está pago. Te vejo amanhã?

Olhei para a porta pela qual Enzo havia saído e percebi que o amigo dele também não estava mais ali. A perspectiva de vê-lo de novo formigava em meu corpo.

— Com certeza!

34 ROLETA
Russa

CAPÍTULO CINCO
Enzo Gazzoni

Tenho que admitir que ela era ainda mais linda do que me lembrava do nosso pequeno encontro na rua. Minha memória de minutos em sua presença não fez jus ao choque de olhar tão de perto aqueles olhos chocolate e boca deliciosamente vermelha, o queixo delicado com aquele furinho encantador e o rosto suave. Contive-me várias vezes para não a agarrar pelo pescoço e beijar sua boca por muito tempo, que até nos esquecêssemos de onde estávamos.

E por isso tive que ir embora, sair o mais rápido possível de sua presença tentadora. Poderia tê-la esperado na esquina e a acompanhado até em casa. Porém, eu estava nervoso, tinha medo de ela descobrir tudo que nos cercava. E o que não entendia e me assustava demais era o porquê de eu me importar com isso. Nunca dei a mínima para o que pensavam de mim ou da minha família, mas, para meu desespero, o que ela acharia de toda aquela merda em que eu vivia me importava demais.

Passei o dia andando de moto pela cidade tentando clarear minha mente, mas não tive muito sucesso.

Entrei em casa, e estava tudo silencioso. Joguei minha jaqueta de couro no sofá da sala e subi as escadas de dois em dois degraus. Não queria esbarrar com ninguém àquela hora, precisava de paz e tranquilidade. Deitei na cama, desliguei o celular para não ser incomodado e peguei o *iPod* em cima do criado-mudo, colocando os fones.

Enquanto escutava o rock pesado, batia o dedo na cabeceira da cama e só conseguia pensar nela, os lábios, as mãos, o corpo... Deus, eu estava enlouquecendo. Fechei os olhos e tentei dissipar tudo da minha mente, o que acabou sendo impossível. Pensava em tudo que lhe disse, sobre fodê-la, e meu corpo respondia ao lembrar-me do olhar de fome que Carina me deu. Se eu ficasse mais tempo lá, provavelmente teria cumprido minha promessa.

Subitamente, o *iPod* foi retirado do fone e abri os olhos, assustado. Meu pai estava em pé ao meu lado me olhando com decepção evidente no olhar. Ele esperava que eu fosse vê-lo toda vez que chegasse da rua, e eu não o fazia exatamente por isso. Não gostava de seguir ordens ou regras. Tirei os fones dos ouvidos e me sentei, e logo ele sentou ao meu lado.

— Por que não veio me procurar, Enzo? Eu tinha trabalho para você fazer.

E era exatamente por esse motivo que eu não tinha ido até ele. Não queria me envolver em seus negócios, queria continuar fora de tudo aquilo, mesmo que estivesse ligado sem ter escolha. Apesar de já ter vinte e quatro anos, eu não tinha a liberdade de sair de casa e construir minha própria vida, era perigoso sair da segurança que toda a família proporcionava.

— Desculpe, pai. Eu estava distraído.

Ele assentiu e olhou para meu *iPod* em suas mãos. O grande Luca Gazzoni era um homem forte e temido por toda a região, e até me arriscaria dizer que além das fronteiras. Mantinha-se frio com os outros, mas nunca foi violento comigo ou minha mãe. Porém, ele era implacável nos deveres, não deixava nada para trás e esperava a mesma cortesia dos outros. Eu sabia que sua fama não era à toa; até que construísse seu nome na *família*, ele teve que derramar muito sangue e agir com força para que o respeitassem. Eu nunca quis aquela vida e faria o possível para não entrar nela.

— Você sabe que não pode fugir, meu filho, esse império é seu e eu não sei quanto tempo ainda tenho. Quero te deixar preparado...

Levantei-me da cama e andei de um lado para o outro, coloquei as mãos na cintura e encarei meu pai.

— Eu não quero isso, pai! Quero estudar, me formar. Não quero essa vida.

Sem coragem de olhar em seus olhos, tão iguais aos meus, baixei a cabeça e esperei. Normalmente, depois de uma discussão como essa, ele simplesmente saía e agia como se eu não tivesse dito nada e ainda tentava enfiar minha "herança" garganta abaixo. Dessa vez foi diferente.

— Bom, eu sinto muito que pense assim, Enzo. Essa é a nossa vida, foi como eu cresci e fugi das ruas, como eu ergui nossa família e assim protejo muitas pessoas de gente inescrupulosa e cruel. Por mais que você não queira, já faz parte disso. Sinto muito, mas é a verdade.

Senti como se tivessem tirado o chão sob meus pés; eu tive esse medo enraizado em mim por tanto tempo, mas me enganei. Sonhei com um futuro diferente, porém meu pai dizendo o que eu mais temia fez com que todos esses sonhos tolos saíssem janela afora. Eu praticamente os via indo para longe de mim. Nossa riqueza e poder eram às custas das dores dos outros.

Levantei a cabeça e o encarei; meu pai se mantinha jovem e viril. Seus olhos eram encapuzados pelo sofrimento da vida, os cabelos negros tinham fios brancos, o que só o fazia parecer mais letal. E ele era.

— Eu sei, pai. Mas deixe que eu termine a faculdade primeiro, por favor. Preciso disso!

Ele se levantou, colocou o *iPod* em cima da cômoda e parou ao meu lado com a mão em meu ombro para me confortar. Virei-me para a janela e fiquei olhando pelo vidro liso, logo a neve ficaria mais densa. Pensei que meu pai já tivesse ido embora e me assustei com sua voz grave.

— Henrique disse que a sobrinha dele chegou. Você a viu por aí?

Não pude evitar de sorrir com a lembrança daquele rosto inocente e da perspicácia do meu pai.

— Sim, eu a vi. — Virei-me e ele ria. — Por que está rindo?

— Porque eu disse a ele para não te proibir de nada, que só o faria ter mais curiosidade. Vale a pena?

Procurei em seus olhos qualquer sinal de repreensão e não encontrei, ali estava o entendimento de alguém que tinha passado pela mesma coisa, já que minha mãe também havia sido proibida para o meu pai e mesmo assim ele não desistiu.

— Vale sim.

Ele balançou a cabeça e me olhou com pesar, e eu não aguentava aquilo. Me sentia culpado por não alcançar suas expectativas e mais culpado ainda por não poder seguir meus sonhos como eu desejava.

Esperei que ele saísse e me sentei na beirada da cama com a cabeça entre as mãos. A vida que me esperava era perigosa e destrutiva. Para conseguir respeito e manter meus dias em paz, teria que fazer coisas ruins, e imediatamente vieram flashes de um passado que eu queria esquecer. Meu pai nunca soube o que assisti quando tinha dez anos. E, desde aquele dia, prometi não fazer essas coisas. Será que eu poderia entrar nesse mundo sem ter que colocar a mão em tal tipo de sujeira?

— Droga!

Levantei-me da cama antes que a memória retornasse totalmente. Sabia o que vinha depois e precisava de ar, pois estava sufocando. Saí de casa e fui dar uma volta de moto; eu esquecia a vida enquanto estava montado na minha máquina de duas rodas. As ruas pareciam intermináveis e retiravam da minha mente todos os pensamentos e lembranças que não eram bem-vindos.

Quando retornei, já era tarde da noite e parei na calçada de casa, esperando que abrissem o portão. Assim que o fizeram, coloquei minha Harley ao lado de muitos outros carros e saí pelos fundos para não ter que dizer a ninguém onde estava indo; minha casa era cercada de câmeras e seguranças, eles saberiam que eu estava fugindo, porém eu não precisava dizer a ninguém.

Passei pelo portão de trás, que logo deu um clique e abriu, e bati com dois dedos na testa para a câmera, sorrindo. Saí e logo soube qual seria o meu destino. Parei em frente à casa dela e fiquei olhando pelas janelas. A casa estava acesa e eu sabia que a família devia estar se preparando para jantar. Sentei-me na calçada com os cotovelos apoiados nos joelhos e fiquei como um verdadeiro perseguidor tentando imaginar qual das janelas era a do seu quarto. Será que eu conseguiria subir até lá, ou, quem sabe, agir como um maldito Romeu e ficar recitando versos de amor para ela? Peraí! Amor? Jesus, de onde vieram esses pensamentos?

Eu devia ir embora e passar em algum lugar, pegar uma garota, me perder nela e esquecer aquela menina proibida. Fiquei dividido como nunca havia acontecido e me peguei olhando para meus pés sem saber o que fazer.

Se eu batesse na porta seria bem recebido?

E foi quando ouvi um barulho alto e resmungos vindo da casa dela. Levantei a cabeça e a vi: ela marchava para fora e parecia com raiva de alguma coisa. Parou na calçada olhando para os dois lados da rua; não tinha me visto ali. O outro lado estava escuro e, por eu vestir roupas pretas, me mantive nas sombras.

Carina mordeu o lábio inferior e parecia indecisa. Com um suspiro audível, tomou a direção da minha casa. Levantei-me e a acompanhei de longe. Vi que ela contava as casas e andava devagar. Parou em frente à grade que separava o quintal da rua e ficou olhando para lá com o cenho franzido.

Eu nunca descobriria por que aquele gesto mexeu tanto comigo. Um calor reconfortante tomou conta do meu corpo e a observei por mais algum tempo. Ela estava, inconscientemente ou não, querendo contato comigo. Decidi anunciar minha presença e me aproximei silenciosamente.

— É perigoso ficar espreitando a casa dos outros a essa hora, podem te confundir com algum assaltante.

Ela deu um grito e se virou com os olhos arregalados e a mão no peito. Estava linda demais! Usava um enorme casaco lilás que a abraçava como um urso peludo e os cabelos soltos emolduravam seu rosto perfeito, me deixando ainda mais encantado. Sorri de lado e esperei que se acalmasse, porém, quando se acalmou, vi desafio em seu olhar. Sabia que por trás de toda aquela roupa existia uma garota impertinente.

— Você quase me matou do coração. Que droga!

— Desculpe, *carissima*! Mas não resisti vendo-a aqui! Estava me procurando?

Ela ficou vermelha e imaginei quanto calor sentiu com aquele casaco pesado, pois apostava que seu corpo todo pegava fogo. Droga, para que eu fui pensar nisso?

— Er... não! Na verdade, eu estava apenas andando pela rua, sabe como é, conhecendo a vizinhança. — Sorriu travessa.

— Hum, sei! Mas esse não é um bom horário para sair de casa, você não sabe que perigo pode encontrar pelas ruas. — Dei um passo mais para perto dela e instintivamente ela deu um para trás.

— Perigo? Que tipo de perigo?

Sorri de lado, ela estava me provocando. Me aproximei mais um pouco.

— Todos os tipos, você sabe. Marginais, ladrões, pessoas realmente perigosas.

Carina ofegou e viu que seu limite para se afastar de mim havia acabado, ela estava encostada contra a grade de ferro com os olhos arregalados e brilhantes... de excitação. *Meu Deus!*

— Mas ainda está cedo. Não são nem onze horas.

Meus olhos não deixaram os dela enquanto eu avançava. Agora, apenas alguns centímetros nos separavam. Eu era alto e ela, baixinha. Ergui seu queixo com as pontas dos dedos e a olhei bem de perto.

— Nem tanto, existem perigos à espreita. Lobos querendo comer as mocinhas delicadas como você. Sabe que te devorariam numa bocada só, né? É tão pequena e delicada!

Seus olhos se arregalaram mais ainda e seus lábios se entreabriram como um convite mudo. Eu estava pronto para aceitar, mas tinha muito em jogo. Precisava ter certeza de que ela também queria correr esse risco. Mas o que ela disse em seguida jogou por terra todo o meu controle.

— Eu descobri que gosto de correr perigo!

Fechei os olhos tentando me controlar, disposto a me afastar, dar um passo atrás e correr para casa, me trancar no quarto e não sair mais. Mas, porra, eu era só um cara cheio de desejo por uma mulher disposta a satisfazer o que me atormentava.

— Espero que não se arrependa, *cara mia*.

40 ROLETA *Russa*

CAPÍTULO SEIS
Carina Agnelli

A boca dele selou a minha em um beijo atormentado, forte, irresistível e maravilhoso. Seus lábios castigavam os meus e, enfim, fiz o que tive vontade desde o início: lambi de lado a lado sua boca, puxando delicadamente o piercing com os dentes, e ele gemeu. Deus, me senti descontrolada. Queria mais, muito mais. Sua boca era deliciosamente pecaminosa e o aperto dele em minha cintura fez-me resmungar de desejo por mais, enquanto ele prendia meu pescoço com uma mão e a outra me mantinha cativa no lugar, e eu adorava aquele tipo de perigo. Toda a nossa conversa passou pela minha cabeça e uma coisa me incomodou no meio do turbilhão de adrenalina. O que ele estava fazendo do lado de fora? E ele me chamou de pequena?

— Espere um pouco, eu não sou pequena e delicada. — Empurrei-o pelo ombro e ele arfou à procura de ar. Eu não gostava desse tipo de rótulo, minha vida inteira lutei para mostrar que era mais do que minha aparência "delicada" apresentava.

Seu peito subia e descia rapidamente. Seus olhos estavam nebulosos pelo desejo e ele pareceu confuso por um momento, até que sorriu abertamente. Levou a mão, que antes segurava minha nuca, ao meu rosto e deslizou pela extensão do meu maxilar levemente, em uma carícia extremamente delicada.

— Delicada como uma rosa, mas tenho certeza de que tem muitos espinhos.

— Nossa, que cantada barata. Achei que os italianos fossem mestres na arte da sedução.

Se fosse possível, seu sorriso convencido aumentou.

— Estou apenas me aquecendo, querida.

— Hum, sei. O que estava fazendo aqui? Eu não te vi saindo de casa nem passeando pela rua.

Ele se afastou um passo e olhou para a frente da sua casa, franzindo a testa.

— Precisava de ar... Tô fora de casa desde cedo.

— Entendo. — E realmente entendia, pois saí exatamente por esse motivo.

Quando papai anunciou que tio Henrique ia jantar em nossa casa, eu não tinha ideia do tumulto que aquela refeição faria em mim. Estava feliz por vê-lo depois de alguns anos, ele era muito querido. Mas, então, quando quiseram saber se eu tinha feito amizade na minha pequena excursão de manhã, mencionei Jillian... e também Enzo, e tudo desabou. Começou um discurso idiota de que eu não poderia vê-lo, que não conhecia a família dele e o que faziam, e disparei que também não os conhecia, que estavam escondendo coisas de mim e eu não estava feliz com aquilo. Meu pai me deu uma bronca e saí de casa em busca de ar. Não saberia dizer o porquê, mas, de repente, quis proteger Enzo. De alguma maneira, me irritou o julgamento deles com o cara que eu nem conhecia. E tinha beijado e, caramba, foi o melhor beijo que tive na vida.

Não era um beijo qualquer de um homem que não sabia o que estava fazendo, mas de alguém experiente, que tinha noção de todos os passos que percorria, de cada toque que dava... E aquilo me irritou, porque, se ele era experiente, era porque tinha prática demais para o meu gosto. Eu estava possessa mesmo sem ter esse direito.

— Você estava me perseguindo de novo?

— Na verdade, estava sim.

Uau, sem nem pestanejar admitiu ser um *stalker*.

— O quê?!

Ele coçou a cabeça e me olhou um pouco envergonhado.

— Não foi intencional, saí andando pela rua e acabei parado olhando pra sua casa. E, quando você saiu, quis saber aonde estava indo, o que acabou sendo em frente ao meu portão.

A vergonha queimou sobre mim como brasa fervente. Ele tinha me visto espreitando e procurando a casa dele. Eu estava mesmo, não sabia por que, mas procurava qualquer vestígio de sua presença, mesmo que não soubesse o que fazer com isso.

— Bem, estou aqui. O que vai fazer agora?

Sua expressão mudou de envergonhado para excitado num instante.

— Poderia pensar em muitas coisas. — Suspirou. — Mas você não é disso, então esquece.

— Como você pode saber?

Ele sorriu.

— Sabendo. Você é preciosa como um diamante lapidado, delicado e caro. Não é qualquer joia barata.

— O que isso quer dizer, Enzo?

— Que você não é pra foder ao esquecimento, que não serve apenas para desanuviar a mente. Estou dizendo que você é do tipo de bombons e jantares, de flores e romance.

— E se eu não quiser isso? E se eu estiver querendo o perigo? Como disse mais cedo... — Eu queria o perigo? Sim! A adrenalina corria por minhas veias, acalmando meu vício a partir do momento em que eu o vi. E isso era irresistível.

— Eu vou dizer que está louca, não sabe o perigo que eu represento.

— Você pode estar enganado, eu posso saber sim e estar pronta para arriscar.

Seus olhos escureceram e ele tinha os punhos fechados ao lado do corpo, era como se lutasse contra sua vontade. Eu estava disposta a ir até o fim.

— Não diga isso, *cara mia*, não me provoque desse jeito.

— E por que você está perdendo tempo aqui se não deseja nada de mim?

Ele sorriu perigosamente e se aproximou mais um passo.

— Eu não disse isso, só frisei que você não é do tipo que se faz o que eu estou acostumado a fazer.

— E o que vem a ser isso?

— Foder até que suas pernas não te sustentem em pé.

Quase engasguei com a saliva que se formou em minha boca.

— Acho que você não me conhece o suficiente pra saber o que eu quero ou não.

Ele fechou os olhos e pareceu estar sofrendo. Eu também estava, meu corpo clamava pelo dele e me julgava louca por querer aquilo tão fortemente; mal o conhecia.

Enzo tinha razão, eu não era como ele estava dizendo. Nunca havia transado casualmente e apreciava o romance. Mas com ele, de alguma maneira, eu queria sujo, queria bruto e perigoso. Letalmente delicioso.

— Vem, Carina. Vou te levar até sua casa, senão você vai acabar me fazendo perder a cabeça.

Percebi que não teria jeito, ele estava encerrando nossa conversa.

— Não precisa, sei o caminho de casa.

Marchei à sua frente e percebi sua presença atrás de mim, mas nem olhei para trás para me despedir, estava irritada ao extremo. Mas, antes de entrar, parei na escada da varanda, me virei e vi que ele me olhava sério com o maxilar trincado, iluminado apenas pela luz do poste que fazia um jogo de luz em seu rosto.

Espantando meus pensamentos, entrei, passei pela sala, ignorando os olhares dos meus pais e tio, e fui para o meu quarto. Sentei na cama e olhei pela janela, dava para ver as casas vizinhas e contei mentalmente. A dele era mais alta e eu podia vê-la.

Fiquei imaginando-o em seu quarto e pensei se teria tatuagens por baixo da blusa. Provavelmente sim. E isso era sexy. Que coisa é esse de caras com piercings, motocicletas e tatuagens?

Deus, eu era um caso perdido. Peguei meu celular e liguei. Não tinha mais o mesmo número do Brasil, então, mandei uma mensagem para Lia com meu número novo, e logo tive uma resposta.

Lia: Ah, lembrou que eu existo, né, sua vaca? Já salvei seu número novo, vê se aproveita aí e não fica chorando por minha causa. Se cuida, te amo!

Desliguei o celular e sorri, olhando para a janela. As estrelas do meu quarto tinham mudado de lugar.

CAPÍTULO SETE
Enzo Gazzoni

— Você o quê?!

Olhei Fabrizio com um sorriso enquanto estávamos sentados na praça.

— Eu a beijei e ela gostou. — Dei de ombros, como se não fosse nada de mais, mas eu podia contar os segundos antes de ele surtar. Meu primo não era muito correto, mas tinha medo das consequências se não seguisse as ordens. Ao contrário de mim, que, quando isso acontecia, era como acender um pavio.

— Cara, isso vai dar merda.

— Eu sei e não me importa, não mais. — Soei um pouco mais amargo do que pretendia e desviei meu olhar dele, olhando para as pessoas à minha frente.

— Como não importa, Enzo? E seu pai? Se você for contra as ordens, ele vai ter que intervir, e sabe qual o resultado, o que ele irá querer em troca?

Suspirei pesadamente e olhei meu primo nos olhos. Ele era meu amigo de tantos anos, sabia tudo da minha vida, meus sonhos, medos e incertezas. E também vivia nessa loucura, porém gostava e se aproveitava do status de *mafioso*.

— Eu vou assumir meu lugar e o que sou, não posso fugir disso e você sabe. Mas ele me deu até depois da faculdade. Eu tenho alguns meses para ser normal e quero passar esse tempo com alguém que realmente me interessa.

— Mas, e depois?

— Não posso envolver ninguém nessa vida. Você já está até o pescoço como eu e sinto muito. — Nós não éramos primos de verdade, mas todos achavam que sim. Meu pai o encontrou nas ruas de Verona e o trouxe para casa. Desde então, nos tornamos primos quase irmãos, e as pessoas realmente achavam que éramos parentes de sangue.

— Enzo, você é um pouco idiota para ter a inteligência que tem. Você vai se envolver com a garota, e se vocês começarem a se gostar de verdade?

— Aí terei que quebrar essa ligação.

— Isso é egoísta da sua parte, sabe disso, não?

— Sei e não posso evitar nem me sentir mal com isso. — Sorri de lado, imaginando a quantidade de tempo que teria com ela, mas não seria fácil: a rosa tinha espinhos bem afiados e um gosto delicioso também.

— Você é um babaca e fica ainda mais com esse sorriso besta no rosto.

Meu sorriso apenas aumentou e assenti, baixando os olhos para o celular à minha frente; gostaria de ter seu número para entrar em contato. Pelo canto do olho, vi Fabrizio deslizar um papel amassado com um número de telefone. Olhei para ele, confuso.

— É o telefone dela, seu idiota. Eu sabia que você não resistiria e, quando te vi saindo sorrateiro ontem à noite, sabia aonde estava indo. Fui eu que abri o portão. — Peguei o papel e o olhei agradecido. — Você é um babaca! Que olhar de menino apaixonado é esse?

Sorrindo, dei de ombros para meu primo, tentando não pensar demais no que essa obsessão por Carina Agnelli acarretaria.

— Sei disso. Como conseguiu o telefone dela?

Fabrizio riu e se esticou, apoiando as mãos na mesa atrás dele.

— Jill fez amizade com ela e tinha seu número, então usei um pouco de persuasão. Sabe como é... — Deu um sorriso malicioso e fiz uma careta.

— Pare, não quero saber das suas atividades sexuais.

— Você que perde com isso.

Rimos e ficamos olhando para o nada, apenas deixando o tempo passar. Olhei o celular de novo, tentado a mandar uma mensagem. Mas decidi me manter distante dela por um tempo. Vi como ficou mexida com o beijo e sabia que precisava dar espaço, tipo cozinhar em banho-maria. Queria que ela se lembrasse de mim e sentisse falta. Eu era egocêntrico, sabia bem disso, mas tinha plena consciência do que era capaz.

— Você falou sério de assumir seu lugar?

Virei-me, olhando para o meu primo, melhor amigo e irmão, e assenti firme.

— É o meu futuro.

— Mas, e seus planos de se formar e trabalhar com o que gosta?

— Não dá, cara. Eu pertenço a isso... a esse lugar.

— Então, estou com você. Serei seu braço direito assim como o tio Henrique é com o seu pai. Não vou te deixar nessa.

— Você sabe que não precisa, né? Pode ficar apenas com o que se envolveu, ainda nas margens, não precisa se envolver demais.

— Não vou te deixar, irmão. Sempre juntos, certo? Você faria o mesmo por mim.

Faria mesmo. Respirei fundo e fiquei olhando seus olhos, ele estava decidido e não havia maneira de tirá-lo dessa. E, mais uma vez, serei egoísta admitindo que me sentiria mil vezes melhor com ele ao meu lado.

Os dias passaram rapidamente e quinta era dia de treino. Nós lutávamos desde os oito anos de idade. Entrei no ginásio e vi meu instrutor socando um saco de areia sem parar, um rock pesado tocava alto e ele se movia com rapidez. Alguma coisa estava errada, ele não fazia isso com frequência. Olhei para Fabrizio e indiquei que fôssemos nos trocar. Quando voltamos com nossas bermudas e camiseta, ele já tinha desligado o som e estava sentado num banco bebendo água e arfando do exercício.

Quando nos aproximamos, ele levantou os olhos e me encarou.

— É verdade, Enzo?

Droga, joguei a cabeça para trás, olhando para o teto, e respirei fundo. Sem ter coragem de olhar em seus olhos, eu confirmei:

— É sim.

As notícias corriam rápido demais, e não ajudava que Jack treinava metade dos homens do meu pai.

— E o que aconteceu com seus sonhos, sua vontade de se formar, de lutar profissionalmente?

— Não dá, Jack, e você sabe. Meu nome irá me perseguir onde eu for e pode ser perigoso.

— Perigoso para quem, você ou o seu pai?

Sua voz soava muito calma e eu sabia que ele estava prestes a explodir. Jack Jones era um ex-lutador de MMA e, numa das lutas, matou um cara. Então, se mudou da cidade para fugir de seus demônios, montou a academia e desde essa época ensina jovens como eu a serem pessoas de bem. Ele sempre me incentivou a mudar e sair dessa vida.

— Não importa...

Ele me olhou com tanta decepção que baixei a cabeça e fui para o tatame esperando para treinar. Fabrizio me acompanhou e começamos a aquecer. Eu estava muito focado e até intenso demais nos golpes, não media minha força ou se poderia machucar meu primo. Acho que juntei toda a frustração que sentia pelo meu futuro com a vontade de sumir no mundo e esquecer que era um Gazzoni.

Já estava em meu limite, meu primo lutava para não ser atingido pelos meus socos e já estava saindo do ringue para evitar fazer algo que me arrependeria, quando o cara mais arrogante que já conheci na vida entrou pela porta; eu não gostava de vir quando ele estava e evitava ao máximo. Mas, se fugisse agora, ele acharia que eu estava com medo, o que não era o caso. Talvez fosse, mas não tinha medo dele exatamente, mas do que seria capaz se o machucasse.

Ele andou devagar até a borda de onde estávamos parados, sorrindo como o idiota que era.

— Ora, ora, se não é o Gazzoni filho. Faz tempo que não te vejo por aqui, pronto pra lutar. Quero fazer par contigo.

— Sai dessa, David! — Fabrizio se adiantou para fora do tatame e o agradeci em silêncio. Ele apenas assentiu e começamos a nos preparar para sair. Vi que o idiota se debruçou nas cordas do ringue e Jack nos olhava curioso; eu sabia que estava decepcionado. Ele se levantou e entrou no quartinho.

— Ah, então o Enzo-Fodão-Gazzoni precisa de babá para se defender? Que legal, cara, posso indicar a minha.

Tentei ignorá-lo e comecei a tirar as luvas e passei por baixo das cordas, saindo do ringue. Fui até onde estavam minhas coisas e, mesmo de costas, estava ciente de toda a movimentação atrás de mim. Brizio seguiu meu exemplo, mas se sentou no banco, encarando o cara.

— Ah, vai me dar um gelo agora? Queria saber como é treinar com o aluno estrela do JJ. Não vai me dar essa honra, *Enzo*?

— Eu não sujo minhas mãos com porcaria. — Sabia que isso iria irritá-lo. Fabrizio riu, o que confirmou minha suspeita.

— Entendo! Então, quem sabe eu não vou à procura de outra diversão? Já viu a nova garota? Viu como é gostosa? É sua vizinha, certo? Quem sabe eu não sou voluntário para mostrar a cidade pra ela? Serei bem gentil e atencioso com aquele corpo delicioso...

Parei de tirar as luvas e fechei os punhos, meus olhos inflamaram. O filho da puta deve ter visto ou percebido de alguma maneira meu interesse por ela e estava me provocando, eu sabia disso. Ele sempre estava à minha espreita, querendo briga, mas eu o ignorava. Sabia que Carina não daria bola para um babaca como ele. Pelo pouco que a conhecia, sabia que seus padrões eram altos, e sim eu estava me encaixando em seus padrões. Mas ele não respeitaria a vontade dela... Rolava um boato de que ele tinha forçado uma menina, e meu pai a procurou querendo saber a verdade, mas ela desconversou e disse ser mentira. Nada pôde ser feito. O que não queria dizer que David não levou seu corretivo das mãos do chefe da Máfia.

— Enzo, deixa ele. Só quer te provocar e você sabe disso. — Fabrizio tentava inutilmente me distrair, mas eu já estava ligado e queria sangue.

— Me deixa, irmão. — Me virei e encarei aquele cara que eu queria destruir há algum tempo. — Entra no ringue, idiota!

— Não faz isso, cara. — Brizio segurou meu braço e olhei nos olhos do meu melhor amigo.

— Me deixa, Fabrizio.

Meu primo me olhou por um momento e assentiu, soltou meu braço e se levantou, passando ao lado do David e dando-lhe um empurrão. O idiota sorriu e entrou no tatame com os olhos injetados de sangue. Ele queria me machucar, mas estava enganado se achava que teria chance.

Entrei logo em seguida e o encarei, em seus olhos só vi deboche e autoconfiança exacerbada. Eu iria quebrá-lo de uma vez por todas. Ele se posicionou e prestei atenção em cada movimento do cara. Ele tinha um jogo de pernas legal, mas era sem ritmo, e isso contaria pontos a meu favor. Girei com ele no tatame, sério, e ele sorriu.

Meu primo nos observava do outro lado do galpão com os braços cruzados.

— Vamos, Gazzoni, vai ficar girando comigo até quando? — Estreitei os olhos e respirei compassadamente, ele não me tiraria do sério. — Acho que você não é tão bom como dizem, seu ponto de ruptura não é sua autoestima, mas sim a gata nova, né? Sabe o que vou fazer com ela? Vou comer e jogar fora, ela estará tão destruída quando eu acabar que não sobrará nada.

E ele acertou meu ponto fraco, vacilei um pouco e o covarde se aproveitou. Deu-me um soco no queixo que me fez dar um passo atrás, e senti meu lábio sangrar. Tudo sumiu do meu campo de visão e só havia ele à minha frente. Tinha meu alvo definido e parti para cima. Dei-lhe um soco de direita no abdômen. Ele se curvou e dei um de esquerda em sua bochecha. David caiu no chão e minha vontade era de subir em sua barriga e desfigurar seu rosto sem pena. Percebi que estava tonto, mas consciente. Baixei em seu rosto e sussurrei perto demais:

— Fica longe dela ou acabo com você, sou mais parecido com meu pai do que imagina. Eu cuido do que é meu, entendido? Não se faça de otário, seja esperto.

Levantei-me e minha vontade de chutá-lo era grande, mas eu não era desse tipo: lutava para ganhar. Porém, quando meu adversário estava de pé, virei-me e esperei. Sabia o que ele ia fazer. Sorrindo, olhei meu primo, que franziu a testa, e vi que Jack estava nos olhando. Fabrizio arregalou os olhos e eu apenas girei meu corpo e soquei seu rosto, mais uma vez, jogando-o desmaiado no tatame.

Olhei para o idiota, sorrindo, e disse:

— Covarde!

Saí das cordas e Jack me olhou de cima a baixo. Em seus olhos, havia orgulho e uma ponta de pena, eu sabia que ele temia por meu futuro. Mas percebi que eu gostava de fazer aquilo, ferir idiotas estupradores como aquele cara era satisfatório.

— Quando você vai fazer uma coisa...

— Faça direito. Eu sei!

— Muito bom o que fez ali, colocou o babaca em seu lugar.

— Obrigado!

— Por nada, agora chuveiro e uma hora na academia.

Sorriu para mim e bateu em minhas costas. Caminhei ao lado de Fabrizio para a musculação e ele permaneceu em silêncio. Quando paramos na sala dos equipamentos, ele me olhava pelo espelho enquanto eu levantava uma barra de cento e cinquenta quilos.

— Desembucha.

— Você sabia que ele ia te atacar pelas costas. — Assenti e fiz uma careta, levantando o peso de novo. — E por quê?

— Instinto?

— Não, você queria fazê-lo desmaiar, dar-lhe uma lição e só assim conseguiria e ao mesmo tempo seria uma luta justa.

Sorri sinistramente e percebi que ele estava certo. Talvez não fosse tão ruim trabalhar no que estava destinado a mim, se eu pudesse punir idiotas como David.

CAPÍTULO OITO

Carina Agnelli

Nunca gostei de ficar obcecada com nada. Tinha um costume ruim de me viciar e isso não era bom. Me mantive longe de drogas e bebidas exatamente por esse motivo. Mas preciso confessar que não consegui esse êxito depois de conhecer Enzo Gazzoni.

Nosso último encontro provou o quanto seríamos bons juntos e eu não conseguia parar de pensar no beijo delirante que ele me deu. Fiquei dias pesando as consequências de me envolver com um cara como ele. Acabaria me viciando e isso me assustou. Apesar de gostar desse tipo de adrenalina, mexer com o coração não era uma boa opção.

Dois dias se passaram e não tive nenhuma notícia dele. Admito que fiquei na expectativa, até que me dei conta de que estava esperando qualquer sinal de que ele me queria tanto quanto eu o queria. Fiquei muito brava comigo mesma e saí para espairecer. Como ainda morava ali há pouquíssimo tempo, só tinha Jill como amiga. Mandei uma mensagem para ela combinando de encontrá-la para fazermos alguma coisa.

Esperei ansiosamente pela hora de sair para espairecer um pouco e confesso que pensei se o encontraria por lá.

Já não aguentava esperar e fui aguardar o horário de ela sair na lanchonete. Assim que entrei, o calor costumeiro me envolveu, tirando-me do frio que fazia do lado de fora. Jill veio em minha direção sorrindo enquanto eu retirava o casaco pesado.

— Não acredito que ainda não se acostumou com o frio daqui, Carina.

Sorri e revirei os olhos. Nunca me acostumaria depois de viver a vida toda no calor escaldante do Rio de Janeiro.

— Tenta ser praticamente teletransportada de um clima para o outro.

— Ainda quero conhecer seu país. Pelo que vejo na internet, parece ser maravilhoso.

Assenti e me sentei enquanto ela parou ao lado da mesa. Sabia que não podia ficar ali sem consumir nada e logo pedi que me trouxesse um chocolate quente.

— O Brasil é lindo! Tem seus problemas, que são muitos, mas o povo de lá, a cultura... é tudo maravilhoso. Vamos fazer um pequeno tour por lá, o que acha? Te

GISELE SOUZA 51

levo pra conhecer o Rio, São Paulo, Minas Gerais... São os estados que conheço, mas podemos ir além também.

Ela arregalou os olhos e sorriu parecendo uma criança.

— Sério?

— Sim, muito! Vou adorar voltar e ainda poder mostrar o Brasil pra você.

— Ah, adorei a ideia! Vou me programar direitinho e vamos sim! Agora preciso das minhas férias o mais rápido possível.

— Tenho certe... — Eu ia falar que ela adoraria o país, passear e conhecer um lugar novo, principalmente o clima, mas fui interrompida pelo sino na porta que indicava um novo cliente. Jill se virou e sorriu para o recém-chegado. Eu fiquei embasbacada com o homem que vinha em nossa direção: ele era a cópia do Enzo, só que mais velho e mais letal.

— Olá, Jillian! O que temos de bom hoje?

Ele sorriu amplamente, se mostrando totalmente encantador.

— Senhor Gazzoni, para sua sorte, temos seu prato preferido: espaguete!

— Uau! Isso é o que eu chamo de dia perfeito! Traz pra mim um belo prato com muito queijo, por favor?

— Sim, senhor! — Ela virou-se para mim e sorriu. — Já trago seu chocolate, Carina.

— Sem pressa, Jill.

Ela saiu e deixou aquele homem enorme e intimidador ali. Pelo nome, deduzi ser o pai do Enzo, além de ser a cópia dele, claro.

— Então, você é a sobrinha do Henrique. — Ele olhou pra mim com curiosidade evidente no olhar. Fiquei incomodada com aquilo, mas não de um jeito ruim.

— Sim, senhor. Sou eu.

— Nada de senhor, por favor. Me faz parecer velho. Só Luca está bom demais. Posso me sentar? — Apontou para o assento do outro lado da mesa e assenti. Ele se acomodou e apoiou os cotovelos, cruzando as mãos na frente do corpo. — Tinha a impressão de que era bonita pelo cuidado que seu tio teve em afastar todos os meninos das redondezas, mas não imaginava que era tanto. Por isso toda a cautela e entendo o frenesi que causou em nossos meninos.

Apesar de ele ter dispensado as formalidades, decidi continuar a chamá-lo de senhor, pois nem mesmo o conhecia.

— Senhor Luca, não estou entendendo o que quer dizer. E obrigada, a propósito.

Ele sorriu exatamente como Enzo fazia, só faltava o piercing para ser idêntico.

— Sei que conheceu meu filho, Enzo, e sei também que ele ficou encantado com você.

Droga! Senti minhas bochechas arderem e tive certeza de que estava quase rosa de tão envergonhada que fiquei.

— Sim, eu esbarrei com ele no meu primeiro dia na cidade.

— Tenho certeza de que foi mais do que isso. Nunca vi meu filho tão distraído na vida. Acho que ele está mais interessado em burlar as ordens.

Baixei a cabeça e fiquei mexendo no guardanapo que nem me lembrava de ter pegado do suporte.

— Pode ser que sim... Mas não quer dizer que eu tenha participação nesse interesse dele. — *Que mentirosa, Carina!*

Ele gargalhou e jogou a cabeça para trás, parecendo bem mais novo do que deveria ser. Luca Gazzoni tinha uma aura que nos incitava a ficar longe. Ele exalava perigo e parecia mesmo perigoso. Mas, quando sorria de verdade, e não para ter o que queria, se assemelhava a um homem normal.

— Fazia tempo que eu não tinha um conversa tão descontraída assim e te agradeço por isso. Por muitos anos, eu apenas tive encontros de negócios, e as pessoas ficam um pouco reticentes em minha presença. Você parece nem se abalar comigo e isso é muito bom. Lembra muito uma pessoa que eu amei e perdi.

— Desculpe perguntar, senhor. Mas quem?

Ele sorriu de lado e olhou pela janela por um momento, parecendo bem abalado e perdido em lembranças. Quando voltou seu olhar para mim, parecia triste.

— Minha esposa. Eu a perdi há alguns anos e o que mais sinto falta é de nossas conversas. Eu podia falar sobre qualquer coisa que ela que me entendia. Podia ser eu mesmo, sabe?

Assenti, incapaz de dizer qualquer coisa com a emoção que podia ouvir na voz dele. Um homem grande e aparentemente poderoso como ele se mostrar tão fragilizado ao falar da esposa falecida era algo muito difícil de ver.

— Eu imagino como deve ter sido ruim perdê-la...

Ele encostou-se no banco e assentiu, cruzando os braços.

— Só suportei a dor por causa do meu filho. Mas não falemos mais de tristeza, acabei de conhecer uma menina tão bela e fico falando da minha vida. Desculpe, *cara*, é que faz algum tempo que não sou eu mesmo.

— Não tem que se desculpar, senhor. Tá tudo bem!

— Agora eu entendo ainda mais meu filho. Bem, só peço que tenha cuidado, ok? Essa é uma vida complicada e você precisa ter certeza antes de entrar nela.

Fiquei olhando para seus olhos tentando decifrar aquele enigma, mas não conseguia pensar em nada.

— Não sei o que quer dizer...

— Você saberá. — Olhou para o lado e sorriu. — Parece que meu jantar está vindo. Foi um prazer te conhecer, Carina Agnelli. Dê um olá para o seu pai, diga que Luca Gazzoni lhe manda as boas-vindas. — Piscou um olho e se mudou para outra mesa assim que Jill colocou o prato de macarrão à frente dele. Quando ela me alcançou, seus olhos estavam arregalados.

— Garota, o que foi aquilo? Quando falei com Luca Gazzoni pela primeira vez, quase morri do coração. Você parecia estar falando com alguém normal.

— Não entendi, Jill. Confesso que ele tem uma aura totalmente estranha e é intimidador, mas não percebi nada de mais.

Ela respirou fundo e parecia sem graça, colocou a xícara de chocolate fumegante à minha frente e balançou a cabeça.

— Não dê ideia pra mim. Eu que sou medrosa e envergonhada mesmo. Vou só trocar de roupa e já venho. Aonde vamos?

Ainda a achei estranha, mas deixei pra lá.

— Não sei, pensei em andarmos pelo bairro mesmo, conhecer mais a vizinhança.

— Ótimo! Já volto.

Observei-a se afastando e sabia que ainda iria demorar um pouco. Decidi aguardá-la do lado de fora. Terminei minha bebida e saí pelo outro lado da lanchonete, tentando não chamar atenção. Fiquei olhando os muitos pedestres que iam e vinham.

Fiquei tão distraída que nem percebi que já não estava mais sozinha na porta.

— Foi muito bom te conhecer, Carina. — Olhei para Luca, que já se afastava, sendo ladeado por seguranças enormes, mas antes de entrar no carro ele me olhou, sorriu e piscou um olho.

Eu estava estarrecida com a sua presença marcante e não sabia o que pensar com todos aqueles enigmas que ele disse. Minha cabeça não parava de maquinar possibilidades e teorias de conspiração.

— Não pense demais, ele só queria conhecer a garota que encantou o filho dele.

Jill me abraçou e olhei pra cima para encarar minha nova amiga.

— Encantou? O cara sumiu há dois dias.

Ela sorriu e balançou a cabeça.

— Isso não quer dizer nada, só prova o quanto ele ficou a fim de você. Se só quisesse transar, não largaria do seu pé. Eu já o vi em ação.

Fiz uma careta e atravessamos a rua em direção a uma praça onde os jovens se reuniam para conversar, ouvir música e até tinha apresentação acústica ao vivo.

— Só que eu não gosto de ficar esperando por muito tempo.

Por mais que eu não quisesse admitir no momento, sentia que poderia enlouquecer com todo aquele sentimento que invadia meu coração. Nem mesmo podia pensar em nada, as aulas que estavam prestes a começar viraram história na minha cabeça. Somente um italiano irritante povoava meus pensamentos.

E claro, como dizem que pensamentos têm poder, não poderia ser diferente. Naquele momento que eu só queria esquecê-lo, Enzo estava sentado lá rodeado de amigos, rindo e sendo o cara lindo de sempre.

Jill me chamou para nos acomodarmos em um banco do outro lado da praça onde o pessoal ouvia um rapaz tocar violão e cantar baladas dos anos 90.

Não pude evitar de ficar encarando-o, observando como sorria, como conversava animado e dava socos no ar imitando golpes de luta. Com olhos brilhantes alegres, mesmo de longe, eu conseguia ver que estava relaxado.

E como se tivesse ouvido os meus pensamentos, ele virou a cabeça, olhou para mim e seu sorriso foi se extinguindo devagar até sobrar apenas aquele olhar intenso que roubou meu fôlego desde a primeira vez que o vi.

Não consegui deixar de encará-lo e Enzo parecia estar na mesma situação; por mais que tentassem chamar sua atenção, ele parecia preso.

Meu coração disparou no momento em que ele levantou e começou a andar em minha direção; já imaginei que ele me pegaria pela mão, me beijaria na frente de todos e admitiria tudo que estávamos sentindo desde a primeira vez que nos esbarramos.

Contudo, quando ele se aproximou demais, apenas sacudiu a cabeça e foi embora sem olhar para trás.

ROLETA
Russa

CAPÍTULO NOVE

Você sabe que fez besteira quando tenta se afastar da mulher pela qual está louco, porque é o melhor para ela, mas ela não sai da sua cabeça.

Tentei me manter distante. Alguns dias sem vê-la e eu estava em estado crítico de lamentável saudade. É isso mesmo! Dei apenas um beijo na garota e simplesmente queria mais.

Decidi sair e correr, tentar tirar da cabeça a garota que para mim era proibida.

Acabei na academia, onde gastei quase toda a minha energia levantando peso e dando socos no saco de areia, depois fui correr mais um pouco. Brizio me acompanhou em silêncio em todas as fases do meu martírio autoimposto para esquecer a Carina e o agradeci por isso. A cada passo que dava, eu me martirizava por querê-la demais.

— Não é certo meter ela nessa vida.

Meu primo se virou e me encarou, sorrindo.

— Tá dizendo isso pro cara que tirou uma moça de família, que nunca teve nada com isso, e a arrastou para esse mundo?

— Mas com vocês foi diferente. Jill sempre soube de tudo.

— Isso não ameniza o que fiz. Simplesmente não consegui ficar longe daquela loirinha mal-humorada.

— Eu sei, mas parece que vocês foram feitos para ficarem juntos. Não existe casal mais perfeito.

Meu primo franziu a testa e riu alto.

— Você é mesmo um idiota com mania de bom samaritano. Não faz mal ser egoísta, Enzo. Às vezes, precisamos dar ouvidos ao que queremos e deixar que cada pessoa escolha seu caminho. Você não tá dando chance para ela decidir se quer ou não ficar contigo. Vai ver Carina só quer uma noite com você e nada mais. Tá pensando muito com o coração.

Muitas vezes, Fabrizio era um idiota e eu queria matar o cara por isso, mas sempre tinha razão no que dizia. Eu estava um pouco sem fôlego e fiquei em silêncio por um minuto.

— Não posso carregar essa culpa nas costas, primo.

— Então é um idiota por negar algo que poderia ser a melhor coisa da sua vida.

Engatamos numa corrida cadenciada e lenta que nos permitia conversar sem ficarmos muito cansados. Estávamos acostumados a praticar exercícios desde pequenos, às vezes, testávamos nossos limites e acabávamos mortos de cansados antes mesmo de chegarmos ao quarto.

Em frente à casa de Carina, diminuí ainda mais o ritmo e recebi uma olhada meio atravessada de Fabrizio, que balançou a cabeça.

— Se está tão disposto a se manter distante, por que fica se torturando dessa forma e enchendo a garota de ideias? Ou fode ou sai de cima, primo! — E continuou a corrida, enquanto eu, quase parando, olhei para as janelas como se pedisse para ela aparecer.

Ele tinha razão novamente, mas não podia me impedir de pensar nela e imaginar um futuro diferente se fosse um cara normal. E realmente acreditei que pensamentos tinham poder. Carina acabava de sair da porta de frente com um livro nas mãos. Não me viu e sentou-se na cadeira de balanço.

Estava concentrada em folhear o livro e cheirou as páginas, sorrindo. Passaram-se alguns minutos e pude notar que ela suspirava, envolvida na leitura, até que levantou os olhos e pareceu assustada e surpresa por me ver ali. Não era por menos, já que eu parecia um maldito perseguidor atrás dela, vigiando-a de longe.

Carina abriu os lábios e pareceu respirar rapidamente. Meu coração acelerou, ela era a única mulher que exercia aquele tipo de poder sobre mim. E isso até me enraivecia um pouco. Era hora de tentar esquecer aquela atração e poupar a princesa do meu mundo sujo.

Quando me afastei, vi de esguelha que Carina baixou a cabeça, voltando para sua leitura. Senti-me um covarde, mas achava que isso era o melhor a ser feito.

Assim que coloquei os pés dentro de casa, dei de cara com meu pai sorrindo descontraído, como há muito tempo eu não via.

— Que tal uma partida de basquete? — Ele sorriu e franziu a testa, parecendo armar alguma coisa.

Estreitei os olhos e o encarei desconfiado.

— Só porque você sempre ganha nesse jogo? Por que não vamos treinar no ringue?

— Talvez você tenha sorte hoje e não quero te machucar. — Piscou um olho, sorrindo, porque ele sabia que lutar era meu forte.

Em todos esses anos depois que minha mãe faleceu, nossa relação era bem volátil. Tinha vezes que nos comportávamos como pai e filho normais, mas em outras era tudo muito delicado e pisar em ovos era essencial. Eu sabia que ele carregava um peso enorme nas costas e sabia o quanto eu não queria viver naquele mundo.

— Ok. Se prepare para perder, Luca Gazzoni.

Ele liderou o caminho até a parte de trás da casa e parecia bem animado com nossa rara interação. Vestia uma bermuda e camiseta, roupas difíceis de ver meu pai usando.

— Cinco pontos? — disse, se dirigindo para a beirada da quadra e pegando a bola, quicando-a duas vezes no chão.

— Ótimo, mais rápido pra eu te vencer.

Ele riu e assentiu, se preparando. Meu pai era um ótimo atleta, sempre gostou de se exercitar, o que fez com que ainda tivesse uma ótima forma física e disposição para me vencer. Vi em seus olhos que estava empenhado.

Alguns minutos depois, ele já tinha feito dois pontos. Basquete definitivamente não era o meu forte.

— Conheci a sobrinha do Henrique outro dia.

Perdi completamente o ritmo com sua declaração.

— Como assim? — Tentei driblá-lo, mas já não estava mais concentrado com a menção da Carina.

Ele desviou da minha defesa e marcou mais um ponto. Sorrindo, começou a quicar a bola novamente.

— Fui até a lanchonete e ela estava lá. Eu simplesmente soube quem era. Entendo seu encantamento, a menina não é só linda, mas muito inteligente.

Eu estava ofegante do nosso exercício e com a cabeça a mil. Ele tinha razão, Carina era incrível!

— Mas você falou com ela? — perguntei, curioso.

Ele sorriu e perdeu a bola. Acabei conseguindo enganá-lo e fiz um ponto.

— Conversamos um pouco, ela me lembra muito sua mãe, é espontânea.

— O que falou com ela, pai? — Franzi a testa, indo de um lado para o outro, tentando ganhar e prestar atenção no que ele dizia e o que estava implícito ali, porque meu pai não dava ponto sem nó. Tudo que fazia tinha um propósito.

— Nada de mais, só achei que deveria me apresentar. E você tá perdendo tempo, alguém vai acabar conquistando a atenção dela se continuar se fazendo de idiota!

Ele aproveitou meu momento de choque e roubou a bola, fazendo mais um ponto.

— Não posso trazê-la para esse mundo, pai! Não é justo.

Ele fez outro ponto quando parei no meio da quadra e se virou para mim, parando à minha frente, me olhando com carinho e até penalizado. Meu pai era um homem forte e implacável, mas ninguém poderia julgar suas atitudes com sua família. Ele amava ao extremo e protegia seus entes queridos.

— Ela já está envolvida, Enzo. — Sua voz estava cheia de pesar e entendi o que ele disse. Assenti, sabendo que tinha razão, mas mesmo assim pensava que, se me envolvesse com ela, tudo seria pior. — Ganhei de novo, acho que está muito molenga.

Piscou um olho e deu dois tapas carinhosos em meu ombro, se afastando em seguida, deixando-me sozinho com meus pensamentos bagunçados.

Antes que ele pudesse entrar na cozinha, gritei:

— Quero revanche no tatame.

Ele olhou para trás e sorriu, batendo continência.

Sabia que tudo dependia de como eu iria agir dali para frente. Minhas escolhas foram tiradas de mim quando nasci, tive que aceitar o que o destino me preparou e cada vez mais essa verdade me sufocava. Com Carina, eu sentia que tinha uma escolha, ou não.

Parecia que se eu me afastasse estava trilhando um caminho quando, na verdade, estava sendo escravo, mais uma vez, do meu destino. Não poderia ficar com quem eu queria por causa do meu mundo. Mas valia a pena arrastá-la para isso tudo só porque meu desejo parecia irrefreável?

Posicionei a bola e fiz uma cesta perfeita!

De cabeça baixa, entrei em casa sentindo como se tudo tivesse sido orquestrado para que minha vida não fosse minha.

CAPÍTULO DEZ

Carina Agnelli

Sabe aquela sensação de que fez algo errado mesmo que não tenha feito nada? Foi assim que me senti nas semanas que se seguiram. Eu estava na cidade há algum tempo, já tinha me familiarizado e estava quase me adaptando aos costumes, fiz amizades além de Jillian e, por incrível que pudesse ser, me vi feliz em um lugar que não escolhi estar. Somente uma coisa me incomodava: aquele sem-vergonha que me beijou e teve o desplante de sumir. Não *sumir* exatamente, mas me ignorou todo o tempo.

Eu o via na lanchonete, na praça com seus amigos e na rua. Ele passava em frente à minha casa constantemente. Uma vez, o vi correndo, vindo de uma atividade que eu não sabia qual era, mas que o deixava deliciosamente suado. Mas em nenhum momento me dirigiu uma palavra, porém parava e me olhava. Oh, sim! Muito! Encarava-me tanto que, às vezes, eu pensava que minhas pernas não me segurariam e eu cairia estatelada no chão.

Droga, estava agindo como uma idiota de novo. Não era disso e não começaria agora. Então, fiz como ele e o ignorei. Mesmo sendo bem difícil, me senti vitoriosa. Na sexta, quando estava perto de começar na faculdade, fui até a lanchonete encontrar Jill, porque combinamos de pegar um cineminha. Assim que entrei, ela me viu e veio animada em minha direção.

— Ei, Ca! Tá pronta? Eu saio em alguns minutos.

O Natal já havia passado há dois dias, o Ano Novo espreitava na esquina, minha vida estava correndo rapidamente. Eu estava gostando de estar naquele lugar novo. Sorri para Jill e a abracei.

— Estou sim! Já avisou Fabrizio?

Ela namorava o primo do idiota há três anos e, por mais que eu achasse demais ela ter que avisar e pedir permissão a ele para sair, não me envolveria dando palpites em algo que não me perguntaram. Eles que sabiam do seu relacionamento.

— Sim... — Fez uma careta sem graça. — Mas ele insistiu em nos buscar no cinema, não gosta que eu ande sozinha pelas ruas.

Fiz uma careta e olhei para meus pés cobertos pela bota de cano alto.

— Não sei se é uma boa ideia, Jill. E se o idiota estiver junto?

Ela riu e balançou a cabeça.

— Não vai, já avisei ao Brizio pra não deixá-lo ir junto. Mas confessa, vai... Você tem uma "quedona" por ele e só está chateada porque Enzo não fez nenhum movimento pra você.

Levantei os olhos até ela para dizer que não era nada daquilo e o vi entrando pelo outro lado da lanchonete, ladeado pelo primo e duas garotas lindas, loiras e altas. Engoli em seco e percebi que estava evitando qualquer aproximação para reafirmar a negação da atração descontrolada que sentia. E vê-lo tão bem acompanhado me deixou enlouquecida, não sabia por que, mas me senti ferida depois daquele beijo e da rejeição. Não deixaria que ele ditasse onde e quando iríamos nos ver, sabia que inevitavelmente nos esbarraríamos por aí, mas eu não ficaria como uma louca procurando por ele em toda parte, mesmo que inconscientemente. E não iria me privar de amizades por causa de um babaca qualquer.

— Tudo bem, eu admito. Mas não quer dizer que tenho que suportá-lo. Olha só, o babaca está rodeado de mulheres lindas.

Jill sorriu amplamente e olhou sobre o ombro, estreitando os olhos para o namorado, que, quando a viu, levantou as mãos e se afastou do primo com as mulheres e sentou-se numa mesa vazia. Eu tive que rir, parecia que a possessividade era de ambas as partes.

— Não ligue para isso, elas não são nada mais do que diversão.

— Tudo bem, vou me sentar e te esperar, ok? — Ela assentiu e voltou para terminar seu turno.

Virei e sentei numa mesa de costas para onde ele estava com as loiras. Arrisquei um olhar discreto e me deparei com Enzo me encarando fixamente enquanto uma das garotas estava em seu colo acariciando seu rosto barbado.

Em vez de me dar aquela onda de desejo com seus olhos nos meus, isso provocou raiva e decepção. O que aquele cara queria, afinal? Me beijou, me enlouqueceu, ignorou e queria me seduzir de novo com aqueles olhos azuis incríveis? Eu não o deixaria levar a melhor nessa história. Ele havia escolhido ficar com elas e eu não era de pegar sobras.

Uns dez minutos se passaram e resisti bravamente em não olhar para trás, enviei mensagens para Lia, que não me respondeu, a safada. Fingi estar interessada na movimentação da cidade, qualquer coisa que tirasse da minha cabeça que ele estava ali, não com uma, mas duas mulheres. Droga!

Estava tão perdida em pensamentos que, quando percebi, Jill já estava parada ao meu lado totalmente diferente da garçonete, na verdade, muito diferente. Seus cabelos loiros estavam soltos e ondulados, os olhos azuis, contornados por um delineador esfumado que intensificava a cor e os lábios, pintados de um rosa clarinho, fora o vestido que usava por cima da legging. Senti-me um pouco estranha por usar jeans, botas e casaco preto de couro. Enquanto ela estava toda doce, eu estava mais para *bad girl*.

— Vamos?

Sorri e assenti, levantando-me da cadeira, automaticamente olhando para onde Enzo estava sentado, mas não havia ninguém lá. Nem mesmo o namorado da Jill.

— Ele já foi, Ca. Não se preocupe, saiu com as vadias e tenho certeza de que não irá dar as caras hoje. — Fez uma careta se desculpando pelo comportamento do cara e o que estava insinuando com o sumiço dele.

Bem, eu não tinha nada com ele e não tinha o direito de me sentir da maneira como estava, mas doía. Muito!

— Tudo bem, Jill. Vamos logo, senão perdemos a sessão.

Pelo horário, o caminho até o centro comercial de Manhattan foi bem tranquilo. Não tinha congestionamento, apesar de haver muitos carros.

Chegamos em cima da hora, compramos nossos baldes de pipoca e nos acomodamos. Por boa parte do filme, eu e Jill ficamos concentradas em falar dos atores, como eram bonitos, fortes e deliciosos. Teve um que até me lembrou do Enzo. Droga, esse cara não saía da minha cabeça nem quando eu estava cobiçando artistas extremamente gostosos.

— Caramba, Carina, se não acabasse logo aquele filme, eu teria uma síncope. Aquele ator é muito gostoso.

Sorri e balancei a cabeça.

— Com certeza. Você viu todos aqueles músculos e, o pior, aquele sorriso safado?

— Sim! Puta merda, que Fabrizio não me ouça, mas com um cara daqueles eu iria me esbaldar. Amarraria na cabeceira da minha cama e nunca mais soltaria.

Nós olhamos uma para a outra e caímos na risada. Até que uma voz grave nos fez estacar no lugar.

— Sei, dona Jillian. O que a faz pensar que esse cara estaria vivo para ser amarrado em qualquer coisa? Você teria um cadáver na cama, isso sim.

Jill arregalou os olhos, mordeu os lábios parecendo nervosa e sorriu para mim. Viramos e vimos Fabrizio parado à nossa frente com os braços cruzados. Ele era um cara muito bonito. Moreno, cabelos pretos e cortados bem rente, olhos escuros e toda a pinta de malandro. Seus olhos brilharam maliciosos quando ele mediu a namorada de cima a baixo.

— Divertiu-se no cinema, namorada? Tá com pensamentos impertinentes.

— Ah, Brizio. Que é isso, amor! Foi só um filme de romance, nada de mais.

— Sei... Vem, vamos que o que é seu te espera em casa.

Minha amiga arregalou os olhos e sorriu abertamente enquanto Fabrizio olhava-a com fome no olhar. Jill só faltava dar pulinhos de alegria. Me senti envergonhada por estar presenciando aquilo. Dei a volta por eles e me afastei, deixando que se entendessem. Estava olhando uma vitrine quando senti uma respiração quente em meu pescoço.

— Divertiu-se no cinema, *cara mia*?

Virei-me e dei de cara com Enzo. Ele sorria para mim e, por um momento, perdi a fala e esqueci de respirar. O cara estava simplesmente de tirar o fôlego. Seu cabelo, normalmente espetado com gel, estava molhado e bagunçado; o rosto, com a barba aparada; os olhos brilhavam... E os lábios estavam mais convidativos do que nunca. Ele usava uma blusa de manga comprida vermelha e calça jeans escura. Delicioso!

— O que está fazendo aqui? Jill me garantiu que você não viria.

Ele arqueou uma sobrancelha e sorriu.

— Tá querendo fugir de mim?

— Fugir? Bem, não fui eu que sumi e esqueci que um *oi* é questão de educação quando se esbarra em alguém.

Ele sorriu amplamente, o que fez com que seus olhos se enrugassem nos cantos, deixando-o ainda mais bonito.

— Então, quer dizer que sentiu minha falta? Eu não disse ao Brizio que não viria, somente omiti a parte que ele não tinha escolha de eu acompanhá-lo ou não.

Estreitei meus olhos e enfiei as mãos nos bolsos do casaco, para impedir-me de estendê-las e puxar seu pescoço para perto e assim provar daqueles lábios deliciosos.

— Por que veio? Estava bem acompanhado na lanchonete mais cedo.

Ele franziu a testa e balançou a cabeça com um sorriso cínico.

— Elas não são nada, mandei-as para casa.

— Pois não devia ter feito isso, está perdendo seu tempo aqui.

— Por quê?

— Eu não quero você.

— E quem disse que estou aqui por sua causa, Carina? Estou apenas acompanhando meu primo, nada mais.

Senti minhas bochechas queimando de vergonha. Tinha acabado de levar um fora enorme, coisa que não acontecia há anos. Deus, o cara era irritantemente gostoso e arrogante.

— Tudo bem, que se dane.

Virei-me, pronta para encontrar com Jill e Fabrizio e pedir para que me levassem para casa, mas eles não estavam mais ali. Que porra é essa?

— Eles já foram. Brizio ficou meio bravo com Jill por ela cobiçar o carinha do filme e foi lhe dar um corretivo, coisa deles. E antes que você diga algo, não é nada contra a lei. Só que eles, às vezes, gostam de brincar, sabe, dominação e submissão.

Arregalei os olhos e o senti se aproximando de mim até que quase podia tocar o calor que emanava do seu corpo. Aquele papo de *Dom* e *Sub* estava me deixando quente e incomodada.

— Ótimo! Vou pegar um táxi — disse, me afastando, mas o idiota tinha que me seguir.

— Não vai não. Eu te levarei pra casa.

Prendi meus lábios numa linha fina e o encarei. Tinha certeza de que meu rosto estava contorcido numa máscara de raiva, mas, com meu corpo formigando de desejo, essa briguinha me acendia como um pavio. Eu era uma bomba prestes a explodir.

— Não mesmo, querido. Prefiro ir andando a estar em algum lugar com você.

Ele sorriu e eu queria gritar como uma menina mimada. Saí em direção à rua batendo o pé com raiva e entrei na escuridão da noite. Estava tarde e fiquei com medo de andar sozinha. A cidade era nova para mim e, claro, tinha violência por toda parte. Meus pais não se preocuparam tanto porque eu estava com Jill e ela me levaria para casa. Um calafrio tomou meu corpo enquanto eu caminhava até um táxi que estava parado na esquina. E se o motorista não fosse um cara legal?

Antes que eu pudesse dar mais dois passos, fui pega pelo braço e um corpo forte e quente me imprensou contra a parede. Assustada, levantei os olhos e encarei aqueles azuis escuros de desejo.

— Me provocar não é uma boa ideia, Carina.

Sua respiração forte em meu rosto me deixou tonta por um momento. A voz de Enzo estava rouca com o timbre forte que provocou um arrepio por todo o corpo, que estava totalmente grudado no dele. Mas minha personalidade destrutiva não sabia quando parar, precisava importuná-lo mais.

— Ah é, e por que não?

— Você pode não estar preparada para as consequências.

Fiquei olhando para ele, que encarava fixamente minha boca entreaberta. Eu respirava forte, tentando me acalmar.

— Olha, Enzo. Me deixa em paz, vai atrás das vadias loiras. Você já deixou bem claro que não está aqui por minha causa, a não ser para me irritar. Deixa eu ir para casa e dormir, por favor?

Enzo estreitou os olhos. Sua mão direita, que estava segurando meus braços, deslizou por minha cintura e meteu-se por baixo do casaco; e a outra, que estava ao lado da minha cabeça, nem se moveu, ele parecia querer se segurar em alguma coisa.

— Porra, para de me provocar. Eu tentei me manter distante, não te envolver na minha vida, mas eu sou um filho da puta egoísta. Quero você, caralho!

— Mas você não pode ter. — Sua declaração foi tão intensa que foi automático eu rebater com a negação. Eu estava em negação.

Ele grunhiu alto, o que causou um arrepio por todo o meu corpo.

— Não fale isso, porra. Me faz te querer mais... — A última parte foi dita em um sussurro.

Meu coração batia rapidamente, me deixando entorpecida.

— Eu não quero resto das vadias.

Ele aproximou o rosto do meu e sua mão apertou minha cintura um pouco, apenas fazendo pressão; seu polegar acariciou minha barriga, fazendo com que a fina camiseta levantasse e sua palma tocasse um pedaço de pele.

— Eu não as fodi, Carina. Queria muito para tirar você da minha cabeça, queria muito voltar à vida que estava acostumado, mas, porra, não deu. Eu fecho os olhos e só te vejo. — Aquele olhar possesivo e perigoso devia ter me alertado para afastar-me, mas não. Só fez com que minha vontade de tê-lo aumentasse mais. — Você. Tem. Que. Ser. Minha.

Deus, eu queria muito! Eu tinha que ser dele e ele ser somente meu.

CAPÍTULO ONZE
Enzo Gazzoni

Quando sua vida é virada do avesso e tantas coisas que desejava realizar são tiradas de você, não tem como não se desesperar. Eu decidi que Carina seria minha pelo tempo que pudesse tê-la, mas, ao vislumbrar meu futuro, tudo se tornou sombrio demais; pensar nas coisas que eu precisaria fazer e quem eu deveria ser me trouxe uma perspectiva falha e eu não tinha certeza se queria envolvê-la mais do que ela já estava.

Eu a ignorei, evitei qualquer contato. Mas, quando ela estava distraída, eu a observava atentamente. Aprendi mais só olhando-a do que se tivesse contato direto. Percebi que sorria muito e fazia amizades facilmente; manias e costumes foram notados, como colocar o cabelo atrás da orelha quando estava concentrada em alguma coisa. E como ela ficava linda quando estava entretida com os fones nos ouvidos e nem percebia que acompanhava a música em voz baixa. Ela passou a frequentar muito os mesmos lugares que eu, o que me deu a oportunidade de admirá-la de longe.

Eu estava ferrado! Ao invés de atraído e curioso, me tornei obcecado. Em todos os dias de treino, eu passava pela casa dela correndo e diminuía a velocidade só porque sabia que ela estava por ali. Necessitava de um vislumbre, ou só a ideia de que Carina pudesse estar em alguma das janelas me observando já acalmava minha ânsia de tê-la. E essa necessidade me assustou muito!

Fabrizio nem mesmo disse uma palavra quando chegamos à lanchonete e eu carregava duas loiras gostosas em meus braços, apenas se afastou para não ter problemas. Eu queria tirar aquela mulher da cabeça e achei que um corpo gostoso — ou dois — seria uma boa distração. Mas, para o meu azar, ou não, ela me viu com as mulheres e ficou magoada. Vi o momento em que constatou o que estava acontecendo, o que eu estava fazendo, e me senti um filho da puta por isso. Se Carina nem tivesse dado conta da minha presença, eu iria ignorá-la mais uma vez, levaria as gostosas para casa e mergulharia em autodesprezo, mas não, ela me encarou, e havia desejo em seu olhar, que se apagou no momento em que viu as mãos de outra em meu rosto, então percebi a merda em que me meti. Não havia escapatória, poderiam passar muitas mulheres em minha cama, mas, no fim, eu continuaria querendo-a desesperadamente.

Carina fechou a cara e se sentou reta e tensa, dando as costas para mim. Resolvi ir embora e levar as garotas para casa. Chamei meu primo, que foi avisar Jill que estava indo. As garotas não ficaram felizes por serem dispensadas, mas nem me importei. A única que me interessava estava fora de alcance por enquanto, mas eu mudaria isso.

Fui para casa, tomei um banho para tirar o perfume das loiras do meu corpo e me vesti casualmente. Peguei a moto e fui para o cinema que sabia que Fabrizio ia buscar Carina e Jill. Quando cheguei lá, parecia que tudo estava correndo a meu favor. Meu primo e a namorada estavam com aqueles olhares de que se trancariam no quarto e só sairiam quando estivessem mortos, e minha deusa tinha se afastado e olhava uma vitrine, muito concentrada. Me aproximei e não resisti ao impulso de provocá-la.

Olhei para ela, que permanecia de costas, e caminhei decidido, mas percebi o momento em que Carina se deu conta da minha aproximação. Seu corpo tensionou e eu ri, ela era vulnerável a mim e isso era bom.

Carina não era uma garota comum, ela me queria, mas resistia e isso só fazia com que eu ficasse completamente louco por ela. A safada teve o desplante de me deixar prostrado no meio da rua. Saí em seu encalço e a prendi contra a parede.

Tranquei o maxilar e olhei em seus olhos. A menina tinha fogo e me encarava como se quisesse me devorar, seu corpo moldava-se perfeitamente ao meu e eu só pensava em como seria a sensação sem nada entre nós, apenas a pele quente uma na outra. Subi minha mão direita por suas costas até a nuca e prendi fortemente seus cabelos entre os meus dedos.

— Quer me provocar mesmo? Ainda não descobriu exatamente o perigo que represento?

— Eu quero descobrir com você. Estou disposta a arriscar.

Porra!

— Depois não tem volta. Estou tão obcecado que, acredito que, se você ceder, nunca mais conseguirei me afastar. Mas se disser não agora, vou embora e não te procuro mais.

Ok, eu estava blefando. Não sabia se teria forças para me afastar. Era uma coisa louca, eu nem a conhecia e sentia essa necessidade de possuí-la completamente.

— Eu não quero que vá.

Respirei fundo e fechei os olhos. Sem dizer nada, tomei sua boca com força. Não consegui dar o beijo suave que pretendia, meus lábios devoraram os dela. E Carina não ficou atrás, seu corpo se fundiu ao meu como se um campo gravitacional nos puxasse. Ela gemeu e prendeu as mãos em meus ombros, cravando as unhas por cima do tecido da camisa. Sua boca gostosa encontrou a minha na mesma volúpia e perdi os sentidos. Ela era minha agora, só precisava que soubesse disso e depois a teria por inteiro.

Afastei-me e olhei em seus olhos castanhos nebulosos. Suas pálpebras estavam entreabertas, ela parecia entorpecida.

— Eu não vou a lugar algum, Carina. Você será minha. Tem certeza?

Ela respirou rapidamente e assentiu. Fechei os olhos por um segundo e mordi a boca, sentindo o gosto dela em minha língua. Porra, eu morreria quando a tivesse por inteiro.

Nem pensei no que estava fazendo, entrelacei meus dedos nos dela e a puxei na direção em que tinha estacionado minha moto. Tirei o capacete e entreguei a ela. Seus olhos estavam vidrados, luxuriosos, o que só me deixou mais ansioso e enlouquecido.

Sem olhá-la diretamente, prendi o capacete em seu queixo delicado e respirei fundo antes de subir na moto. Sabia o que me esperava: a tortura de ter os braços da Carina em minha cintura, os seios fartos colados em minhas costas e o corpo maravilhoso grudado no meu; seria um inferno e o céu. Dito e feito, a tensão reinava em mim e eu não sabia o que fazer ou pensar. Porém, tinha a coerência de cogitar o que era correto. Droga, eu odiava o correto! Era um cara de instintos e atitudes, mas ela era diferente.

Carina se manteve em silêncio todo o caminho e, quando parei em frente à sua casa, não tive coragem de olhá-la enquanto descia da moto. Apertei o guidão forte, tentando me impedir de arrebatá-la em meus braços. Pela minha visão periférica, a vi retirando o capacete e estendendo-o para mim. Só então a observei. Merda! Eu era um idiota, tinha magoado a garota mais uma vez.

Sem poder me impedir, estendi a mão e tracei o contorno do rosto delicado com as costas dos dedos.

— Não me olhe assim, princesa.

— Por que faz isso comigo, Enzo? Me beija, faz promessas, me deixa louca de desejo e se afasta. Eu não sou criança, poxa! Se não quer nada comigo, sai da minha vida e me deixa em paz!

Suas palavras acenderam um fogo em mim e não pude me conter. A mão que acariciava o rosto dela delicadamente deslizou pelo pescoço e a prendi, puxando-a até mim. Carina deu um passo à frente e arregalou os olhos. Colei minha boca na dela e, encarando-a, disse:

— Eu não faço promessas que não vou cumprir, *cara mia*. Eu farei tudo que prometi, você será completamente minha, mas não ainda. Estou morrendo de tesão, foi uma tortura aguentar esse caminho até aqui. Mas não agora, você precisa me conhecer, tem que saber com o que está se envolvendo. Só então eu foderei esse corpo delicioso até desmaiar.

Não esperei que ela dissesse mais nada e assaltei seus lábios brutalmente para firmar o que tinha dito. Ela gemeu e enlaçou meu pescoço, puxando-me até encostar seus seios em meu peito. Estava sem fôlego quando a soltei. Carina sorriu e soltou meus ombros, dando um passo para trás. Levou dois dedos aos lábios inchados e levantou os olhos, me fitando.

— Eu vou esperar então, Enzo. Mostre-me o seu pior, mas eu não irei me assustar. — Aproximou-se devagar e deu um beijo estalado em meus lábios. — Acho que vai me deixar mais excitada saber o quanto de perigo você representa.

Virou-se e caminhou devagar até a varanda da casa dela, mas, antes de entrar, me olhou por cima do ombro e sorriu delicadamente. Fiquei olhando para a porta fechada sem saber como agir.

— Puta que pariu! Tô fodido...

Sacudindo a cabeça, liguei a moto e deslizei pelas seis casas que me separavam da deusa de cabelos castanhos. Esperei que abrissem o portão e estacionei a moto na garagem. Dei a volta e entrei pela cozinha, não queria trombar com meu pai. Assim que pisei dentro de casa, percebi uma tensão que não era normal àquela hora da noite. Nesse horário, papai se dava o prazer de descansar, gostava de sentar-se no sofá fumando um charuto, ouvindo músicas clássicas, principalmente da sua terra natal. Mas ele estava gritando ordens para não sei quem e o barulho vinha do escritório. Por mais que eu não quisesse me envolver, ficava preocupado com meu pai.

Deixei o capacete em cima da bancada e andei com as mãos nos bolsos da calça até o escritório, que estava de porta aberta, coisa não muito normal para ele. Henrique Agnelli estava sentado na poltrona de frente ao meu pai, que, de pé, gritava no telefone em italiano. Encostei-me ao batente da porta e cruzei os braços, esperando que terminasse. Pelo que entendi, era alguma coisa que tinha dado muito errado.

Não queria ficar ali ouvindo, mas me vi preso naquela tensão crescente; era como se não pudesse evitar me envolver.

Finalmente, meu pai terminou a ligação, bateu o telefone e se jogou na cadeira, cobrindo o rosto com as duas mãos. Eu não estava acostumado a vê-lo daquele jeito. Luca Gazzoni sempre foi um homem forte, até invencível. Naquele momento, ele parecia muito mais velho do que seus quarenta e oito anos. Eu estava pronto para me virar e sair, deixando que ele resolvesse seus problemas, quando seus olhos azuis focaram nos meus.

— Filho! Está aí há muito tempo? — Ele parecia tenso demais.

Henrique se virou e me encarou, em seus olhos tinha preocupação e um toque de raiva. Acenei para ele e descruzei os braços, entrando no escritório.

— Um pouco, pai. O que está acontecendo? — Surpreendi a mim mesmo com essa pergunta. Eu já queria ingressar em seus problemas? Não! Mas não suportava ver meu pai assim e ficar sem fazer nada.

Ele sorriu e virou a cadeira para mim.

— Nada com que se preocupar ainda, filho. Eu respeito sua vontade e não forçarei essa vida em você mais do que já está metido.

Mordi a boca e assenti, meu coração estava acelerado e respeitei meu pai ainda mais por atender meu desejo.

— Ok, eu vou subir. Se precisar de mim, é só chamar.

— Durma com Deus!

Virei-me para sair, mas Henrique me parou antes que eu chegasse à porta.

— Enzo, eu gostaria de falar com você.

Estreitei meus olhos e o encarei, assenti e ouvi-o pedindo um minuto para o meu pai, dizendo que logo estaria de volta. Eu tinha uma desconfiança do que ele queria comigo. Na porra de cidade, eu não fazia nada que eles não ficassem sabendo. Encostei-me à parede do corredor que levava à escada e esperei. Tio Henrique, como costumava chamá-lo, parou à minha frente com as mãos nos bolsos.

— O que está querendo com a minha sobrinha?

Sorri abertamente, pois havia acertado em cheio a conversa que ele queria ter comigo.

— Por que, tio? Como sabe que eu quero alguma coisa com ela?

— Não brinca comigo, Enzo. Tenho você como meu filho, até mais. Bryce não me dá preocupação nenhuma, segue exatamente a vida que lhe foi destinada. Mas você não, quer ser alguém que não é e isso pode ser perigoso.

— Mas se eu não quero viver nessa vida, não é melhor pra ela?

— Você não tem escolha, filho. E sabe disso. Em vez de se preparar, está negando. E meu irmão quer manter a filha no escuro.

Suspirei resignado e olhei em seus olhos.

— Eu não tenho escolha quanto ao meu futuro, Henrique, mas não vou desistir da Carina, sinto algo diferente por ela. E pode ficar tranquilo que vou mantê-la longe desse mundo o máximo que puder. Só não me peça para desistir porque eu não vou.

Um músculo em seu maxilar pulsava e ele tinha um olhar de... Orgulho? Como não disse mais nada, me afastei da parede e caminhei em direção à escada. Precisava dormir e esquecer tudo que me rodeava. Antes de subir o primeiro degrau, sua voz me parou:

— Você é um bom rapaz, Enzo. Cuide da minha menina direito e terá todo o meu respeito. Quando a bomba estourar, tenha em mente a proteção dela acima de tudo.

Não me virei para olhá-lo, porque, na verdade, ele não disse isso para eu responder qualquer coisa, mas somente uma constatação do que eu já sentia por aquela garota que conhecia há menos de duas semanas. Ela era minha, e eu a protegeria até de mim mesmo se fosse preciso.

CAPÍTULO DOZE
Carina Agnelli

Acho que dei sorte ao entrar em casa e não ter ninguém me esperando. O beijo que Enzo me deu tinha sido um belo show a ser visto. Fiquei tão entorpecida com a intensidade do que éramos juntos. Nunca havia me sentido assim, era algo novo e maravilhoso. Somente estar perto dele já saciava minha necessidade de adrenalina. Isso deveria ter sido um alerta para mim, mas não foi.

Entrei, tranquei a porta e subi as escadas o mais silenciosamente possível. Meu corpo parecia ser feito de gelatina, estava em um torpor incrivelmente delicioso.

Graças a Deus não acordei ninguém. No meu quarto, tirei a roupa e me enfiei debaixo da ducha quente, precisava clarear minha mente, pensar em tudo que havia acontecido. Passei de raiva, decepção... para desejo, paixão, atração descontrolada.

Enquanto a água escorria por meu rosto, eu sorria amplamente. Enzo provocava fúria e excitação em mim e eu adorava, era a combinação perfeita para minha alma aventureira. Uma música tocava baixinho no meu quarto. Droga, meu celular. Desliguei o chuveiro e enrolei-me na toalha. Mesmo com o aquecedor ligado, senti frio com o choque de temperatura. Rapidamente, peguei o celular para não acordar meus pais e vi um número desconhecido.

— Alô?

— Oi, queria saber se tinha chegado bem no seu quarto.

Por um momento, meu coração parou. Enzo estava me ligando. Onde ele conseguiu meu telefone? E, pelo amor de Deus, que voz rouca e sedutora era aquela?

— E por que não chegaria?

Ele riu baixinho e escutei um farfalhar de lençóis.

— Não sei, talvez tenha acontecido algo no caminho.

— Hum... não. Tudo bem! Enzo, o que quer? Você está na cama?

— Sim.

Oh, meu Deus!

— Ok...

— E você, *bella*? O que está fazendo, já se preparando para dormir e sonhar comigo?

— Você é tão engraçado, eu estava no banho. Tive que sair correndo para atender o telefone ou acabaria acordando meus pais e teria que dar explicações que não quero.

Barulhos altos e xingamentos soaram no outro lado da linha.

— Porra! Você tá pelada?

Arregalei os olhos e reprimi uma risadinha, sentei-me na beirada da cama e puxei meu cabelo molhado para frente, mexendo nele distraidamente.

— Er... Bem, é assim que se toma banho, certo?

— Droga, agora que não durmo mesmo. Que porra, Carina!

Inconscientemente, sorri, olhando meu reflexo do enorme espelho no quarto.

— Fala sério, Enzo. Até parece que nunca viu mulher nua ou de toalha.

— Você *ainda* não! E estou aqui duro feito pedra, imaginando-a aí toda gostosa com pingos d'água escorrendo por seus ombros indo em direção a esses seios deliciosos e só penso em capturar essas gotas com a língua... — Respirei fundo, depois dessa descrição fiquei com muita vontade que ele estivesse ali fazendo realmente o que dizia. — Mas, gata, mudando de assunto ou ficarei com um caso sério de bolas roxas, te liguei pra convidá-la para ir numa festa que vai rolar amanhã. Topa?

Bela mudança de assunto. E eu que pensei que teria sexo por telefone.

— Claro, que horas? — Realmente, Carina? Tinha que demonstrar tão claramente a decepção na voz?

— Começa às 19h. — Ele riu baixinho e me amaldiçoei por ser tão transparente com o cara. E previsível também!

— Tudo bem, estarei pronta. Te espero no portão de casa.

— Até amanhã, então...

— Até!

Tirei o telefone da orelha com a testa franzida quando ouvi a voz grave dele me chamando de volta.

— Ah, Carina...

— Sim?

— Eu estou nu na cama.

E desligou. Mas que porra! Como é que eu iria dormir depois dessa imagem projetada na minha cabeça?

O tempo nunca demorou tanto a passar; eu estava numa ansiedade completamente descontrolada. Mal consegui dormir, em parte por causa dos pensamentos que invadiram minha mente, em parte por estar nervosa com o que iria acontecer na tal festa. Logo que acordei, virei uma pilha. Parecia uma adolescente em seu primeiro encontro. Mas, enfim, a hora tão esperada chegou.

Vesti-me e desci correndo, na esperança de não ter que dizer aos meus pais aonde estava indo e com quem, porém não tive tanta sorte. Assim que virei o corredor, mamãe estava parada na ponta da escada de braços cruzados.

— Quando você iria dizer que ia sair com Enzo Gazzoni?

Arqueei as sobrancelhas e desci os degraus, parando à sua frente.

— Como você sabe disso?

— Não brinque comigo, mocinha — ralhou com o dedo em riste. — Tem um rapaz muito bonito sentado na sala conversando com seu pai e, por acaso, ele é o nosso vizinho.

Arregalei os olhos e achei que perderia o ar. Enzo estava na sala? Meu Deus, nossa saída estava arruinada, pois papai não queria que me envolvesse com o cara e eu nem sabia o porquê.

— Mãe, eu sou maior de idade. Sei muito bem o que estou fazendo e com quem estou me envolvendo. Não precisa se preocupar e, outra, eu e Enzo somos apenas amigos, nada mais.

Ela revirou os olhos e descruzou os braços, apoiando as mãos nos quadris.

— Você realmente acha que eu nasci ontem, Carina? Onde no mundo você ficaria somente "amiga" daquele menino lindo?

Tive que fazer um esforço sobre-humano para não rir. Realmente, minha mãe me conhecia muito mais do que eu imaginava. Só que o que me atraiu no Enzo não foi a beleza — claro que isso contou muito —, mas todo o perigo e mistério que ele representava.

— Ok, mãe! Mas sem drama, por favor. E deixa eu ir salvar o pobre do Enzo. Não sei como meu pai não assustou o cara com todo aquele papo de tomar cuidado com sua princesa.

Sorri e me inclinei, beijando seu rosto. Mamãe balançou a cabeça e fez um gesto de desdém. Antes de me afastar, ouvi-a me chamando. Virei-me e a encarei.

— Tome cuidado, minha filha. Se sentir que não dá pra você, se afaste.

Franzi a testa e abri a boca para dizer alguma coisa, mas o quê? Ultimamente, eu não entendia nada que meus pais falavam ou faziam, então apenas assenti e me virei, indo em direção à sala. Assim que cheguei à porta, estaquei no lugar. Em minha mente, meu pai estaria interrogando Enzo e assustando o coitado, mas o que vi foi simplesmente de ficar de boca aberta.

Eles estavam sentados em poltronas opostas assistindo a um jogo de baseball, rindo e comentando como se fossem velhos amigos. Franzi a testa e resolvi fazer minha presença notável, já que estavam tão entretidos no companheirismo de homens. Arranhei a garganta e Enzo foi o primeiro a se virar, e tudo parou.

Seus olhos azuis percorreram meu corpo de cima a baixo, fazendo-me ficar vermelha de vergonha. Como eu sabia que ele tinha moto, me vesti adequadamente. Usava uma calça preta colada, botas de cano alto e salto agulha, uma camiseta branca e jaqueta de couro. Nada muito deslumbrante, mas, enfim, eu não era deslumbrante, então estava legal.

Enzo levantou-se e caminhou em minha direção, parou à minha frente e deslizou as costas dos dedos por meu rosto, enquanto inclinei minha cabeça para olhar em seus olhos. Mesmo com os saltos, ele ficava mais alto do que eu, claro, em contraste dos meu um metro e sessenta para o um e oitenta dele.

— Tá linda, Carina.

— Obrigada!

Ficamos nos encarando sem dizer nada até que ouvi um estampido alto. Papai tinha feito algo para chamar nossa atenção. Sorri para Enzo, que retribuiu fazendo com que rugas de expressão ficassem visíveis em seus olhos; ele parecia sorrir muito e ficava extremamente encantador quando o fazia. Ele se afastou um passo e olhou para meu pai.

— Não chegue muito tarde, filha.

Assenti sem saber o que dizer. O que aconteceu com todo aquele papo de que eu não podia me envolver com Enzo, que não era legal para os meus estudos e blá-blá-blá?

— Tudo bem, senhor Luciano. Não se preocupe, trarei Carina sã e salva.

— Assim espero, rapaz.

Eles trocaram olhares cúmplices e eu fiquei olhando de um para o outro, querendo saber o que rolava ali enquanto me arrumava no andar de cima sem saber da presença do *bad boy* proibido na minha sala. Na verdade, nem era para Enzo ter ido até minha casa, eu o encontraria no portão. Decidi acabar com aquela cena desconfortável e puxei Enzo pelo braço até a porta. Gritei um adeus para minha mãe e saímos para a noite gelada.

Assim que cheguei perto da moto do Enzo, que estava estacionada em frente ao meu portão, me virei e o encarei.

— Por que você foi me procurar dentro da minha casa? Achei que iríamos nos encontrar aqui fora.

— Achou errado. Eu posso ser jovem, mas fui criado nos costumes antigos e mantenho alguns ensinamentos comigo, como pedir permissão ao pai da garota que pretendo que seja minha para levá-la para sair.

Todo o ar foi expulso dos meus pulmões. Sem poder me conter, dei um passo atrás.

— O que isso quer dizer? — Dei outro passo.

— Tá fugindo de mim de novo, *cara mia*? Sabe no que isso resulta, né? Fico cheio de tesão querendo te comer.

Arregalei os olhos e dei outro passo, provocando um sorriso enorme no rosto de Enzo.

— Não estou fugindo. Vou sair com você, isso é uma espécie de encontro?

— Classifique como você quiser, mas fiz meu ponto com seu pai.

— Que é?

— Você é minha! Só falta consumar isso.

Engoli em seco e senti minhas pernas esbarrarem na moto. Achei que cairia do outro lado, o que seria uma cena e tanto. Os braços fortes de Enzo impediram que eu me espatifasse no chão. Ele me envolveu e puxou-me para seu peito forte. O coração dele estava acelerado e sua respiração quente soprou em meu rosto gelado.

Acho que eu fui feita para o perigo mesmo. O cara deu todos os sinais de que iria me devorar literalmente e eu resolvi provocar um pouco mais.

— Como e quando seria isso?

Enzo arregalou os olhos e os fechou por um momento. Quando os abriu, ele tinha tanto desejo neles que eu poderia pegar em minhas mãos.

— Mais cedo do que você imagina. — E desceu sua boca na minha num beijo sensual, esfomeado, possessivo e cheio de coisas que eu não soube identificar na hora, porque estava envolvida demais naqueles lábios sensuais para pensar em qualquer coisa. Percebi, com minha boca colada na dele, que, depois de Enzo Gazzoni, eu nunca mais seria a mesma pessoa, não me satisfaria com menos do que o desejo pleno, a fome animal de pertencer e tomar. Ter aquela adrenalina percorrendo meu sangue saciava minha sede como se eu fosse uma vampira sedenta. Eu o queria demais! Talvez o perigo em toda a situação não fosse ele, mas eu.

CAPÍTULO TREZE

Enzo Gazzoni

Acho que eu era sadomasoquista e não sabia. Poderia ter ido buscar Carina na minha caminhonete, era mais seguro e nos protegeria do frio, mas não, preferi ir de moto. Sentir aquele corpo voluptuoso colado ao meu inundava minha mente com flashes nada inocentes, fazendo com que eu quase perdesse a concentração. A sorte era que a festa estava rolando bem perto de casa.

Descemos da moto e eu a tranquei, deixando-a ao lado de outras que estavam estacionadas na rua. Entrelacei meus dedos com os delicados dela e entramos na mansão de um dos meus amigos mais chegados. Ele era um dos filhos dos parceiros do meu pai. A casa estava lotada de todos os tipos de gente, e rolava muita coisa ilícita que eu não queria que minha gata visse. Sei lá, queria protegê-la um pouco de tudo aquilo. Bem, se era assim, por que a levei ali, em primeiro lugar? Simples, queria exibir a mulher linda que estava comigo e tinha outros planos em mente.

Senti Carina tentando soltar minha mão, mas a prendi firme para não se afastar. Fui cumprimentando quem eu conhecia e marcando presença; era assim naquele meio. Tinha pessoas que me adoravam e outras que odiavam.

Avistei Mike na beira da piscina rodeado de mulheres e balancei a cabeça, imaginando que, se fosse outra época, eu estaria junto com ele. Mas não mais, agora tinha coisas melhores a fazer. Sabia que fazia uma loucura quando passei por meu primo, que tentou falar comigo e o ignorei. Eu tinha um destino em mente. Depois daquela tortura, eu precisava de alguma coisa. Qualquer coisa...

Caminhei decidido e só parei na porta da casa da piscina. Coloquei a mão na maçaneta e fechei os olhos em busca de controle. Virei-me e peguei o rosto de Carina em minhas mãos, olhei em seus olhos e colei minha testa na dela.

— Preciso que tenha certeza, não posso mais me conter. Sinto muito que seja aqui, com toda essa gente perto, mas eu preciso, não consigo esperar mais ou pensar com coerência. Necessito de você como se fosse meu ar. Se não quiser, voltamos para a festa e depois te levo pra casa. — Não me atrevi a olhar em seus olhos, foquei em seus lábios carnudos, que se entreabriram, soltando o ar, causando um arrepio intenso em meu corpo. Porra!

— Quero você agora!

Meu Deus! Nunca necessitei tanto de uma mulher assim. E não era somente sexo, não precisava somente do corpo, queria ela inteira, entregue. Minha!

Virei-me bruscamente para a porta e girei a maçaneta. Como de costume, estava destrancada; Mike mantinha assim para pessoas desesperadas como eu. Uma pontinha de culpa me consumiu por ter Carina ali naquela hora, com muita gente do lado de fora, ela merecia muito mais do que isso, mas logo a culpa passou. Meu desejo era maior do que qualquer coisa.

Eu suava frio e estava tão nervoso que mal conseguia pensar. Tentava raciocinar sobre o que era certo, mas o certo ia contra todos os meus instintos. Ela provocava o pior em mim; a necessidade de marcar Carina como minha me corroía. Eu precisava daquela afirmação, porque o que sentia era algo muito louco.

Não consegui nem chegar ao quarto, passei pela porta, tranquei e puxei Carina até a sala, deitando-a no sofá de couro branco.

Ela caiu, sorrindo amplamente, com um olhar que desmentia toda aquela aparência delicada e inocente. Seus lábios carnudos estavam vermelhos, convidativos. Os olhos castanhos estavam quase pretos, o peito subia e descia freneticamente, e minha deusa me encarava sem fôlego. Eu estava irremediavelmente ferrado, nunca seria capaz de deixá-la ir.

Peguei minha camisa por trás e a puxei pela cabeça, vendo cada detalhe da reação dela ao ver o meu corpo. Mordeu os lábios e me devorou com aquele fogo que transbordava do seu olhar. Carina se sentou e retirou o casaco, ficando com a camiseta branca. Engoli em seco e esperei. Ela se inclinou, abaixando-se um pouco sem desgrudar os olhos dos meus.

— Tenho um segredo pra te contar.

Assenti automaticamente, mas ela não queria minha afirmação, era apenas uma maneira de começar uma conversa. Fiquei hipnotizado com cada detalhe do que ela fazia. Olhei em seus olhos, e juro, quase morri. Na minha frente, tinha uma mulher diferente da que conheci na rua.

— Eu tenho um vício que poucas pessoas conhecem. Na verdade, acredito que somente minha melhor amiga sabe desse meu lado. Eu preciso saciar esse vício de alguma maneira e, para não me meter em encrenca, encontrei formas saudáveis de acalmar essa fome.

Ainda prestando atenção em como ela retirava a outra bota, franzi a testa.

— Algo ilícito? — Não era possível... Eu tentando proteger a garota do lado sombrio da minha vida e ela no meio dessa merda toda?

— Seria se eu não tivesse controle sobre os meus atos. Não é nenhuma doença. Nem acredito que seja algo raro, nada de mais, apenas meu corpo que busca pelo prazer extremo. E se não tomar cuidado, pode ser fatal. Meus pais não sabem disso porque não quero que se preocupem com minhas escapadas.

Ela retirou a outra bota e se levantou, caminhou lentamente em minha direção, seu quadril requebrando, e eu comecei a suar frio.

— E que escapadas são essas, Carina?

— Eu pratico esportes radicais.

Arqueei uma sobrancelha e sorri de lado. Garota inocente, não sabia o que era correr perigo.

— Só isso, *cara mia*?

Ela assentiu e se aproximou mais um pouco, colando os seios cobertos pela fina camiseta em meu peito nu.

— Até agora sim.

— O que quer dizer com isso?

Ela se esticou nas pontas dos pés e colou os lábios quentes e macios nos meus.

— Meu novo vício, perigo, qualquer coisa que seja, é você, Enzo. Se estou em sua presença, meu corpo se acalma, não... na verdade, ele borbulha de prazer e isso é maravilhoso. É como um êxtase, sinto como se fossem resquícios de um orgasmo maravilhoso que nunca tive e, quando está distante, sinto como se fosse entrar em abstinência. Sou viciada no perigo e você é o causador da dor que sinto por não tê-lo logo, então, por favor, não me faça esperar mais.

Jesus Cristo! Eu iria seduzir a mulher, estava com medo do que sentia e acabou que ela era mais louca do que eu. Que par formávamos. Porém, suas palavras acordaram um lado meu que eu nem sabia que existia. Na verdade, sabia, mas não queria que ele saísse. Preferi que se mantivesse à margem, nunca quis aquilo. Mas com ela era inevitável. Possessão e propriedade assolaram minha alma, por isso eu precisava afundar meu pau diversas vezes dentro dela, como um animal, e uivar para a lua afirmando que aquela deusa de cabelos castanhos e olhos escuros era minha e o filho da puta que ousasse olhar para ela seria um cadáver num piscar de olhos.

Peguei em seus cabelos e Carina arregalou os olhos assustada, mas sorriu sensualmente. Eu acho que rosnei de tesão.

— Você tem noção no que está se metendo? Nem mesmo me conhece! Tem certeza de que quer correr esse tipo de perigo?

— Mais certeza de que quero respirar.

— Porra!

Possuí sua boca e acariciei sua língua com a minha, explorando e conhecendo aquele sabor. Meus lábios não tinham piedade e apertei seus cabelos em meus dedos sem me importar se estava doendo ou não. Carina colocou as mãos em meus ombros e cravou as unhas, fazendo-me arquear de dor e prazer.

Desgrudei nossas bocas em busca de ar e deslizei os lábios pelo seu maxilar e pescoço, chegando até o colo branco e macio. Estava excitado só de pensar em fodê-la... duro e deliciosamente sem piedade.

Minha mente estava em branco e, quando ela pegou meus cabelos e puxou, soltei um gemido alto e olhei em seus olhos.

— Pare de brincar e me faz sua de uma vez, porra!

Naquele momento, eu perdi toda a noção de mim mesmo, estava focado somente nela. Peguei a barra da sua camiseta e puxei pela cabeça, revelando um sutiã de renda sem alça rosa claro. Fechei os olhos e joguei a cabeça para trás.

A música lá fora estava alta, tocava *We Found love*, da Rihanna. Era como se estivéssemos no meio de uma dança. A sala estava escura e as luzes piscavam pelo vidro fazendo um jogo de cores no corpo delicioso de Carina, que vestia somente a calça preta e o sutiã rosa.

— Deliciosa! — Lambi os lábios e, sorrindo, parti para cima dela.

Apoiei as duas mãos em seus quadris estreitos e subi acariciando sua pele quente. Passei pelas costas e vi a pele delicada se arrepiar. Carina fechou os olhos e aproveitei para abrir o fecho do sutiã, liberando os seios fartos, redondos, macios, maravilhosos... Ela levantou a mão e me chamou com o dedo, sorrindo. No ritmo da música, ela se desfez da calça, rebolando, me deixando completamente insano.

Prontamente fiz o mesmo. Estávamos parados um de frente para o outro. Ela me devorava com o olhar e senti meu corpo tensionando com a intensidade que emanava daquela mulher misteriosa, surpreendente e tentadora.

— Você tem tatuagens...

Olhei meus braços e peito direito e assenti. Apontei para seu quadril direito, onde havia uma silhueta de borboleta.

— Você também.

Ela olhou para o próprio corpo e assentiu, sorrindo. Em seguida, olhou em meus olhos e lambeu os lábios.

— Sim, é minha liberdade. Precisava simbolizar o que estou sempre à procura, ser livre de princípios arcaicos e de moralidade hipócrita.

Seus olhos brilhavam enquanto ela falava. Dei um passo à frente e ela, um para trás. A garota não tinha ideia do quanto isso me deixava maluco.

— Não foge de mim, Carina.

— Ou o quê? — Arqueou as sobrancelhas, já dando outro passo para longe de mim.

— Não me tente.

Eu sabia o que ela iria fazer e queria que fizesse. E minha deusa não me decepcionou. Ela se virou e correu. Dei um grunhido e a segui. Antes de chegar à metade da sala, a peguei, derrubando-a no tapete. Ela começou a tentar se afastar, mas prendi suas pernas entre meus joelhos e os braços acima da cabeça.

— Faz isso de novo e eu vou te castigar...

Ela sorriu e assentiu.

— Talvez eu queira ser castigada.

Respirei fundo e senti meu corpo todo formigando. Precisava saciar a necessidade que me invadia cada vez que olhava naqueles olhos chocolate. Baixei a cabeça e tomei seus lábios nos meus num beijo mais leve, saboreando cada pedaço da boca carnuda dela. Beijando e sugando, soltei seus pulsos, descendo as mãos por seus braços e costelas. Acariciei os seios, provocando um gemido baixo, e levantei os olhos, fixando-os nos dela. Sorrindo, apertei o mamilo que já estava turgido, sem quebrar nossa conexão.

Deslizei a outra mão por sua cintura e enganchei o polegar na renda da calcinha que fazia par com o sutiã.

Retirei a peça diáfana e suspirei com o contato de nossas peles. Apoiei-me nos joelhos e apreciei a vista maravilhosa. Ela estava esparramada no tapete com os cabelos revoltos, o olhar cheio de paixão. Sua boca entreaberta me chamava e os seios voluptuosos subiam e desciam com a respiração acelerada. Retirei minha boxer preta e me levantei à procura do jeans que havia ficado perto do sofá, voltei, abri o pacote do preservativo e o deslizei por meu pênis ereto.

Devagar, gravando cada parte daquele momento, abaixei meu corpo no dela, separei suas pernas e puxei a direita, encaixando-a em meu quadril. Encostei meu peito nos seios macios e o contato fez meu sangue correr mais rapidamente, envolvi seu rosto entre minhas mãos e colei meus lábios nos dela. Com cuidado, deslizei para dentro do seu corpo e fechei os olhos com a plenitude daquela união. Fui até o final e levantei a cabeça para olhá-la nos olhos, abaixei-me e sussurrei:

— Você é minha agora, Carina.

84 ROLETA
Russa

CAPÍTULO QUATORZE

Carina Aznelli

Eu poderia me arrepender dessa escolha pelo resto da minha vida, porém, não me importava. A gente vive uma vez só e foi o que me levou a aproveitar intensamente tudo que era possível, às vezes, eu desejava até o impossível. Desde o momento em que vi Enzo todo sombrio, vestido com a jaqueta de couro, camisa azul e calça jeans, tive certeza de que ele seria minha droga, minha via de escape para a endorfina que meu corpo precisava.

Eu sabia o que ele queria quando atravessou o pátio cheio de gente sem nem ao menos parar para cumprimentar quem o chamava. Ele me queria e eu estava pulando de felicidade por isso. Só que Enzo parecia prestes a mudar de ideia, ou ser gentil comigo. Eu não queria isso, queria o cara em seu mais alto nível de perigo, queria sentir em minha pele todos os pelos se arrepiando, sentir meu coração acelerar e o sangue correr livre.

Sei bem que o provoquei, e foi a melhor decisão que tomei. Ou não.

O corpo forte e tonificado do Enzo estava todo a meu dispor, seu peito colado em meus seios sensíveis causavam uma fricção deliciosamente ardente. O cara sabia se mover, ele dançava em mim como o mais experiente homem do mundo. Seus quadris desciam e subiam, fazendo movimentos que eu nunca havia experimentado. Atingia pontos em mim que eu nem sabia que existiam. Sua pélvis pressionada em meu clitóris fez com que eu arqueasse as costas em busca de mais. Enzo grunhiu e puxou minha perna direita mais para cima, fazendo com que estocasse mais fundo dentro de mim.

— Porra, você é muito gostosa, Carina. Uh, faz esse movimento de novo, caralho, meu pau está cada vez mais duro.

Movi-me mais uma vez como ele pediu e ganhei uma mordida no ombro que fez meu corpo todo se arrepiar. Levantei a outra perna, enganchei nos quadris dele e me impulsionei.

— Vem, Enzo! Me dê tudo que você tem.

Ele disse meu nome como uma oração ou uma maldição, não soube dizer ao certo, mas seus movimentos se tornaram selvagens e meu batimento cardíaco ficou enlouquecido. Enzo levantou a cabeça e tomou minha boca num beijo cheio de posse. Meu corpo recebia o dele como se nos conhecêssemos a vida toda, como se um pertencesse ao outro, mesmo que tenhamos trocado poucas palavras e nos conhecido há pouco tempo. Eu era dele antes mesmo de perceber que era aquilo que queria.

Toda a minha fome de perigo estava extinta com ele ao meu lado, ou melhor, temporariamente acalmada. Ele era o risco mais intenso. Enzo era tudo que eu precisava manter distância e mesmo assim me entreguei de corpo e alma.

Mesmo que eu não quisesse admitir.

A língua dele enredou-se na minha e barulhos molhados estalaram na sala, acima do som da batida da música lá fora. Não havia nada, estávamos numa bolha de desejo, a paixão era devastadora. Porra, ele era bom demais!

Enzo soltou minha boca e mordeu meu queixo com força.

— Você me deixa insano, garota! Ainda estou longe de gozar e quero estar em seu corpo pela noite inteira.

— Então me toma, Enzo. Faz meu corpo desfalecer de prazer.

Ele se apoiou nos cotovelos e inclinou os joelhos, tomando impulso, e, muito forte, se jogou em mim, fazendo com que eu gemesse alto e arqueasse em busca de mais. Seus lábios não desgrudaram dos meus e vi seu pescoço molhado de suor.

Gozei forte quando um movimento circular dele atingiu meu ponto G. Gritei alto enquanto ele fechou os olhos e se derramou em êxtase. Meu corpo se encontrava no nirvana e, do alto daquele prazer, eu desci de encontro a ele. A endorfina pulsava em meu sangue causando o mais belo deleite.

Enzo caiu em cima de mim com todo seu peso e, senti-lo assim, ainda pulsando dentro de mim, enquanto resquícios do meu orgasmo deixavam meu corpo, foi a coisa mais íntima que já experimentei. Envolvi os braços em suas costas e abracei-o, sentindo a dureza dos músculos encostados em minha suavidade, sua pele quente e suada, o cheiro que desprendia dele... Era tudo bom demais!

Fechei os olhos e me entreguei àquela plenitude depois de um encontro deliciosamente maravilhoso.

— Estou te amassando, *bella*?

Virei meu rosto e Enzo me olhava com os olhos nublados de prazer. Sorri e sacudi a cabeça, negando.

— Tá tudo bem, fica assim um pouco mais.

— Ok, não queria sair mesmo.

Sorri amplamente, passei a unha por sua espinha e vi bolinhas de arrepios formando-se em seus ombros e seus lábios entreabriam-se. Suspirei pesadamente, eu já o queria de novo.

— Por que você fala tanto em italiano se foi criado aqui nos Estados Unidos a vida toda? Acho que comentei sobre isso assim que nos conhecemos, não? — Sabia muito bem que estava tentando distrair minha mente da necessidade louca que sentia por ele.

Enzo mordeu o lábio inferior e sorriu meio de lado, aquele sorriso que me deixaria de pernas bambas se eu não estivesse nua com ele deitado com o corpo no meu e ainda enterrado dentro de mim.

— Você não vai gostar da resposta.

Arqueei uma sobrancelha e apertei as unhas um pouco mais em sua pele, fazendo-o rir e se erguer um pouco, causando certa fricção onde estávamos colados.

— É tão ruim assim?

— Pra mim não. — Suspirou e fez uma careta. — As mulheres gostam. Eu percebi isso quando uma vez, sem querer, xinguei em italiano e uma amiga da escola me atacou sem mais nem menos.

Estreitei meus olhos e senti outro tipo de reação química percorrer minhas veias: o ciúme.

— Hum, que louca, não? Quantos anos você tinha?

— Quatorze.

Arregalei os olhos e espalmei as mãos em seu peito, empurrando-o. Ele saiu de cima de mim e deitou ao meu lado. Foi inevitável não olhar seu corpo deliciosamente construído e o V na pélvis que levava ao pênis semiereto coberto pela camisinha.

— Com quatorze anos você já sabia recursos de sedução? Não é meio precoce?

Ele olhou para mim e levantou uma mão, passando-a delicadamente pelo meu rosto.

— Elas caíam em mim como abelhas no mel, o que eu poderia fazer? É meu charme italiano. — E eu era uma dessas, claro! Revirei os olhos e ele sacudiu a cabeça. — Não, sei no que está pensando, mas você não é como elas. Não sei explicar o que aconteceu com a gente, mas nunca terá comparação com nada do que vivi e ainda vou viver.

Seus olhos estavam grudados nos meus tão intensos que engoli em seco e lhe dei um sorriso sem graça, baixando a cabeça. Tracei os contornos da tatuagem que ia do braço até metade do peito direito.

— Temos que ir lá pra fora. — Olhei pela janela de vidro, onde luzes piscavam ao ritmo da música que tocava.

— Eu sei, tá preparada pra isso?

Levantei meus olhos e o encarei.

— Preparada para quê?

— Para ser declarada corretamente como minha?

— E termos nos enclausurado na casa da piscina do seu amigo no meio da festa, ou melhor, nem bem tínhamos entrado na casa, não conta?

Ele sacudiu a cabeça e entendi: devia fazer isso com frequência e precisava de outro ponto para afirmar que eu "pertencia" a ele. Merda! Senti minha barriga se retorcer de repulsa por minha atitude impensada. Deus, estávamos na casa de estranhos, pelo menos para mim.

— Não, porque quero que ninguém tenha qualquer dúvida quanto a isso. Você é especial como ninguém nunca foi.

Assenti, querendo acreditar no que ele dizia. Porém, estava sendo difícil. Por mais que eu gostasse do perigo que representava, não tinha entrado para esse lado da adrenalina que meu corpo precisava, pois sabia que, com o parceiro certo, o sexo intenso viraria outra espécie de vício, algo que não teria muito controle.

— Então, vamos logo. — Suspirei e olhei em seus olhos azuis.

Ele assentiu e levou as mãos até a virilha para descartar a camisinha. Prestei atenção enquanto ele retirava e dava um nó, colocando-a no chão ao seu lado. Levantou-se, apoiado em um joelho, e me estendeu a mão. Meu coração acelerou. Coloquei minha palma em cima da sua e ele deu um impulso, nos levantando. Sorrindo, ele se virou e começou a recolher as roupas, e percebi então uma outra tatuagem que eu ainda não tinha visto. Em suas costas, havia uma cruz enorme com um emaranhado de flores e uma caveira bem no centro. Em algumas partes, estava vazio e, nas outras, não consegui enxergar muito bem de longe o que era, mas o desenho era muito bonito e combinava com ele. E provavelmente tinha algum significado importante. Alheio à minha inspeção, Enzo pegou as minhas roupas e voltou vestido com a boxer.

— Tem um banheiro no final do corredor. Se quiser usar, te espero aqui.

Concordei com um aceno, pois realmente precisava de um tempo para pensar. E isso só seria possível longe dele. Sem me vestir, andei devagar pelo corredor sabendo que Enzo me observava. Entrei no banheiro e olhei em volta. O lugar era muito bonito, o amigo dele devia ser cheio da grana.

Vesti-me rapidamente e me aproximei da pia para molhar o rosto. Como eu queria um banho agora. Teria que ficar com o cheiro dele em mim por mais algum tempo. Não era ruim, na verdade, era muito bom, mas me lembrava do quanto fui imprudente. Eu tive a chance de recuar por muitos momentos, mas decidi seguir em frente com aquela loucura. Poderia me dar muito mal, porque, por mais que fosse louco, eu já tinha sentimentos por ele e me machucaria se fosse apenas mais uma em sua lista de sedução. Talvez esse fosse o perigo que ele representava e do qual me avisou, algo que fiz questão de ignorar e provoquei mais e mais.

Decidi que já tinha ficado enfurnada dentro do banheiro por muito tempo, então endireitei o corpo, ajeitei meus cabelos com os dedos e respirei fundo. Fiz a cama, agora teria que deitar nela. Abri a porta e caminhei pelo corredor. Quando cheguei à sala, Enzo estava encostado no sofá, com os braços cruzados, a cabeça de lado e me olhava com os olhos baixos.

— Estava aqui olhando para esse tapete e senti vontade de ir atrás de você e te comer no banheiro, mas sei que você precisava de espaço. — Descruzou os braços e andou em minha direção como um predador. Quando me alcançou, envolveu meu rosto em suas mãos e puxou minha cabeça para olhar em seus olhos. — Eu não quero e não vou permitir que desmereça o que tivemos pela circunstância em que aconteceu.

— Qual seria essa? A que eu me joguei em você por seu sotaque italiano sexy?

Tentei fazer brincadeira, mas não funcionou. Ele me olhava sério demais.

— Não brinca com isso. Sei o que está martelando em sua cabeça. Não somos culpados se nossa química é tão forte que explode a cada minuto que estamos juntos. — Mordi os lábios e ele sorriu. — Continua fazendo isso e vou te jogar nesse tapete de novo.

Meu corpo todo esquentou. Respirei fundo e ele sorriu.

— Mas agora temos que ir, quero te apresentar ao pessoal. Vem!

Pegou minha mão, entrelaçando nossos dedos, e, assim que o vento gelado bateu em mim, percebi que a bolha de desejo havia sido estourada, e me dei conta do que tinha feito na casa de um estranho. Esse meu vício de adrenalina ainda iria me colocar em apuros.

Passamos por pessoas que Enzo apenas cumprimentou e, quando chegamos ao centro da festa, vi um cara muito bonito sentado numa espreguiçadeira com, pelo menos, umas quatro garotas em volta. Ele beijava uma enquanto acariciava a outra intimamente. E as outras duas passavam a mão por seu corpo descaradamente. Percebi Enzo tenso, então, me dei conta de que ele participava desse tipo de situação, e quando uma das meninas que alisava o cara levantou a cabeça e sorriu para ele amplamente e com intimidade, meu estômago embrulhou. Meu primeiro instinto seria correr como louca se não fosse o aperto de morte da mão dele na minha.

Alcançamos o local que havia a "orgia" ao ar livre e Enzo disse em voz alta:

— Bem, Mike, se você puder desgrudar dessas meninas, queria te cumprimentar.

O cara soltou a boca da garota com um estalo e sorriu, mas não parou de ser acariciado e acariciar a menina.

— Olha só se não é meu amigo Gazzoni. Como tá, *brother*? Não te vejo em minhas festas há algum tempo. Sentiu saudade? — Sorriu de lado e Enzo estava tenso até demais. — E quem é essa bela garota? Ela veio brincar?

Enzo grunhiu alto e o sorriso do rosto perfeitamente bonito do cara se desfez.

— Não, ela é minha! E você sabe por que eu precisei vir.

Para me foder?

Enzo olhou para Mike com firmeza, como se estivesse estabelecendo algum ponto. Alguma coisa estava muito estranha ali.

— Eu sei, foi uma brincadeira. Desculpe, linda, não sabia que era do Gazzoni.

Apenas assenti sem ter o que dizer de todo aquele papo em códigos.

— Tudo bem! Só vim te cumprimentar, vou ficar com meu primo.

Mike assentiu e olhou Enzo intensamente antes de se virar e capturar a boca da outra garota enquanto enfiava a mão por debaixo da saia da que anteriormente beijava. Enzo resmungou um "filho da puta" e me puxou para longe daquela coisa toda. Andamos por algumas pessoas e ele parou para falar com algumas enquanto mantinha um aperto em meus dedos; parecia ter medo de que eu fosse fugir.

Não conseguia entender nada do que ele falava e das congratulações e oferecimentos de apoio. O que estava acontecendo? Ele tinha passado para alguma faculdade ou conseguido um emprego?

Antes que pudéssemos chegar onde estavam Fabrizio e Jill, que nos observava sorrindo, uma voz nos fez parar.

— Bem, bem! Enzo Gazzoni já fodeu a vadia da noite e agora fica exibindo ela por aí? Isso não é típico de você, meu *brother*.

Olhei para Enzo e ele tinha uma expressão de puro ódio no rosto. Me assustei, pois o vi em pleno prazer, mas agora na minha frente tinha uma gana assassina. Segui sua linha de visão e tinha um cara tão alto e musculoso quanto Enzo, loiro e com um sorriso de escárnio no rosto.

— Foi gostosa, pelo menos? Deu pra ouvir os gritos da vadia daqui, apesar da música alta.

Enzo rugiu como uma fera e seus olhos faiscaram. Ele soltou minha mão e, com a palma espalmada em minha barriga, empurrou-me para trás. Com os olhos grudados no homem à nossa frente, proferiu:

— Eu vou matar você, seu filho da puta!

CAPÍTULO QUINZE

Enzo Gazzoni

Quando eu tinha nove anos, perdi minha mãe para um câncer agressivo. Ela era uma linda mulher e, seis meses depois da descoberta do tumor no cérebro, definhou; no fim dos seus dias, se tornou uma carcaça do que havia sido um dia. Dois dias após seu enterro, voltei para a escola por insistência do meu pai, mas me afastei de todos, pois não suportava a pena em seus olhos.

Com essa idade, eu já sabia de muita coisa que pessoas com o dobro não saberiam. Vi meu pai matar um homem num ataque de fúria sem tamanho. Confesso que, na época, fiquei com medo dele e do que era capaz. Guardei aquilo comigo, minha mãe precisava de mim, cuidei dela enquanto pude e logo ela partiu.

Naquele dia, me concentrei apenas nas aulas e me isolei no intervalo. Só que algo que aprendi a duras penas é que até mesmo crianças são cruéis. Um menino mais velho que sabia de todo o problema que passamos, pois era meu vizinho, aproximou-se e começou a me importunar. Enquanto falava apenas de mim, meus defeitos, por eu ser magro e muito alto, estava tudo bem, mas, então, ele cometeu um erro que tenho certeza de que nunca mais se esqueceria: o garoto começou a caçoar da minha mãe, dizendo que era uma vadia e tinha dormido com todos os homens que trabalhavam para o meu pai e que, talvez, eu nem fosse filho legítimo de Luca Gazzoni.

Só para que conste, o cara era uns quatro anos mais velho do que eu, e isso conta muito quando você é uma criança. Mas naquele dia não fez diferença alguma.

Meus olhos pareciam feitos de fogo, eles queimavam, assim como a raiva que crescia em meu peito. Eu não me permiti derramar uma lágrima pelo falecimento da minha mãe, ela me pediu para ser forte e eu fui. Mas, ao ser provocado, tudo se juntou dentro de mim e não pude conter. Voei para cima dele, derrubando-o no chão com o impacto, e acho que a surpresa pela minha reação também contou pontos. Bati em seu rosto como se estivesse brincando com um boneco João-bobo. Ele pediu para parar, mas não o escutei, um zumbido em meu ouvido impedia isso. Se não tivesse sido retirado de cima do moleque, o teria deixado inconsciente; acredito que pelo tamanho da minha ira poderia tê-lo matado. Quando a névoa de ódio se dissipou e vi o que tinha feito, percebi que era exatamente a fúria que vi em meu pai, e ele só parou quando percebeu que sua vítima não respirava mais. Entrei em pânico e fugi. Escondi-me na cabana por dias até que meu pai me encontrou. Ele nunca soube o que eu tinha visto, mas me repreendeu pelo que fiz.

O rapaz ficou aterrorizado e sua família foi embora de Nova York por medo de uma represália do meu pai, pelo menino ter ofendido sua falecida e amada esposa.

Eu me policiei depois daquele dia, mantive meu ódio à espreita e o boxe foi uma boa via de escape. O sexo também! Várias mulheres e fodas aleatórias distraíram minha fúria e eu tinha conseguido até David provocar o pior de mim.

Minha única preocupação antes de pular em cima dele foi colocar Carina em segurança. Sabia que, ao empurrá-la para o lado, Fabrizio tomaria o controle e a protegeria. Era assim que agíamos, um cobrindo o outro.

David sorriu ao ver que tinha atingido exatamente onde queria. O cara não tinha amor pela vida, estava sempre me provocando, às vezes eu revidava, mas em baixa escala. Ainda não havia encontrado a ferida que poderia me enlouquecer, mas, pelo que pareceu, agora havia achado.

Com três passos, alcancei-o e joguei meu punho direito em seu rosto com força, mas o babaca bloqueou e acabou pegando em meu antebraço. Só que eu tinha a vantagem de ele estar bêbado como um gambá e eu estar numa fúria mortal por ele ter chamado minha garota de vadia. Filho da puta! Isso só aumentava minha gana de matá-lo.

Consegui que ele se distraísse e dei um soco de esquerda em seu estômago e outro de direita em seu queixo. O idiota cambaleou e tentou me acertar. Por um descuido, ele acertou minha boca, causando dor, que logo foi subtraída pela fúria que crescia em mim cada vez que desferia um soco. Eu já não sabia o motivo pelo qual estava lutando, apenas queria ver aquele idiota estuprador se foder e para isso eu arrasaria com o que atraía as meninas: seu rosto. David era um cara bem-apessoado e com boa lábia, já o havia visto em ação e sabia que as meninas se encantavam com a aparência do cara.

Com mais um soco, derrubei-o no chão. Podia ouvir a gritaria ao fundo, mas nada me importava. Apenas daria a lição para que ele não se aproximasse ou abrisse a boca imunda para falar de qualquer pessoa. Quando David caiu, subi em cima dele e desferi inúmeros socos em seu queixo, maxilar e rosto. Seu nariz já sangrava muito. Parei por um momento e puxei a camisa do desgraçado, aproximando-o do meu rosto.

— Da próxima vez que você pensar em tocar alguma mulher sem permissão, ou ofender alguma por qualquer motivo que seja, lembre-se dessa porra de surra que eu te dei cada vez que olhar no espelho e ver seu nariz machucado, lembre-se de que eu estou na porra da sua cola. Filho da puta! E lembre-se de que vou tomar conta de tudo, não serei como meu pai, que, por falta de provas, te absolveu. A partir de agora, serei seu carrasco. Se sair da linha, desgraçado, eu vou te pegar.

Soltei-o no chão e me levantei, olhei para Carina, que me encarava com os olhos arregalados e a mão na boca. A festa estava em silêncio, os amiguinhos de David não fizeram nenhum movimento para me parar ou me derrubar, lógico, eles não eram estúpidos como o idiota riquinho. Dei um passo e ouvi o palerma rindo às minhas costas. Muito devagar, me virei e ele ria, cuspindo sangue no chão.

— Realmente a boceta dessa brasileira deve ser muito boa, dizem que a bunda delas é uma delícia. Provou isso também?

Minha respiração se tornou acelerada e fechei meus punhos ao lado do corpo. Esperei-o se levantar e, quando o fez, meio tonto, ele se aproximou e sussurrou:

— Vou provar cada pedacinho da sua vadia, vou estuprá-la e a deixar arrebentada. Quando você for pegar de novo, já não irá querer mais de tão usada.

— Desgraçado!

Levantei meu punho direito e quebrei o nariz do otário, que caiu desmaiado no chão. Olhei em volta e encarei o garoto que eu sabia que era o braço direito do babaca.

— Quando ele acordar, avise ao filho da puta que nunca chegue perto da minha garota, nem mesmo atreva-se a olhar pra ela. E que ele está na minha lista, sabe o que isso significa, não? — O frangote assentiu. — Bom, e que sirva de aviso a todos. Ninguém mexe no que é meu.

Dei a volta e limpei o sangue dos meus punhos na camisa, aproximei-me de Fabrizio, que segurava Jill em um braço e no outro tinha Carina perto do corpo. Olhei nos olhos do meu primo e transmiti a ele tudo o que sentia. Eu estava no controle, mas, por um mísero momento, achei que não estaria. Virei-me para Carina e estendi minha mão. Eu tinha mostrado um dos meus piores lados e estava dando-lhe a chance de recuar, de sair daquele mundo. Eu não iria atrás dela, se essa fosse a sua escolha.

Seus olhos marrons se abriram tanto que achei que pulariam para fora. Ela tinha entendido o que eu estava oferecendo. Por um momento, visualizei suas costas retas e bumbum arrebitado se afastando de mim enquanto meu peito se apertava, mas isso logo passou ao sentir sua mão pequena em cima da minha. Envolvi meus dedos no meio dos dela e a puxei pelo quintal. Não quis falar com ninguém, nem mesmo Mike, que me encarava interrogativamente. Sabia que, em um segundo, meu pai saberia de tudo que aconteceu e Luca Gazzoni tomaria aquilo como meu ingresso em definitivo na família. Eu não me arrependia de ter feito aquilo e faria de novo.

Ninguém abusava da minha mulher, muito menos a ameaçava na minha cara e ficava por isso mesmo. Nunca! O que eu sentia por Carina ia além de perturbado, era uma sensação de êxtase; sentir meu pau dentro dela foi o paraíso, mas a ligação que tivemos foi mais forte. Porra, eu daria o mundo a ela se me pedisse.

Com passos largos, cheguei à moto, desprendi o capacete e entreguei a Carina;

não queria olhar muito para ela agora. Precisava de tempo. Não sabia o que ela faria, ou diria, e tenho que admitir... estava com medo.

— Enzo, pare um momento, por favor. — Carina puxou meu braço antes que eu me virasse para montar na moto. Fechei os olhos e respirei fundo, virei-me e a encarei. — O que acon... Você está bem?

Franzi a testa e inclinei a cabeça de lado, analisando-a.

— Estou sim. — Respirei fundo e baixei a cabeça, ficando curiosamente envergonhado da minha atitude. — Sinto muito pelo que aconteceu lá dentro, Carina. Vem, vou te levar pra casa.

Tentei soltar minha mão da dela, mas ela não deixou. Prendeu meus dedos e olhei curioso para seu rosto.

— Você está com um corte na boca. Vamos, eu vou cuidar de você. Tenho um kit de primeiros socorros no meu quarto.

Assenti sem muita reação, pois ela estava me estendendo algo que não soube identificar na hora. E eu não sabia o que me aguardava quando chegássemos ao nosso destino. O caminho até a casa da Carina foi relativamente rápido, porque eu estava protelando ao máximo.

Por mais estranho que pudesse parecer, os pais de Carina não estavam em nenhum lugar visível, a casa estava às escuras e aparentemente vazia. Subimos as escadas em silêncio e, assim que entramos no quarto dela, Carina me olhou sorrindo e caminhou até o banheiro.

Fiquei parado sem graça e em transe ao lado da porta, o resquício de toda a raiva que senti e a força que fiz para me controlar estavam me sugando. Eu estava cansado e só queria ir para casa dormir.

O quarto era simples, mas feminino. Era pintado de bege, a cama grande king size coberta por um grosso edredom listrado de rosa e bege. Do lado direito, estava a enorme porta que dava para a sacada e, no canto oposto, havia uma mesa com um notebook e vários livros na parede. Um lugar agradável e acolhedor, que fez todo o peso do que fiz pesar sobre meus ombros.

Carina podia se denominar viciada em perigo e adrenalina, mas isso se resumia a praticar esportes radicais e fazer sexo com um quase desconhecido. Ela não estava preparada para a minha vida.

— Vem, senta aqui, me deixa limpar seus cortes.

Levantei os olhos e percebi que estava encostado na parede, na verdade, quase sentado no chão.

Impulsionei-me para longe e andei devagar até ela. Sentei-me na cama e ela, na cadeira do computador, que tinha puxado para ficar de frente para mim. Com cuidado, ela passou um algodão com algum tipo de produto em meus lábios e supercílio. Fiquei com os olhos grudados nos dela. O carinho que proporcionava com aquela atenção me deixou humilhado diante de tudo.

Eu havia quase matado um homem porque a ofendeu, sendo que eu poderia apenas ignorá-lo, pois ela não era nada daquilo. Teria sido mais digno, porém eu não era digno. Não dela, pelo menos.

— Pronto, vai cicatrizar em alguns dias. Me dê suas mãos, deve ter machucado pelo tanto que você bateu naquele idiota. — Levantei a mão direita e a estendi.

— Só tá um pouco vermelha, já me acostumei a dar socos.

Ela olhou em meus olhos e mordeu os lábios.

— Você faz muito isso?

— O quê, quase matar as pessoas?

— Enzo...

Suspirei em resignação e baixei a cabeça com um sorriso triste.

— Desculpe, eu luto boxe desde os onze anos, Carina. Minhas mãos estão acostumadas ao impacto. Só que normalmente uso luva.

— Me deixe ver. — Ela pegou minha mão e passou um algodão novo, limpando a crosta de sangue seco meu e do palhaço. — Realmente só esfolou a pele.

Ficamos em silêncio enquanto ela trabalhava em tirar a sujeira dos meus punhos e eu sabia que ela ainda tinha coisas a dizer.

— Pode falar, Carina. Vou te dizer a verdade. Pergunte que eu respondo.

Ela continuou o trabalho sem dizer uma palavra até que terminou. Levantou-se com os algodões sujos, foi até o banheiro e retornou com o rosto sério. Sentou-se à minha frente de novo e me encarou intensamente. Quando falou, sua voz não passava de um sussurro:

— Por que fez aquilo?

— Porque ele é um babaca e te ofendeu.

Sacudiu a cabeça e respirou fundo.

— Não me senti ofendida, Enzo. Apesar de ter corrido para a casa de um estranho para transar com um quase estranho, sei que não sou o que ele disse. E mesmo se fosse, pelo simples fato de ficar com quem eu quero e ceder aos meus desejos, não me importaria do que me rotulam. Sou dona dos meus atos e arco com as consequências das minhas escolhas. Agora me responda, por que fez aquilo?

Fiquei olhando em seus olhos, buscando qualquer pista de que ela já soubesse de tudo, mas não encontrei. Ela apenas era muito observadora e tinha captado tudo. O ponto de ruptura foi o que ele disse sobre minha garota, mas não era o motivo em si. Mas sim toda a merda que ele aprontou na sua vida e ficou impune. E meu sangue pedia justiça cada vez que o via sorrindo e se engraçando para alguma garota. Agi como um verdadeiro chefe da máfia, um Gazzoni.

— Eu quis matar o desgraçado porque ele é um estuprador filho da mãe e nunca pagou por isso, a não ser uma surra leve como aviso, coisa que não adiantou. Porém, mesmo assim, não foi o bastante ter feito isso, eu poderia fazer melhor, arrancaria parte por parte dele por abusar das meninas que seduz. Ninguém deve passar pelo que ele faz. Ninguém deve sentir a repulsa que ele gosta de infligir. O cara simplesmente é nojento e sádico, tem prazer de entrar no ringue e deixar seu parceiro inconsciente. Ele é covarde e ataca por trás. E um bastardo como aquele não chamaria minha mulher de vadia. Eu sou um Gazzoni, nós não permitimos isso.

— E o que seu nome tem a ver com isso?

Seus olhos castanhos espreitavam minha alma e eu sabia que devia a ela a verdade e somente isso. Então, respondi:

— Isso quer dizer, *cara mia*, que eu sou filho do chefe da máfia de Nova York e talvez meu pai controle boa parte do tráfico dos Estados Unidos. É isso que meu nome quer dizer. — Sorri sinistramente e passei a palma da mão em seu rosto macio e delicado. — E agora, princesa, vai fugir?

CAPÍTULO DEZESSEIS
Carina Agnelli

Eu, sinceramente, não sabia o que esperava, mas aquilo que ele me disse com um sorriso cínico no rosto não era o que me vinha à mente. Seus lindos olhos azuis me observavam e Enzo permaneceu em silêncio esperando minha reação. Eu não tinha uma, apenas estava focada no peso que ele carregava nas costas. Por um momento, desviei meus olhos dos dele e olhei para o vidro da janela, pensativa, o vento gelado balançava as árvores, elas sacudiam-se, mas mantinham-se firmes, de pé. Muitas vezes, a vida nos coloca em encruzilhadas, curvas e desvios, testando nossa resistência, provocando o declínio. Para superarmos, basta nos mantermos firmes diante de qualquer obstáculo, superar qualquer infortúnio, seguindo sempre em frente.

Percebi Enzo se movimentando desconfortável na beirada da cama e me virei, olhando em seus olhos: ele já não tinha o sorriso no rosto. Parecia amedrontado, receoso de uma rejeição. Devia estar pensando que eu estava com medo, mas não era esse o sentimento que me preenchia. Fiquei surpresa sim, mas não assustada. Vê-lo batendo furiosamente no cara foi estranho, não entendi bem o motivo, não concordei com a atitude impensada, mas, depois de entender o motivo real de ele ter feito aquilo, eu compreendia; e, por mais que minha mente não concordasse com violência, em meu coração, no lado mais sombrio, eu sabia que ele merecia levar a lição por tudo que fez.

— Então, sua família é da máfia? Crime organizado, certo?

Enzo respirou fundo e desviou os olhos dos meus, parecendo envergonhado.

— Sim, exatamente isso.

— Pensei que esse tipo de organização existisse apenas em filmes.

— Não, *cara mia*. É real, eu vivi nesse meio a minha vida toda.

Assenti e baixei a cabeça, meu coração martelava em meu peito com tudo que aquela situação implicava. Entendi, então, o receio do meu tio quanto a me relacionar com Enzo. Mas, por mais que fosse louco e perigoso, eu, como uma viciada em perigo, não me sentia acuada. Ele era um cara íntegro e dar a lição naquele idiota mostrou isso, mesmo que eu não o conhecesse realmente, já que apenas duas semanas separavam-nos de completos desconhecidos.

— Qual seu papel na organização?

Enzo suspirou audivelmente e virei-me para olhar para ele, que parecia ter o peso do mundo nas costas.

— Até hoje, eu era apenas o filho da máfia, mas agora não sei mais. Minha atitude pode ter apressado meu ingresso na família.

— Como assim?

Sem me olhar, ele se levantou e andou até a enorme janela de vidro, olhando para o lado de fora. Colocou as mãos nos bolsos e seus ombros caíram.

— Preciso tomar o lugar do meu pai, não há outra opção para mim. Eu ia terminar a faculdade esse ano e, enfim, cuidar dos meus deveres com ele. Só que, com a minha gana de justiça, pode ter dado a ideia para o meu pai de que eu estava pronto. Você não entra em confusões quando é filho do chefe. Se for um cara de baixa escala, filho de um dos seus homens, como tem muito, tudo bem. Eles sempre se envolvem em confusões, mas a mim não é permitido. Eu comecei a fazer boxe depois de um ataque de fúria aos nove anos, quando quase matei um garoto mais velho do que eu, e meu pai quis canalizar essa fúria de alguma forma. Por isso, se eu aprontasse, ele teria que se envolver. Meu pai nunca foi injusto e passou a mão na minha cabeça, tudo de errado que fiz tive que arcar com as consequências. E se não houver provas de que eu agi em defesa de alguém, então ele não tem o que fazer. Somos tipo uma lei sem lei. Não posso começar uma guerra se não tiver a intenção de terminar. E o cara que eu bati hoje é um mauricinho, o pai dele é promotor de justiça.

Tentei assimilar aquela torrente de informações, o que se tornou difícil. Mesmo com minha mente funcionando muito rapidamente, ainda era complicado aceitar que tudo era real.

— E você ter socado um filho de um promotor quer dizer que agora será obrigado a entrar na família para estar protegido?

Enzo se virou com o maxilar apertado e um músculo pulsava em seu rosto. Ele lambeu os lábios.

— Exatamente.

— E seus sonhos, Enzo? Você disse que faz faculdade. No que iria se formar?

Ele riu sem humor e caminhou de volta para mim, sentou-se na beira da cama, afastando-se até encostar-se à parede. Olhou para mim com os olhos baixos.

— Isso não importa mais, Carina.

— Lógico que importa.

Enzo baixou a cabeça, quase encostando o queixo no peito. Seu corpo estava rígido de tensão.

— Eu queria lutar profissionalmente. Estava me preparando para isso, montar uma academia, eu faço Administração e tinha tudo planejado.

Sua voz soou tão decepcionada que meu coração se encheu de ternura. Todo o receio que eu ainda tinha se esvaiu com essa confissão sussurrada. Ele não via saída a não ser ingressar num mundo que não escolheu, do qual não queria fazer parte. Levantei-me da cadeira e, com a intensidade do seu olhar sobre mim, sentei-me na cama, me acomodando ao seu lado.

— E mesmo se não tivesse acontecido aquilo hoje, você teria que abrir mão desse sonho? — Ele assentiu e suspirei, peguei sua mão enorme na minha e entrelacei nossos dedos. — Acho que você é muito corajoso, Enzo, se eu tivesse que desistir da minha faculdade e profissão dos sonhos, estaria destruída. Passei a vida me preparando para ser médica. E você simplesmente não tem escolha. Admiro você.

Ele levantou a cabeça surpreso e arregalou os olhos.

— Admira um cara que tem a capacidade de matar apenas com os punhos?

— Mas não matou, matou?

Arqueei uma sobrancelha e o encarei interrogativamente. Ele sacudiu a cabeça e passou a palma da mão livre no rosto, raspando a barba.

— Não, mas poderia.

— Esse é o ponto, você escolheu parar. Deu a lição que ele merecia e parou.

— Carina, eu vou ter que matar um dia. Até meu primo já fez isso.

— Fabrizio? Nossa, não imaginava.

— Pois é, dentro de cada um existe um monstro prestes a sair. Muitas pessoas têm a força de mantê-los presos, outros nem querem fazer isso, e tem aqueles que não têm escolha. Eu terei que fazer mal a alguém, já vi meu pai trabalhando. E ele não é um homem ruim em sua essência, mas precisa ser, entende? Nós não temos escolha!

Olhei em seu rosto marcado pela tristeza e senti meu pulso acelerando. Deitei-me meio desajeitada de lado e estendi a mão.

— Todos temos uma escolha, Enzo! Deita aqui, quero te abraçar.

Enzo ficou me olhando sem saber o que fazer. Mas logo se inclinou, tirou o tênis e deitou-se ao meu lado de frente para mim. Ficamos com os rostos colados e ele levantou uma mão, passando os dedos em meu rosto e fechando os olhos com a carícia delicada que fazia em minha pele.

— Não vai fugir de mim, *cara mia*?

Seus dedos desceram por meu rosto, indo até meu pescoço e fazendo círculos na pele sensível. Arrepios tomaram meu corpo e abri os olhos, fixando-os nos dele. Seus lábios estavam separados e ele olhava fixamente para onde seu toque fazia de mim uma escrava.

— Não. Precisa muito mais do que isso para me afastar de você.

Ele riu amargamente.

— E haverá, não tenha dúvida.

— Talvez, mas por enquanto pretendo aproveitar o máximo que puder, cada segundo é sagrado.

— Isso quer dizer que você aceita ser minha? Mesmo eu sendo um ogro ignorante e violento?

A gargalhada que surgiu em meu peito pela sua pergunta não pôde ser contida. Ele sorriu amplamente e sua mão enredou em meus cabelos e prendeu minha nuca firmemente.

Olhei em seus olhos azuis e fiquei séria, pois ele me olhava com intensidade e possessividade.

— Eu pensei que tivesse ficado claro que eu era sua quando deixei que entrasse em mim.

— Porra!

Seus lábios cobriram os meus, causando um estremecimento. Ele escorregou os dedos por meus cabelos, prendendo-os em seu punho, e inclinou minha cabeça para trás, tendo mais acesso à minha boca; seus lábios macios deslizaram sobre os meus e o piercing raspou minha boca já sensível. Sua língua molhada e quente desvendava cada canto. O gosto de Enzo era maravilhoso, ele chupava forte e virava a cabeça de um lado para o outro.

Ele soltou minha boca e desceu beijando meu rosto e pescoço, parando perto do meu ouvido e sussurrando:

— Espero que esteja certa disso, porque, se eu sentir mais do que isso que há dentro de mim, nunca a deixarei ir.

Isso devia ter me alertado, mas não foi assim. Foram tantos anos tomando conta de mim mesma, sendo responsável e mantendo minhas vontades à espreita, que ter alguém controlando tudo era libertador. Aproximei-me e mordi a sua orelha levemente, provocando um gemido nele.

— Então, não deixe!

Ele se afastou e sorriu, um sorriso lindo, amplo, que fez a covinha encantadora surgir em sua bochecha e logo um olhar malicioso acompanhou seus lábios escancarados.

— Você me enlouquece, com esse rosto de anjo e o corpo de pecadora. Mulher, seus movimentos quase me fizeram me envergonhar, em duas estocadas já queria me derramar em prazer. Adorei entrar em você, tomá-la pra mim, provar sua boca. — Sorriu de lado. — Agora só falta provar de outro sabor, quero sentir o gosto de cada parte sua.

Meu corpo todo estremeceu e senti um calor subindo, tomando conta de mim, fazendo com que zumbisse em necessidade.

— Fica comigo esta noite?

Ele se afastou e me olhou surpreso. Até eu estava, mas, de repente, senti uma vontade de estar ali com ele, abraçada em seu corpo, me sentindo cativa, segura.

— E seus pais?

— Eles não vão entrar aqui e podemos acordar cedo, eles não levantam antes das oito da manhã.

Ele sorriu e olhou pela janela. Suspirando, assentiu e beijou minha testa.

— Eu fico, linda, fico onde você pedir. Sou todo seu.

E assim eu esperava. Acomodei-me em seus braços, ele não fez nenhum movimento insinuante e aprovei. Já tínhamos rasgado a roupa um do outro naquela noite, agora, eu precisava do carinho que ele me deu. Todo o tempo que ficamos acordados, suas mãos passeavam por meu corpo, às vezes apertavam algumas partes, mas nos mantivemos em algo platônico. Carícias, beijos... Tudo intenso demais! Enzo era assim, cada coisa que ele fazia era extremo. Eu amava aquela parte dele.

Meus olhos foram se fechando com sussurros dele dizendo o quanto eu era linda, especial, única e todinha dele.

Acordei com a luz do sol em meu rosto e logo senti sua falta ao meu lado. Seu corpo forte já não estava grudado em mim. No lugar onde sua cabeça havia repousado estava um bilhete com uma letra rabiscada, que dizia:

Linda, fui pra casa antes que seu pai nos pegasse. Ouvi barulhos na casa e saí de fininho pela janela. Não se preocupe, devo estar bem. Rsrs. Te ligo mais tarde, vamos fazer alguma coisa legal hoje? Depois de amanhã já é Ano Novo. Logo voltaremos à faculdade, certo? Beijos.

P.S.: Não se esqueça de que agora é minha!

Deitei a cabeça com força no travesseiro e abracei o bilhete. Mas que droga, de tanto ele falar eu já estava acreditando naquilo. Meu corpo lhe pertence, e ele conquistava meu coração aos pouquinhos. Isso seria um desastre sem tamanho. A futura médica e o filho da máfia.

CAPÍTULO DEZESSETE

Enzo Gazzoni

Não dormi a noite toda, minha cabeça não parava. Eu não teria mais saída depois do que fiz.

Sentir o corpo macio da Carina colado ao meu foi como uma espécie de calmante, um relaxante que me deixou num estado de consolo. Mas sabia que seria momentâneo. Assim que chegasse em casa, o circo estaria armado. Quando as pequenas frestas de luz da manhã começaram a entrar pela janela, que estava com a cortina entreaberta, tive que dar adeus ao conforto no qual me aconcheguei por uma noite, um sonho, algo que talvez não pudesse viver.

Levantei devagar e peguei um pedaço de papel que estava em cima da mesa do computador, rabisquei um bilhete bem-humorado, diferente do que eu estava sentindo, convidando-a para um passeio.

Dei mais uma olhada em seu rosto delicado, Carina estava calma e serena enquanto dormia. Mas a mulher tinha fibra, era forte, não se assustava com qualquer coisa. E eu havia mostrado um dos meus piores lados, um que poucos conheciam, o lado que seria escancarado em meu futuro para que todos pudessem ver sua cara feia.

Peguei a camisa suja da cadeira e vesti. Com cuidado, abri a janela, não sairia pela porta da frente correndo o risco de dar de cara com o pai dela. Em nossa conversa da noite anterior, ele estava irredutível quanto ao nosso envolvimento, mas eu lhe garanti que ela estaria segura comigo, algo que não devia ter feito, não existia nenhum modo de garantir a segurança de qualquer pessoa ligada a mim, ainda mais depois do que fiz.

Deslizei pelo telhado e, com um baque, pousei no chão ao lado da varanda. Olhei para a janela da Carina uma última vez e caminhei até minha moto, que estava estacionada no lado oposto da rua. Quando levantei meus olhos para atravessar, vi que não seria tão fácil como imaginei chegar em casa. Henrique estava apoiado na minha Harley, com os braços cruzados e os olhos queimando em mim.

— Estava pensando se teria que ir lá em cima te acordar antes que meu irmão descobrisse que sua princesinha não estava sozinha, ou percebesse a moto solitária estacionada aqui. Como foi a noite, Enzo?

Respirei fundo e coloquei as mãos nos bolsos. Não ia baixar a cabeça, assumiria todos os meus atos. Já havia resolvido as coisas com Henrique e sabia que ele não era fácil, não suportava mentiras, e não era desse tipo de coisa.

— O que você quer? Não podia esperar eu chegar em casa?

— Pra quê? Ia esconder essa camisa suja, os punhos vermelhos e o machucado na boca?

Arqueou uma sobrancelha, sorrindo sinistramente. Às vezes, eu tinha medo do Henrique. Eu sabia do que ele era capaz e do quanto era temido.

— Você sabe que não sou de esconder nada e nem preciso. Só queria estar em casa para resolver tudo. Sei o que fiz e vou assumir qualquer consequência.

Henrique assentiu e desencostou da moto, parando à minha frente.

— Vai admitir também que fodeu minha sobrinha na casa da piscina do Mike e que quem estava por perto ouviu vocês dois?

Arregalei os olhos e dei um passo atrás quando ele se aproximou mais um pouco. Não achei que mais alguém ficaria sabendo disso, mas fui ingênuo. Qualquer passo que eu dava todos ficavam sabendo. Minha vida nunca foi um segredo para os homens do meu pai.

— Eu não vou dar satisfações do que eu e Carina fizemos, ela é maior de idade e somos donos das nossas vontades. Eu não a forcei a nada.

Henrique sorriu amplamente e arqueou uma sobrancelha. Ele era o cara em que Luca Gazzoni mais confiava. O homem era cheio de músculos, cabelos escuros e os olhos mais negros que eu já tinha visto. Quem não o conhecia ficava impressionado com a sua aparência. E quem soubesse da sua fama fugia dele, o temia e respeitava.

— Ah, disso eu tenho certeza. Porque, se tivesse forçado minha sobrinha, você levaria uma surra independente de quem é filho.

— Engraçado, isso só serve pra parentes? Porque o idiota do David ficou impune quando abusou da coitada da Melina.

Henrique grunhiu e pegou minha camisa, puxando-me de encontro ao seu peito.

— Quem disse isso a você, garoto? Não afirme algo que não sabe. Aquele moleque se safou de morrer por ser filho de quem é, mas os punhos que acertaram seu rosto bonito e o joelho que acertou as bolas foram esses que estão coçando para marcar você, idiota! — Ele disse tudo olhando em meus olhos e sacudindo-me pela camisa a cada palavra. — E eu vim te esperar a mando do seu pai, só aproveitei para fazer meu ponto. Não. Exponha. Minha. Sobrinha. Dessa. Maneira!

Soltou-me e cambaleei para trás. Olhando em seus olhos, percebi o que realmente ele estava dizendo. Além de a Carina ser sua sobrinha e ele estar chateado por termos dormido juntos, ela era filha de alguém importante. Assenti e baixei a cabeça.

— Desculpe, isso não vai se repetir, mas eu não me afastarei dela!

— Eu acho bom, mas chega de palhaçada. Vim para dar um recado do seu pai.

Levantei a cabeça e franzi a testa.

— Eu já sei, tenho que assumir meu lugar. Bati no idiota e tô ferrado...

Henrique sorriu de lado e colocou as mãos na cintura.

— Você realmente não tem noção do poder que seu pai tem, né? Acha mesmo que ele seria ameaçado por um promotorzinho corrupto? — Balançou a cabeça, parecendo não acreditar. — É... Você realmente precisa de tempo, só não concordo que seja no escuro. Acho que devia se inteirar das coisas, porém não sou seu pai. Ele me mandou dizer que você ainda está livre e que já cuidou de tudo, só não se meta com o Harris.

— Como assim? Cuidou de tudo? Tão fácil?

Ele riu abafado e sacudiu a cabeça.

— Nada é fácil, garoto, mas ele acha que você precisa desse ano para que viva sem pressão. Então esse é o recado, ele pediu para pegar sua garota... — Revirou os olhos, torcendo a boca de lado. — E a levar para passear na cabana e ficar uns dias por lá, qualquer coisa.

— Ela vai pra faculdade depois do Ano Novo e tá ajeitando tudo. Não posso levá-la para uma temporada na cabana agora.

— Quer dizer que ela é sua mesmo? — Estreitou os olhos para mim, e achei até engraçada toda aquela superproteção. Carina sabia o que queria e ninguém seria capaz de persuadi-la do contrário quando cismava com alguma coisa. Sorte a minha!

— E você achou que seria diferente? — Sorri ao lembrar de todas as recomendações que fez antes que Carina chegasse, o que me deixou curioso demais.

Henrique balançou a cabeça, caminhando em direção à rua.

— Maldito dia em que fui te proibir de sair com ela, com certeza foi um adicional para essa merda toda.

Sorri para ele, que desceu a rua assoviando uma música que já o havia ouvido entoar em outras circunstâncias.

Empurrei a moto até a garagem de casa e estranhamente estava tudo em silêncio. Eu não tinha ideia do que meu pai havia feito, mas meu peito estava oprimido, de alguma coisa ele teve que abrir mão. O pai do idiota não ficaria em silêncio assim, e para querer me manter distante devia ser algo sério. Porém, minha cabeça estava tão cheia que não tive muito tempo de ficar pensando nisso. O que Henrique havia dito sobre eu expor Carina era certo, agi com impulsividade, como um verdadeiro babaca e precisava remediar isso. Guardei a Harley e subi pelos fundos até meu quarto. Lá, tirei a camisa suja de sangue, o jeans e a boxer. Caminhei nu até o banheiro e abri o chuveiro, deixando que a água esquentasse. Estava chateado comigo mesmo por toda a situação em que me meti, com a merda que aconteceu, mas meu corpo ainda se lembrava do prazer ao qual foi submetido. O corpo dela era o paraíso escondido, um oásis onde eu, sedento, pretendia matar a sede. Não foi suficiente aquela foda. Sim, aquilo foi um desespero que precisava ser saciado desde o primeiro momento em que botei os olhos sobre ela. E, caramba, que delícia aquele corpo, a boca, os olhares e os gemidos, além das palavras de prazer. A mulher era a perdição completa.

Entrei debaixo do chuveiro com a cabeça rodando de recordações e lavei cada pedaço do meu corpo, retirando o resquício do seu perfume, mas também descarregando a raiva que senti. Droga, eu precisava me controlar em ambas as situações: se fosse levado pelo desejo ou pela fúria.

Terminei o banho rapidamente, puxei a toalha e me enxuguei mais ou menos. Apesar do frio que fazia, eu já não me importava, foram tantas as vezes que deixei meu corpo exposto para que se acostumasse, que já não me importava. Peguei o celular no criado-mudo e mandei uma mensagem ao Fabrizio, para que viesse me encontrar. Não sabia se ele estava em casa, mas planejava algo legal para o sábado.

Logo em seguida recebi a resposta de que ele já estava a caminho. Vesti um short de treino e camiseta.

— Você sabe que arrumou uma puta confusão quando bateu no idiota fora do ringue, né?

Virei-me e encontrei Fabrizio parado na porta com os dois braços esticados ao lado do corpo, os olhos repreensivos em minha direção.

— Eu imagino.

— Porra, onde você se meteu, Enzo? Eu vim te procurar ontem e nada, até que vi sua moto perto da casa da Carina. Passou a noite lá?

Assenti e andei até minha cama, sentei-me e apoiei os cotovelos nos joelhos, levantei a cabeça, encarando-o de testa franzida.

— Sim, mas não é o que você está pensando. Ela cuidou do meu rosto e conversamos, só isso...

Fabrizio entrou no quarto e sentou no chão, encostando-se à parede. Olhou para mim, curioso.

— Conversaram? Acredito que, pela menina esperta que ela é, quis saber o motivo daquilo tudo.

— Sim, e eu contei.

— Idiota!

Sorri de lado e concordei com a cabeça, virando-me para olhar pela janela.

— Mas ela não correu, não entendeu, nem concordou, mas me aceitou, cara. Porra, ela me deixou de joelhos.

O suspiro audível do meu primo me chamou a atenção e o encarei novamente.

— Que bom, ou teria sido uma merda em vão. O pai do David veio até aqui ontem, seu pai gritou e o ameaçou, depois eles entraram no escritório e o babaca do Harris saiu bufando. E foi quando o tio Luca mandou eu e Henrique atrás de você.

— Onde meu pai está? Não o encontrei.

— Depois que achamos sua moto, ele saiu, disse que precisava resolver umas coisas.

Prendi os lábios numa linha fina e fechei os olhos. A sensação de ter provocado alguma coisa para meu pai não era boa. Senti-me mal e chateado.

— Bom, a merda está feita e não há como voltar atrás. Eu tenho que me manter distante do babaca e, para isso, vou parar de treinar no Jack. Vou lutar em casa mesmo.

— É uma boa ideia, afinal, você tem uma academia completa aqui. Não sei por que insistia em aguentar aquele babaca.

Sorri de lado e olhei intensamente para ele. Meus motivos eram simplesmente pelo fato de irritar o idiota do David. Até que ele achou uma maneira de me irritar.

— Vamos sair com as garotas hoje? Fazer algo legal, preciso me desculpar com a Carina.

Fabrizio sorriu amplamente e com malícia.

— Eu sei, você foi um babaca de levar a menina e foder com ela na festa. Agora todos sabem a quem ela pertence. Foi tudo calculado, cara?

— Não, merda! Mas se é assim, fico feliz, porque ninguém vai ousar mexer com ela. É minha e protejo o que é meu.

— Acho que todo o país sabe disso agora. Mas o que está pensando? Jill tá de folga hoje.

— Perfeito, sei lá. Vamos pegar aquele seu carro velho e rodar por aí. Que tal dar uma esticada até a cabana de campo?

— Bom, estou devendo uma saída assim pra minha garota.

— Beleza — disse, me levantando, e peguei as luvas de boxe dentro da gaveta. — Vou mandar uma mensagem pra Carina e treinar um pouco. Saímos por volta das dez, pode ser?

Fabrizio se levantou e assentiu.

— Vou acordar minha princesa. — Balançou as sobrancelhas e fiz uma careta para seu olhar malicioso.

Peguei meu celular e digitei algo rapidamente. Coloquei um pen drive no bolso para o aparelho de som e desci até a sala de treinamento. Naquela hora não tinha ninguém, o que seria bom, pois eu precisava extravasar minhas energias. Na segunda-feira teria que ir contar ao Jack minha decisão de não treinar mais lá.

A sala enorme estava vazia como eu havia imaginado: tinha um octógono, saco de areia, aparelhos de musculação, esteira e bicicletas, uma academia completa. Dirigi-me ao aparelho de som, coloquei o pen drive e, em seguida, Linkin Park começou a tocar. Calcei as luvas e fui para o saco de areia no canto da sala.

Alonguei o corpo, o pescoço, endireitei a coluna e me posicionei. Dei socos de direita e esquerda, treinando meu jogo de pés. A música zumbia em meu ouvido e meu corpo estava no automático. Deixei a raiva que guardava em meu peito vir à tona, meus punhos atacavam a lona vermelha, meus olhos não focavam em nada além do que eu fazia.

Linkin Park cantava *In the end*, e a porra da música me deixava mais frenético.

I KEPT EVERYTHING INSIDE
(Eu guardei tudo dentro de mim)
AND EVEN THOUGH I TRIED
(E embora eu tenha tentado)
IT ALL FELL APART
(Tudo desmoronou)

Eu estava perdido e precisava me reencontrar. Tudo desmoronava em meu peito, meu coração batia descontrolado. Quando a música acabou, parei de destroçar o saco de areia e meu corpo estava banhado de suor. Deixei cair meus ombros e baixei a cabeça, olhando para o chão. Os pingos caíam, distraindo meus pensamentos conflituosos, minha respiração estava rápida e o coração, acelerado. Forcei meu corpo ao extremo. Era assim que me sentia, estava em meu ponto de ruptura.

— Achei que tinha te visto em seu máximo, mas isso... superou qualquer expectativa.

Virei-me assustado e vi Carina encostada na porta da sala de treino com os braços cruzados. Linda! Seus olhos não deixaram os meus enquanto um sorriso leve pousava em seus lábios.

— Senti sua falta quando acordei, vi seu bilhete e, então, sua mensagem de texto. Estou pronta. — Descruzou os braços, dando passos curtos até onde eu estava. Quando se aproximou, seu perfume me atingiu, quase me deixando de joelhos. Esticou-se na ponta dos pés e sussurrou: — Pode me levar.

CAPÍTULO DEZOITO
Carina Agnelli

Se eu disser que nunca apreciei um bom conjunto de músculos estaria mentindo, mas sempre dei preferência para os caras mais "normais", podemos dizer assim. Porém, com Enzo foi inevitável, arrebatador. Eu não tive escolha, simplesmente aconteceu. E, Senhor, quantos músculos aquele cara tinha!

Após receber sua mensagem, tomei um banho rápido e me arrumei, estava ansiosa para vê-lo novamente. Corri pela casa, esbarrei em meus pais e dei adeus, não dando chance de me interrogarem.

Assim que cheguei à casa dele, fui logo recebida pelos seguranças e liberada, parecia que eu tinha passe livre por ali. Coisa estranha, eu nunca havia entrado na residência, apenas dei meu nome e logo fui encaminhada para a tal academia onde o Enzo estava treinando. Não sabia o que encontraria, mas nem passou pela minha cabeça que seria um lugar completo como aquele. Aparelhos de musculação, esteira... até um octógono enorme. E no meio de tudo: ele!

Enzo socava um saco de areia enorme, dava murros e grunhia com o esforço. Seu corpo estava completamente tenso e suado. Ele estava concentrado e resolvi não falar nada, fiquei apenas apreciando a vista, cruzei os braços e, como uma boa *voyeur*, analisei e cobicei o homem. Enquanto ele estava distraído, não podia me provocar e isso era bom, pois medi cada detalhe de sua expressão, força e agilidade. Os movimentos que ele fazia deixavam-me numa ansiedade que eu mal podia conter. Parecia perigoso com toda aquela força e, claro, meu corpo se acendeu imediatamente.

Quando ele parou, a música ainda tocava alta, ele deu *pause* e resolvi tornar minha presença notável.

— Achei que tinha te visto em seu máximo, mas isso... superou qualquer expectativa.

Ele se virou com os olhos arregalados, me mediu de cima a baixo com um olhar malicioso e seus lábios entreabertos me deram uma vontade louca de morder, lamber e chupar. Enzo apenas me olhava entre surpreso e cheio de desejo.

— Senti sua falta quando acordei, vi seu bilhete e, então, sua mensagem de texto. Estou pronta. — Descruzei os braços, dando passos curtos até onde ele estava. Mantive os olhos fixos nos dele, que me observava como um falcão. Quando o alcancei, fiquei na ponta dos pés e sussurrei: — Pode me levar.

Sua respiração acelerou e eu estava cara a cara com ele, podia senti-lo soprando em meu rosto e reprimi a vontade de fechar os olhos. Ele era demais para aguentar. Seu rosto sério e olhos pegando fogo me prenderam no lugar.

— O que está fazendo aqui, princesa?

— Queria estar perto de você o mais rápido possível. Definitivamente encontrei um novo vício. Será que ele é ilícito?

Ele sorriu de lado e respirou fundo.

— *Cara mia*, isso é o que nós vamos ver. Está pronta para passar um dia no campo?

Assenti e ele pegou meus braços. Achei que iria puxar meu corpo para junto do dele, mas não, ele me afastou. Fiz uma cara de desgosto, que o fez sorrir.

— Não faz essa cara pra mim, já te disse isso. Me deixa com uma vontade louca de te foder e agora só quero me redimir por ontem.

Eu queria saber o que acontecia comigo quando Enzo estava envolvido. Transformava-me numa massa modelável, ficava derretida e quente com cada palavra, olhar ou gesto. Droga!

— Redimir por me fazer gozar? — Arqueei uma sobrancelha e o vi expirando com força antes de se virar, andando em direção ao banco onde estava a caixa de som.

— Por te expor, isso não foi legal. Desculpe.

Ele fingia mexer com alguma coisa no aparelho e fiquei um pouco chateada com aquilo. Estava me evitando flagrantemente.

— Não sei que ideia você tem de mim, Enzo, mas algo que nunca permitiria é que me obrigassem a fazer algo contra a minha vontade, eu sou dona dos meus desejos e faço o que quero, independente de consequências. Isso já me trouxe constrangimentos e arrependimentos, mas a noite passada não foi nenhuma dessas coisas.

— Seu prazer tem que ser somente meu, ninguém deveria ter te escutado em êxtase. — Virou-se com o rosto franzido numa careta de depreciação e ciúmes. — Eu te coloquei nessa situação, deveria ter te levado pra minha casa, não para uma festa. Sabia que, no momento em que sentisse suas mãos em mim, enlouqueceria. Queria que fosse diferente, queria poder te dizer tudo que preciso, mas ainda não era hora, não podia arriscar te assustar com a intensidade da minha vida.

Aproximei-me devagar, ele parecia prestes a fugir. Coloquei as mãos em sua cintura e Enzo ficou tenso. Sua camiseta estava molhada de suor e seu cheiro estava convidativo demais.

— Pois enlouqueça, Enzo! Eu não passo um segundo sem pensar em você. Desde que te vi pela primeira vez, só quero suas mãos em mim.

Ele se virou e olhou em meus olhos com a boca entreaberta.

— Você é minha perdição, Carina. Eu faria qualquer coisa por você, qualquer coisa...

Sua boca desceu na minha, as línguas quentes se enredando. As mãos dele me puxaram e senti a umidade do seu corpo. Seus músculos me envolveram; o beijo devia ser considerado um risco à saúde. Mordi sua boca com força, pois sabia que ele gostava. Enzo gemeu e soltou meus lábios com um estalo.

— Você é mais do que imaginei, não sei se isso é bom ou ruim.

— Definitivamente bom.

Ele sorriu amplamente, mostrando a covinha linda, e seus lábios, deliciosamente vermelhos pelo beijo, estavam me convidando para mais. Em seguida, encostou a testa na minha e sussurrou:

— Nossa noite foi deliciosa, Carina, mas isso não vai se repetir. Não vou te expor mais. Você é minha e tudo que provoco em ti é só meu. Não vou deixar ninguém ouvir, ver ou imaginar. E por isso preciso me redimir. Vamos passar o dia na cabana da minha família, namorando, apreciando a companhia um do outro.

— E depois? — Seus olhos azuis brilharam de desejo.

— Depois eu vou te trazer pra minha casa e afundar em seu corpo, reivindicar seu prazer e te fazer minha mais uma vez.

— Hum, acho que é um bom plano.

Ele riu e me soltou.

— Me espera aqui? Vou tomar um banho rápido e desço. Fabrizio já deve estar voltando com a Jill.

— Não posso ir com você? — Franzi a testa, realmente decepcionada.

Enzo sacudiu a cabeça, piscou e saiu da academia, sumindo da minha vista, mas sua presença forte continuava ali. Suspirei decepcionada e sentei-me num dos bancos, estiquei as pernas e tirei o celular do bolso. Fazia tempo que não falava com a Lia.

— O príncipe ainda está no banho?

Levantei os olhos do celular e percebi que estava sorrindo como uma idiota para a tela. Fabrizio estava ali com Jill logo atrás, rindo e balançando a cabeça, ela passou por ele e lhe deu um empurrão com o ombro. Ele revirou os olhos e saiu da academia, na certa indo à procura do primo.

— Minha querida, a noite deve ter sido maravilhosa, tirando o fiasco do idiota do Harris, né? Você está brilhando. Isso tem a ver com o italiano, né? Esses caras de sangue quente são uma perdição. Eu sei!

Sorri com a torrente de palavras que Jillian despejou em mim. Desde que nos tornamos amigas, nos encontrávamos e falávamos de amenidades, mas alguma coisa me dizia que seria diferente agora. Ela tinha um olhar curioso, e, no fundo, eu sabia o que queria de mim.

— Não precisa se preocupar, Jill. Estou bem, ele me disse tudo, eu acho, e estou bem com isso. Pelo menos, por enquanto.

Ela balançou a cabeça e sentou-se ao meu lado. Encostou a cabeça na parede e torceu a boca de lado, olhando para frente sem ver coisa alguma.

— Pra mim foi muito difícil aceitar. Eu sempre soube o que Fabrizio era, quem era e o que representava. Meu pai sempre foi muito correto e não gostava que eu me misturasse com a família Gazzoni. Estudei na mesma escola que os dois, mas me mantive à distância. Até que não consegui mais, depois de uma confusão na escola. Algumas meninas disseram que Brizio estava falando de mim, que havia dormido comigo numa festa e estava espalhando pra todo mundo, o que não era verdade. Fui atrás dele, pronta para matar o desgraçado. — Sorriu amplamente e se virou para mim. — Eu o encontrei no refeitório da escola e exigi que desmentisse tudo. Ele disse que não estava espalhando as mentiras, mas estava disposto a fazer o que estavam dizendo para que levasse a fama tendo algo em troca.

Arregalei os olhos, chocada, com a audácia do garoto. Quando uma garota furiosa pede explicações, você dá, não a provoca mais.

— Meu Deus, e o que você fez?

— Eu chutei as bolas dele — disse com um encolher de ombros.

— Não acredito! — Jill assentiu e baixou a cabeça, distraída, mexendo na franja da bolsa.

— Pois pode acreditar. Depois daquele dia, ele não largou do meu pé, até que fui vencida pelo cansaço e, claro, pelo charme italiano idiota. — Assenti, sabendo exatamente o que ela queria dizer. — Estamos juntos há três anos e, a cada dia que ele sai para "trabalhar", tenho medo de não vê-lo outra vez. Não é algo bom de sentir, eles mexem com tantas coisas ruins, gente má... e nem quero saber o que eles têm que fazer. E os Gazzoni não são dos piores.

Franzi a testa, tentando assimilar tudo, meu coração se retraía e o medo de estar me envolvendo naquilo subia por minha espinha, mas então me vinha na mente o rosto do Enzo, seus olhos tão expressivos e suas atitudes. Ele era um cara bom.

— Entendo...

— Será que entende mesmo? — Jill estreitou os olhos para mim, mordendo os lábios, nervosa.

— O que você quer dizer?

Ela abriu a boca para falar, mas não saiu nada. Balançou a cabeça, parecendo chateada, estava me escondendo algo. Ia perguntar o que era quando fomos interrompidas.

— Pronto, o príncipe está arrumado para sua Cinderela. Se eu não tivesse ido atrás dele, não sairíamos nunca. O coitado estava perdido no que usar para impressionar sua Carina.

Enzo estava parado na porta, os braços cruzados e o rosto fechado numa expressão séria. Provavelmente desconfiou de algo que Jill me disse e estava tenso. Levantei-me, sorri para Jill e pisquei para Fabrizio quando passei ao seu lado e caminhei até parar à frente do meu homem emburrado. Sim, ele era meu!

— Pois eu te espero o tempo que for.

Ele descruzou os braços e respirou fundo, parecendo aliviado. Envolveu-me num abraço apertado e deitei a cabeça em seu peito forte. Ele vestia uma camisa de algodão leve com um casaco de couro, para proteger do frio, e uma calça jeans. Seu cabelo molhado intensificou ainda mais a beleza que deveria ser ilegal em um homem. O coração do cara batia frenético, ansioso.

— Ah, vamos parar com essa melação. Quero sair logo.

Fomos empurrados por Fabrizio, que passou ao nosso lado, indo em direção à porta. Levantei a cabeça e olhei em seus olhos azuis.

— Sei que tem um monte de coisas na cabeça e está com medo que eu fuja. Mas eu não farei isso, Enzo. Vou ficar com você, aconteça o que for, sendo quem tiver de ser, estarei ao seu lado.

Ele levantou a mão e a deslizou em meu rosto e pescoço.

— Acho bom que tenha certeza de tudo que diz, *cara mia*, porque, de tanto você falar, eu estou acreditando.

— E é para acreditar mesmo.

ROLETA
Russa

CAPÍTULO DEZENOVE
Fabrizio Gazzoni

Eu até que tive uma vida fácil, na verdade, não me lembro da parte difícil. Fui resgatado das ruas muito novo e sempre agradeci por não lembrar dos momentos sombrios da minha infância.

Fui criado como um verdadeiro Gazzoni e nunca me interessei em procurar minha família biológica. Não precisava deles! Fui um garoto fiel ao meu melhor amigo, o irmão que a vida me deu.

Meu carinho e gratidão por aquela família não tinham limites e para que meu primo, como as pessoas achavam que éramos, não precisasse assumir seu lugar nos negócios dos Gazzoni, eu o fiz assim que atingi idade suficiente. Por mim, estava tudo bem, eu cresci sabendo que ser o que Enzo precisasse estava no meu destino. Sujar as mãos foi tranquilo, o problema foi sentir na pele a rejeição quando quis algo, ou alguém, só para mim.

Conheci Jill no primeiro ano do colegial. Fomos obrigados a mudar de escola e, quando a vi, foi como prender meu dedo na porta. Era uma coisa tão intensa que fiquei desnorteado, sem saber como agir.

A garota era simplesmente perfeita demais para mim! Eu sabia que era o tipo de menina que estava fora do meu alcance, mas não conseguia tirar Jillian da cabeça. Passei a implicar com ela para merecer, pelo menos, um olhar de raiva.

Sabia que era louco e poderia me deixar com muita dor de cabeça, mas não pude evitar. Era delicioso demais ver aqueles olhos claros brilhando com fúria. Por dois anos eu a provoquei, mas nada muito significante. Até que as pessoas começaram a notar que, por trás do meu bullying, tinha muito mais. E, como os seres humanos são criaturas cruéis, começaram a se intrometer, inventavam de tudo, mas o ponto alto foi quando chegou aos ouvidos dela que eu estava espalhando pela escola que, depois de uma festa, eu tinha passado a noite com ela e só saído de manhã.

Juro que fiquei um pouco assustado quando a vi caminhando em minha direção, e também muito excitado. Só de me lembrar ficava duro de desejo.

— Você vai desmentir isso ou eu te mato, Gazzoni! — Ela bufava de raiva e em seus olhos tinha puro fogo. Queria tanto ver aquele fogo enquanto entrava e saía de seu corpo...

— Do que está falando, Jillian? Tá de TPM hoje, gata?

— Desgraçado, anda espalhando por aí que transamos, sendo que não aguento nem ficar perto de você. Você vai desmentir essa merda, Fabrizio.

Ouvi Enzo assobiando atrás de mim e o ignorei. Do que ela estava falando?

— Não estou entendendo, linda. Seria tão ruim assim passar uma noite na cama comigo? Olha que você poderia gostar.

— Nem em sonhos, seu desgraçado! Você não vai desmentir essa gente? — ela quase gritou, de tanta raiva.

Olhei em volta e estávamos cercados por curiosos. A escola em peso estava assistindo ao show.

— Na verdade, acho que poderíamos fazer algo para que os boatos se tornem reais, aí eles irão falar com razão, não acha? — Cometi o erro de me levantar e me aproximar dela. Foi irresistível, Jill estava tão linda brava daquele jeito.

Estava tão cego que não a vi ficando roxa de ódio, só dei uma vacilada quando ouvi Enzo xingando baixo.

— Brizio, você vai se arrepender, irmão.

Ignorei-o de novo. *Enzo pé no saco!*

Porém, entendi o que ele queria dizer quando levei um chute nas bolas e fui nocauteado. Caindo no chão como um bebê chorão, segurei minhas joias e olhei para ela, que tinha os cabelos revoltos, parecendo uma deusa vingadora.

— Filho da puta! Não chega perto de mim, Fabrizio Gazzoni.

Ainda consegui sorrir em meio à dor excruciante.

— Você ainda vai pedir que eu não saia do seu lado, gata!

Bom, como eu diria isso sem parecer um louco masoquista? Acho que não tinha jeito. Depois do chute nas bolas, fiquei obcecado, louco e desatinado, não parei de perturbá-la. Jillian não me suportava e, quanto mais ela me ignorava, mais eu ficava perdidamente atraído.

A escola acabou, mas continuei tentando. Jill começou a faculdade e também a trabalhar na lanchonete, o que me deu certa facilidade. Mudei minhas estratégias milhares de vezes e não deu muito certo. Quando estava quase desistindo, resolvi dar o golpe final.

Cheguei cedo na lanchonete e notei que ela ainda não estava em seu posto, então esperei longos vinte minutos até o sino da porta da frente tocar. Me virei e, assim que Jill me notou, revirou os olhos. Eu tinha certeza de que, se ela pudesse, teria dado meia-volta e ido embora, mas respirou fundo e assumiu seu posto atrás do balcão.

Colocou um sorriso falso no rosto e se aproximou.

— O que posso fazer por você, senhor Gazzoni?

Sorri de lado, adorava quando ela me chamava daquela forma, me fazia ter umas ideias bem picantes.

— Bom, senhorita Jillian, não devia perguntar isso a um cara, especialmente a um que você chutou as bolas.

As bochechas dela se avermelharam, deixando-a mais linda ainda.

— Faz muito tempo, Fabrizio. Eu fui imatura.

— Não acho que defender sua honra seja imaturidade. Eu que fui um moleque idiota, sinto muito.

Ela levantou os olhos e me encarou com os olhos azuis surpresos.

— Você sente muito? Você?

— Sim, também tenho meus arrependimentos, gata.

Percebi que ela estava desconfiada, mas assentiu, mexendo na máquina de café expresso.

— Hum, tudo bem! Mas o que vai querer? Café puro e bacon com ovos mexidos?

Ela já tinha decorado meu pedido de tanto eu ir até lá só para vê-la.

— Adicione duas torradas, por favor.

Jillian assentiu e sumiu na cozinha para fazer o pedido. Quando voltou com o prato fumegante, percebi que estava mesmo com fome; o adicional de a estar *stalkeando* era a boa comida dali.

— Me conta, como está a faculdade?

— Pra que você quer saber, Gazzoni? Vai me importunar lá também? — Sempre direta a minha Jill.

— Claro que não, sei que Enzo tá lá também, ele não deixaria que eu te enchesse o saco.

Ela estreitou os olhos e suspirou, parecendo derrotada.

— É bom, eu gosto de estudar, mas ainda não sei o que fazer da vida. Parece que não tenho muitas opções. — Olhou em volta, desanimada.

Peguei a mão dela que estava em cima do balcão e Jill me olhou surpresa.

— Você saberá o que fazer quando chegar a hora. Ainda é muito cedo pra tomar decisões, não acha?

Ela piscou algumas vezes e assentiu devagar. Sorriu e tirou a mão da minha.

Depois daquele dia, consegui progredir com ela. Não parei as provocações, porque aquilo fazia parte do nosso "relacionamento", mas, com o tempo, fui vencendo a barreira que nos separava.

E pensar que já fazia três anos que estávamos juntos... Eu não me lembrava da minha vida ser tão plena antes de encontrar Jillian.

Enzo dirigia o carro em direção à cabana e fiquei um pouco perdido em pensamentos, só voltando à realidade quando senti a mão delicada da minha Jill em meu rosto.

Olhei para ela e foi como sempre acontecia: meu coração disparou de saber o quanto minha mulher era linda.

— O que foi? Esteve perdido por algum tempo.

Sorri e cobri a mão dela com a minha, dando um beijo em sua palma macia.

— Não é nada, só estava lembrando do quanto lutei pra ficar com você.

— Lutou? Fabrizio Gazzoni, você quase me matou de raiva.

— Eu sei, mas valeu a pena.

Ela sorriu e assentiu, se aproximando para colar os lábios doces nos meus. Ah, minha gata!

— Cada segundo...

— Ei, o que os pombinhos estão cochichando aí atrás? — Desviei os olhos da minha deusa e encarei meu primo, mostrando-lhe o dedo do meio e fazendo-o rir.

— Não enche o saco, cara, eu só estava perdido em lembranças e minha mulher me trouxe de volta com os lábios de mel dela.

— Nossa, que fala de filme mexicano — Enzo caçoou.

— Não seja chato, ele estava lembrando de como foi me conquistar. — Jill me empurrou com o ombro e eu a enlacei possessivamente.

Enzo riu e Carina se virou para nos olhar. Ela era uma menina legal, meu primo estava mais feliz do que o vi em anos e eu torcia para que ela aguentasse estar naquele mundo com a gente. Não era uma tarefa muito fácil, mas, se Jill conseguia, ela também o faria. O segredo era não deixar que a sujeira as atingisse.

— Porra, mas foi uma luta, hein?

— Até você, Enzo? Acabei de dizer que quase matei seu primo de tão brava que ficava.

Não resisti à oportunidade de provocá-la, ainda era muito gostoso e excitante vê-la com raiva.

— Mas eu ficava duro só de ver seu rostinho vermelho de fúria, minha deusa raivosa.

Ela sorriu e me deu um beijo estalado na boca. Enzo fez uma careta e se virou para Carina, que olhava-o com o mesmo olhar de paixão que eu via em minha Jill. Meu primo precisava daquilo tanto quanto eu precisei.

— Acho que agora eles vão se perder ali, *cara mia*.

Bom, o que eu poderia dizer? Ele estava certo, eu me perdia em cada detalhe lindo da minha mulher. O resto poderia esperar, fechei os olhos e me entreguei, mais uma vez, à bênção que era ser amado por Jillian Davis.

120 ROLETA *Russa*

CAPÍTULO VINTE
Enzo Gazzoni

A estrada estava muito tranquila e o tempo, ótimo para o inverno de dezembro. Assim, facilmente esqueci-me de toda a merda que me cercava. O sumiço do meu pai e a encrenca com os Harris simplesmente desvaneceram em comparação à mulher linda sentada ao meu lado. A cabana que meu pai comprou para nós quando mamãe era viva ficava em Nova Jersey, em Mountain Creek, a uma hora de Manhattan, e era perfeita para nós.

Brizio e Jill falavam sem parar no banco de trás, agarravam-se, contavam suas aventuras nos três anos de namoro, e eu mantinha a atenção na estrada, mas também escutando o que diziam. Sorria com alguma coisa engraçada, mas olhar Carina com aquele sorriso feliz, aceitando tudo que eu era, acolhendo meus amigos, mesmo tendo me conhecido há pouco tempo, era inacreditável. Ela era um verdadeiro presente de Deus para um pecador como eu.

Seu sorriso iluminava todo o lugar, os olhos castanhos tão doces me traziam paz, tudo em mim amava-a completamente. Não me assustei com essa constatação. Desde o primeiro momento, quando apenas ouvi seu nome, alguma coisa clicou dentro de mim, era como se eu a esperasse por toda a minha vida.

Chegamos ao campo algum tempo depois, mas nem mesmo senti a distância, porque a diversão reinava entre nós quatro. Fabrizio não cansava de importunar Jill, eles eram muito engraçados. Um implicava com o outro e tudo acabava em risadas e beijos. Claro que isso depois de ele ter que pedir arrego para a namorada, que o matava de cosquinhas. Isso era bom, eu precisava sair daquela tensão que tinha em casa.

Estacionei na estradinha de pedras e fomos andando até a cabana. O frio cortava, mas estava gostoso. A estação de esqui devia estar funcionando e seria legal dar uma deslizada na neve.

Entrei e deixei a cesta de alimentos na cozinha. Como tínhamos um caseiro ali perto, ele deixava a cabana sempre limpa e não tinha mais nada que fazer do que aproveitar o tempo com eles. Voltei e me sentei na cadeira de balanço na varanda, olhando Carina, que estava de pé a meio metro de distância, apenas olhando a montanha coberta de neve. Seu corpo virado de lado me deu uma perspectiva do seu rosto, ela tinha um sorriso leve nos lábios e os olhos brilhavam.

— Cara, vou dar uma volta com a Jill. Ela está me importunando por uma caminhada. — Brizio bateu em meu ombro e sorri quando ele se levantou.

— Beleza!

Brizio sorriu, colocou o casaco pesado e foi até Jill, que o esperava na entrada da trilha que dava até a estação de esqui. A paisagem melancólica fez com que meu coração se apertasse com a visão daquela mulher maravilhosa à minha frente. Esperei que Jillian e Fabrizio se distanciassem mais para chamá-la.

— Carina, vem cá.

Ela se virou ao ouvir minha voz e sorriu, se aproximando e acomodando-se em meu colo.

— É lindo aqui! Tão diferente das montanhas que estou acostumada, mas, ao mesmo tempo, é igual, porque esse cheiro de campo maravilhoso me faz sentir saudade da minha terra. Mesmo que aqui tenha neve e lá o frio não chegue nem perto desse aqui, me faz lembrar das vezes que ia para o campo, no inverno.

— Você pensa em voltar algum dia? — Coloquei uma mecha de cabelo castanho atrás da sua orelha, acariciando a pele no percurso.

Ela balançou a cabeça e inclinou-se para meu toque.

— Acho que lá não é mais meu lugar. É estranho isso, eu saí do Brasil há menos de um mês, mas não pertenço mais ao país. Já ouviu dizer que sua casa é onde seu coração está? — Ela me olhava intensamente e, se eu não estivesse sentado, ficaria meio balançado. Assenti e Carina sorriu. — É isso que acontece comigo. Pela primeira vez, sinto como se estivesse onde eu pertenço. Louco, não?

Balancei a cabeça e senti meu coração bater descompassadamente, mas forte. Sabe quando você sente até a pulsação do sangue nas veias? Era assim que me sentia com ela tão perto de mim. Por mais que o desejo ficasse latente em meu corpo, precisava dela em mim a todo momento, mas, ali, eu queria apenas abraçá-la. E foi o que fiz, puxei seu corpo junto ao meu e encostei suas costas em meu peito, apoiando o queixo em seu ombro delicado coberto pelo casaco.

— Na verdade, não. Me sinto do mesmo jeito, meu medo é com o que nos espera pela frente. Tenho medo de que algo aconteça e te afaste de mim.

— A única pessoa que consigo pensar que pode me afastar de você é você mesmo. E isso não vai acontecer, certo?

Respirei fundo, passando a barba em seu pescoço, vi que se arrepiou e sorri de lado.

— Se depender apenas de mim, não.

Ela se virou no aconchego dos meus braços e me encarou com a testa franzida.

— O que quer dizer com isso?

— Que, se algo ameaçar sua segurança, prefiro que fique longe de mim.

Carina respirou fundo e desviou os olhos até a montanha branca.

— O que você ainda está escondendo de mim, Enzo? — Virou-se, me encarando fixamente. — Me trouxe pra cá para se desculpar de algo que não precisava e fica com essa expressão de pesar. O que mais tem por trás disso tudo? Já sei que sua família é da máfia, sei que será chefe um dia. Sei disso tudo e te aceitei. Porém, mesmo assim, você me mantém a um braço de distância, não deixa eu me aproximar.

Seus olhos estavam magoados, a única coisa que ainda escondia dela era sobre seu pai. No entanto, não poderia contar, não era meu trabalho. Mas ela estava triste e eu não permitiria isso. Peguei seu queixo entre meus dedos, aproximei sua boca da minha e dei um beijo suave, passando a língua por todo o contorno dos seus lábios.

— Ninguém nunca esteve tão próximo de mim, *cara mia*. — Aprofundei o beijo para deixar claro o que estava dizendo. Nunca deixei que alguém chegasse perto demais. Minha vida não era pública, eu era alguém perigoso para se relacionar, mas não houve escolha quando se tratou da mulher em meus braços.

Meus lábios deslizaram pelos dela vagarosamente, provando e degustando cada sabor, cada delicadeza da textura da língua, os dentes certinhos, desvendei cada canto delicioso da boca que amava.

— Ah, mas que droga! Eu saio um pouquinho e vocês se grudam como carrapatos. Eca!

Soltei a boca da Carina, rindo, e dei mais um selinho antes de olhar meu primo parado à nossa frente, nos observando com uma cara de nojo, mas em seus olhos havia um brilho de gozação.

— Não me venha com essa, *brother*. Cansei de pegar vocês dois fazendo muito mais do que só se beijando. Então aguente.

Jill torceu a boca e bateu no braço do namorado.

— Ele tá certo, Brizio, pare de encher o saco. — Sentou na cadeira ao lado e sorriu, olhando para as árvores salpicadas de neve.

— Ah, mulher, assim não dá. Quero importunar meu primo, afinal, é a primeira vez que o cara cai de quatro e namora sério.

Ele piscou e sentou-se ao lado da namorada, enlaçando seus ombros com um braço. Droga, ele tinha que falar. Foi automático Carina se virar para mim com um sorriso brilhante no rosto.

— Sério isso?

Assenti e puxei-a para mais um beijo; não resistia àquela boca deliciosa.

— Sério demais!

Seus olhos brilharam maliciosos e ela se aproximou do meu ouvido, mordendo o lóbulo da minha orelha.

— Eu preciso estar com você de novo. Vai cumprir a promessa e me levar para a sua casa depois daqui? — Sua voz rouca insinuava milhares de possibilidades.

Ela sabia que estava me provocando. Piscou, levantou e andou de costas.

— Jill, vamos dar uma volta?

— Vamos sim!

Carina sorria tão amplamente que imaginei como seu rosto não tinha se partido em dois. O orgulho brilhava nos olhos castanhos por ser a primeira que eu levava a sério. E realmente era verdade. Em toda a minha vida adulta, usei as mulheres apenas como o meio para um fim. Queria descarregar energias e procurava o sexo sem compromisso. Não que elas reclamassem, as mulheres com as quais me envolvi buscavam o mesmo que eu.

Mas com minha deusa era diferente, eu queria tudo dela. Enquanto elas se afastaram, fiquei pensando em tudo que implicava o que eu estava sentindo, tudo que estar com Carina significava, o perigo que eu estava colocando-a por egoísmo. Tinha medo de perdê-la sim, mas, acima de tudo, de eu ser o culpado disso.

— Pare de pensar, irmão, isso não pode ser coisa boa.

Me virei e encarei meu primo, que estava encostado na cadeira de balanço com os braços cruzados atrás da cabeça e os olhos fechados.

— Rá, rá, muito engraçado. Você nem sabe o que passa na minha cabeça. Sempre foi muito seguro, Brizio. Não tem as mesmas preocupações que eu.

Ele riu sarcasticamente e abriu os olhos, me encarando.

— Você esteve preso em sua concha a vida toda, né? Tive medos, tenho medos, acha que não temo pela segurança da minha mulher? Mas, cara, se há uma coisa que aprendi nesses anos que trabalho com seu pai, enquanto você estava estudando, é que a porra da vida é curta, então eu aproveito, sim, cada parte que ela tem pra me oferecer. E eu sou um filho da puta sortudo de ter sido recolhido das ruas de Verona e me tornar seu irmão e ter uma mulher linda que me ama do jeito que sou: um bandido! Já matei, torturei, tenho fantasmas me seguindo, mas estou vivo, caralho. Possivelmente não viveremos até os setenta anos, mas foda-se se eu não vou aproveitar cada maldito dia.

Eu não sabia que ele pensava aquilo tudo e se sentia daquela forma. Sempre foi discreto e tão otimista. Brizio me protegeu daquele mundo desde o início, fez coisas difíceis na vida por minha causa. Senti-me um babaca por tudo que achava que sabia. Esse era o erro: achar demais! Não sabemos nada que se passa na vida das outras pessoas, o que elas sentem. Era hora de parar de achar qualquer coisa.

— Sabe que meu pai te considera um filho, cara.

— Eu sei disso, Luca é meu pai. Ele me criou, cuidou de mim quando todos haviam me abandonado.

Assenti e olhei para frente, as meninas estavam paradas numa pedra que dava para ver a imensidão abaixo de nós e, então, Carina virou-se, sorrindo, e acenou. Seu cabelo foi jogado no rosto pelo vento e ela o ajeitou no lugar, me hipnotizando. Onde essa mulher esteve em toda a minha vida? Acenei de volta e ela virou-se para Jill e respondeu qualquer coisa.

— Você está certo, não sabemos quanto tempo ainda temos. Temos que aproveitar todas as chances.

— Porra, sim! É lógico que estou certo, sou o inteligente da família. E isso porque não tenho seu sangue.

Olhei para ele com os olhos estreitos.

— Sangue não quer dizer nada.

Ele sorriu, assentiu, deitou-se e fechou os olhos.

— Agora, cale a boca e vamos aproveitar o dia com as meninas, depois vou levar minha mulher pra casa e a foder até meu pau ficar dormente.

— Caralho, Brizio, sem detalhes.

Ele riu da minha cara e me virei, apoiando os cotovelos nos joelhos. Carina era um presente, uma luz em minha vida sombria. Sentia como se pudesse perdê-la a qualquer momento, mas faria o possível para que isso não acontecesse. Até mesmo quando fomos para a pista de esqui, não consegui deixá-la à vontade, sentia um aperto no peito só de imaginar que Carina poderia se machucar. Claro que também tinha a ver com meu primo enchendo o saco da namorada tentando protegê-la de tudo, o que pode ter me aterrorizado um pouco.

O resto do dia foi maravilhoso. Tive que aguentar Brizio e Jill namorando, trocando juras de amor, brigando como dois chatos que são. Eu aproveitei cada detalhe daquela linda mulher, que, como disse Brizio, tive a sorte de ter na minha vida.

Fomos embora quando já estava escurecendo, deixei o casal vinte na casa de Jill e levei minha princesa para a minha, como havia prometido. Estava tudo quieto quando chegamos e nem me preocupei com nada, só pensava no que iria fazer.

Com os dedos entrelaçados nos dela, levei-a para o meu quarto. Carina me acompanhou em silêncio, mas eu sentia o quanto estava ansiosa por estar ali. Olhava para todos os lados com curiosidade, parecia encantada por estar em minha casa e, por mais que já houvesse estado ali, era a primeira vez que subia até meu quarto.

Na verdade, nunca levei nenhuma mulher à minha casa, era meu santuário, não era qualquer uma que merecia conhecer meu canto. Cheguei à porta e abri. Quando parei ao lado da enorme cama, me virei e tirei a roupa, ficando apenas de boxer na frente dela. Olhei em seus olhos e abri os braços.

— Não resistirei mais, *cara mia*. Sou um livro aberto para você. Sou um bandido, terei que matar, torturar, viverei de atividades ilícitas e proibidas, não poderei te dar a segurança que um homem normal daria, mas nunca nenhum homem te amará como eu amo. Nós ficamos juntos apenas uma vez, Carina, contudo, me parecem muito mais. Sou seu, faça o que quiser. Você tem a minha felicidade e ruína nas mãos, um poder que nunca darei a outra pessoa.

CAPÍTULO VINTE E UM

Carina Agnelli

Enquanto estava ali, olhando a montanha, mil coisas passaram pela minha cabeça. Era melancólico e até poético como a neve cobria boa parte do verde, deixando à vista poucas coisas apenas. Fiquei pensando no quanto a minha vida era insignificante no meio daquilo tudo e senti uma vontade imensa de correr e gritar, grata por estar ali, na companhia daquelas pessoas maravilhosas, do homem que fez tudo virar de ponta-cabeça. Fomos esquiar um pouco, mesmo Enzo sendo superprotetor e não me deixando aproveitar muito, mas percebi que era de família. Brizio tinha o mesmo cuidado excessivo com a namorada.

Passamos a tarde batendo papo, rindo, contando casos de nossas vidas. Eu narrei como era viver no Brasil e eles ficaram curiosos para viajar para lá, então combinamos de, um dia, eu os levar e fazer um tour. Jill e Brizio eram perdidamente apaixonados, mesmo sendo demais às vezes, pois não se largavam. Percebi a intensidade do sentimento que tinham um pelo outro. Conheci mais do Enzo, mas o cara relaxado, não o tenso que vivia olhando para os lados com os olhos sombrios e atentos. Aquele sorriso poderia parar meu coração num segundo. Era simplesmente lindo vê-lo feliz daquela maneira. Deitada em seu peito, vi a tarde chegar, o sol sumir e percebi que estava apaixonada por um filho de mafioso, um cara que seria o chefe de toda a quadrilha e não poderia mudar nada sobre isso.

Recolhemos nossas coisas e partimos de volta para Manhattan. Brizio ficaria com Jill e eu ia passar a noite com Enzo. Estava ansiosa, nervosa e até um pouco tímida. Coisa estranha, pois eu não era disso. Ele me deixava com meus medos e inseguranças à flor da pele. Enzo era lindo, mas o que mais me atraía nele era aquele ar de mistério, personalidade forte, de homem seguro de si, alguém que pega tudo nas mãos e luta pelo que ama.

Chegamos à casa dele e estava tudo em silêncio, o que achei ótimo. Apesar de ter entrado na sala e visto a enorme academia que tinha, não prestei muita atenção, pois estava hipnotizada pelo homem suado que batia no saco de areia com fúria. A casa era enorme, tudo de muito bom gosto e gritantemente masculino. Enzo entrelaçou os dedos nos meus e me levou até seu quarto. Eu me sentia estranha, não sabia como me portar, apesar de saber o que tínhamos ido fazer. Mas preciso dizer que me surpreendi ao vê-lo se despindo assim que entramos. Ele tirou toda a roupa olhando em meus olhos. E, quando ficou apenas de boxer, abriu os braços e disse:

— Não resistirei mais, *cara mia*. Sou um livro aberto para você. Sou um bandido, terei que matar, torturar, viverei de atividades ilícitas e proibidas, não poderei te dar a segurança que um homem normal daria, mas nunca nenhum homem te amará como eu amo. Nós ficamos juntos apenas uma vez, Carina, contudo, me parecem muito mais. Sou seu, faça o que quiser. Você tem a minha felicidade e ruína nas mãos, um poder que nunca darei a outra pessoa.

Fiquei olhando em seus olhos enquanto aquelas palavras se firmavam dentro do meu coração. Sentia como se pudesse flutuar, meu corpo todo pedia pelo dele e atendi sem demora. Sem dizer uma palavra, tirei minha roupa e fiquei apenas de calcinha e sutiã à sua frente, só que eu estava muito mais despida do que realmente parecia.

— Acho bom você se entregar mesmo, pois só assim poderá me ter por completo. Eu não aceito metades, porque, quando me entrego, é por inteiro e quero o mesmo.

Ele sorriu de lado.

— E eu não poderia pedir mais nada.

Deu um passo à frente e suas mãos fortes envolveram minha nuca e minha cintura, puxando-me para seu corpo. Sua boca colou na minha num beijo forte e intenso. Seus lábios moviam-se contra os meus impiedosamente, meu corpo todo se arrepiou com seu toque, cada partícula de mim queria se colar nele, a língua enredava-se na minha incansavelmente, o quarto foi preenchido com estalos molhados e gemidos que eu não sabia mais se eram meus ou dele. Senti minha boca começar a formigar pela intensidade do beijo. Enzo soltou minha boca e olhou em meus olhos com intensidade.

— Você me deixa louco.

— Que bom, pois eu também estou louca por você.

— Eu queria fazer amor com você devagar, te mostrar com meu corpo o que sinto quando te vejo ou como só penso em você, mas não vou conseguir, Carina. Sinto muito, preciso estar dentro de você, foder duro e sentir seu corpo me apertando, me sugando...

— Eu não quero lento, Enzo. Se quisesse, você saberia. Mas deixa te mostrar o que *eu* sinto.

Ele me olhou e mordeu a boca daquele jeito sexy, passando a língua no piercing do jeito que só me fez querer beijá-lo mais.

— Pode fazer o que quiser.

E bastou isso para que eu fizesse o que precisava, o que minha alma gritava. Espalmei as mãos em seu peito e o empurrei devagar até que ele sentou na enorme cama. Sorrindo, se inclinou para trás, subindo um pouco mais para o centro. Deitou-se e colocou as mãos atrás da cabeça. Senti-me muito poderosa olhando aquele homem delicioso à minha mercê. Percorri todo o seu corpo com meu olhar.

Comecei pelas pernas meio penduradas na beirada da cama, suas coxas fortes e masculinas, a cueca boxer preta que denunciava o quanto ele estava excitado. O V delicioso que eu pretendia lamber e mordiscar, os gominhos do abdômen delineado que se contraía com a força do meu olhar, o peito liso e tatuado, os bíceps que clamavam por minhas mãos e, por fim, o rosto perfeito. Lábios carnudos, nariz levemente torcido por alguma luta, os olhos azuis semicerrados de desejo, cabelos bagunçados, que eu iria despentear totalmente com meus dedos.

Subi na cama e comecei a engatinhar pelo seu corpo, roçando o meu em sua pele firme, sentindo cada músculo da barriga do Enzo se contrair. Meu cabelo solto envolveu-nos em um casulo quando cheguei ao seu rosto. Enzo tirou as mãos de trás da cabeça e os pegou, tirando do caminho.

— O que vai fazer comigo, princesa?

Sorri amplamente e me inclinei, dando um selinho em seus lábios carnudos, sem perder a chance, é claro, de mordiscar o piercing tão insinuante.

— Vou fazer o que eu quiser — disse com um sorriso, olhando-o nos olhos, cheia de malícia.

— Hum, mandona... Gosto disso!

— Então, cale a boca e aprecie o show!

Ele sorriu amplamente, assentiu e soltou meus cabelos, fazendo um carinho em meu rosto no percurso e colocando as mãos de volta atrás da cabeça. Para não me atrapalhar no que eu tinha em mente, puxei meus cabelos, dando um nó frouxo para ter mais visibilidade. Lambi os lábios e me endireitei, levando as mãos às costas e desabotoando o sutiã. Deixei-o deslizar pelos braços enquanto meus olhos fixavam-se nos dele. Podia ver como ele queria levantar e me jogar na cama, mas estava se contendo.

Me inclinei e rocei as pontas dos seios em seu peito enquanto a respiração quente de Enzo soprava em meu pescoço. Meu corpo se moldava perfeitamente ao dele. Desci por sua pele, deslizando a minha, fazendo uma fricção maravilhosa e erótica. Separei minhas coxas e circundei sua cintura, me sentando em cima do seu pênis. Ele puxou o ar e fechou os olhos.

— Carina, não brinque comigo, você tá me provocando. Vai acabar se arrependendo.

Rebolei em seu quadril e ri da cara de torturado que ele fez.

— Acho que nunca me arrependerei de nada relacionado a você.

Enzo abriu os olhos e mordeu a boca. Num impulso, eu estava por baixo e ele tinha minhas pernas e braços presos à sua mercê.

— Eu acho bom!

Sua boca cobriu a minha impiedosamente. Seus dentes faziam com que o beijo fosse um pouco doloroso, mas meu corpo clamava pelo dele. As mãos prendiam meus pulsos, forte, e ele impulsionou o quadril em mim fazendo um vai e vem hipnotizante. Enzo lambeu toda a extensão da minha boca e, com os lábios colados nos meus, disse:

— É bom demais provocar, né? Mas ser provocado causa uma dor quase insuportável, não é, minha delícia? — Impulsionou o quadril, batendo o membro ereto no meu ponto mais sensível; meu clitóris estava realmente implorando por atenção. Eu gemi sem que pudesse me conter. — Ah, esse som! Porra, me deixa louco.

Ele parecia fora de si. De repente, se levantou, tirou a boxer, puxou minha calcinha e, num segundo, já estava posicionado entre minhas pernas. Achei que me penetraria de uma só vez, mas ele desceu por meu corpo e, quando seu rosto estava entre minhas coxas, levantou os olhos e sorriu como um lobo. Puta que pariu, eu seria devorada!

A boca quente do Enzo desceu impiedosa em minha carne e meu clitóris sensível foi arrebatado por sua boca, língua e dentes. Ele chupou com força, lambeu ritmadamente e arqueei minhas costas à procura de mais. Precisava de muito mais. Não estava acostumada a deixar que isso acontecesse, claro, adorava sexo oral, porém deixava que colocassem a boca em mim só quem eu confiava, quem eu tinha um relacionamento mais longo. Enzo não me deu opção e eu gostei muito. Ele apoiou as mãos em minhas coxas, prendendo-me aberta e à sua vontade. A língua pecaminosamente impiedosa me deixava enlouquecida. Eu comecei a amassar os lençóis com as mãos enquanto os puxava, pois estava com medo de gritar. Minha cabeça girava de um lado ao outro.

— Porra! Grita, Carina! Goza na minha boca, que eu quero te foder.

Ele grunhiu em minha pele. Eu impulsionei meus quadris. Mesmo que ele estivesse segurando minhas pernas, meu prazer me dava forças, subi e desci, esfregando-me em seus lábios, a barba rala adicionando um prazer indescritível. Eu arranhava minha carne ultrassensível em seu rosto e senti o calor descendo e se concentrando em um só lugar. Meu ventre começou a se contrair, minhas paredes vaginais se lubrificaram e gozei gritando seu nome seguido de um "foda" bem alto. Subi em êxtase enquanto ele ainda me lambia sem cessar.

Quando meu corpo se acalmou, não tanto, pois ainda convulsionava de prazer, vi meio embaçado quando Enzo pegou o preservativo na gaveta ao lado da cama e se cobriu. Ele estava em cima de mim num segundo. Sua boca pairou sobre a minha e pude sentir o cheiro da minha libertação.

— Chupar você foi gostoso demais, nunca vou me cansar. Quero muito mais, poderia ficar horas só lambendo essa boceta gostosa.

Uau!

— Eu vou adorar, mas agora quero você dentro de mim. — Eu já estava impaciente querendo sentir o peso dele sobre o meu corpo.

Ele sorriu e mordeu o piercing daquele jeito que me deixava louca.

— Eu sei o que você quer e vou te dar, princesa.

Enlaçou-me pela cintura e puxou-me para cima dele. Olhou em meus olhos e posicionou o membro com a mão livre em minha entrada. Eu estava enlouquecida querendo ser preenchida. Desci com vontade e ele abriu espaço facilmente por eu estar tão molhada.

Gememos em uníssono.

— Porra, isso é bom!

Ele sorriu e balançou a cabeça.

— Eu sei, cavalga em mim. Sobe e desce no meu pau, leva a gente para aquele lugar gostoso, quero te foder a noite inteira e, quando amanhecer e eu estiver quase satisfeito, farei amor com você bem devagar.

Esse homem e essas coisas que ele dizia...

Comecei a me mover devagar com as mãos apoiadas no peito forte do Enzo, nossos olhos ligados e respiração cadenciada. Eu não queria devagar e poderia ter feito como eu quisesse, estava no controle. Após me dar um orgasmo delicioso, ele me deu esse poder. Então, aproveitei!

Impulsionei meu quadril em cima e, como uma esfomeada, bati com força nossas carnes, que faziam um barulho oco. O quarto foi preenchido por nossos gemidos e urros de prazer. Minha pele se arrepiava com o toque das mãos dele. Enzo começou a me ajudar nos movimentos: quando eu descia, ele me puxava e fechava os olhos em êxtase. Inclinei o tronco e capturei a boca deliciosa na minha. Com os lábios colados nos dele, gozamos juntos.

Seu corpo todo ficou tenso e desci em seu membro rijo umas duas vezes, mas, quando ele tocou meu clitóris já sensível, gritei mais uma vez. Em seguida, sem forças, me joguei em seu peito.

Após algum tempo, em que eu praticamente morri em cima dele, ouvi sua risada gostosa bem no meu pescoço, acordando meu corpo exausto.

— Eu queria te seduzir e acabei jogado na cama e sendo usado para o sexo.

Levantei a cabeça com a testa franzida. Como sabia que ele estava brincando, decidi entrar na onda.

— Tá reclamando?

— De maneira alguma. — Deu um beijo em minha testa, afastando para trás o cabelo que estava grudado. — Pode me usar muitas vezes.

— Vou mesmo.

Enzo cumpriu a promessa. Ele usou meu corpo com força até o cansaço e, quando estava amanhecendo, fez amor comigo devagar, apreciando cada parte, cada segundo, me beijando calmamente e tocando meu corpo com carinho. Quando gozei, senti meus olhos lacrimejarem e escondi dele, mas acho que percebeu alguma coisa que causou uma reação estranha, pois escondeu o rosto em meus cabelos enquanto se movia dentro de mim.

CAPÍTULO VINTE E DOIS

Enzo Gazzoni

Em meu peito só reinava um sentimento: plenitude!

Esse era um dos tipos de felicidade que nunca experimentei. O outro era a paz, nunca me senti tranquilo em nenhum momento da minha vida, mas a plenitude me desestabilizou. Me senti completo, perdido, absorvido por uma visão nova do mundo e das coisas. Uma nova perspectiva. Sentimentos contraditórios me fizeram quase sufocar enquanto me perdia no corpo de Carina. E nos olhos castanhos eu vi refletida a mesma confusão que me tomava.

Deixei que nossas respirações se acalmassem e que meu coração não estivesse esmurrando meu peito. Parecia que quebraria uma costela a qualquer momento, tamanha a força com que pulsava. Olhando para o teto perdido em pensamentos, senti as mãos delicadas dela em meu peito e estômago. Baixei os olhos e a encontrei me observando. Mas não havia perguntas, cobrança ou qualquer coisa do tipo, ela sabia o que se passava comigo, pois era o mesmo com ela. Tínhamos essa ligação louca, esse emaranhado de sentimentos tão iguais, parecíamos pertencer ao mesmo entalhe. Só que isso era uma doce ilusão da minha mente que acabara de liberar endorfinas depois de um sexo maravilhoso. O prazer tem esse poder de nublar nossos pensamentos.

O sono veio e com ele pesadelos que não me atormentavam há muito tempo. Só que esse era diferente: num impasse, eu atirava e matava a única mulher que foi capaz de me tornar pleno.

Sentei na cama respirando rapidamente, enquanto meus olhos se acostumavam com a escuridão no quarto. Apesar de já ter amanhecido, eu tinha cortinas bem grossas que não deixavam a luz entrar. Depois de alguns minutos, pude me acalmar e olhei Carina dormindo serena ao lado, seu corpo parcialmente coberto pelo lençol, o que a transformava numa visão quase profana. Seu corpo bem delineado me chamava, implorava pelo toque dos meus dedos. Deslizei a mão por sua panturrilha, subindo em sua coxa, moldando seu bumbum arrebitado, contornando o quadril, me perdendo na curva deliciosa da cintura e nas costas delicadas. Alcancei seu rosto e tirei o cabelo que impedia minha visão. Os lábios entreabertos expulsavam o ar enquanto ela se perdia no mundo dos sonhos, desconhecendo a angústia que meu peito carregava.

Eu estava sendo egoísta aceitando sua entrega? Estava sendo imprudente levando Carina para aquele mundo?

Deitei na cama e percebi que não conseguiria mais dormir, sentei-me novamente e levantei, vesti minha boxer esquecida no chão e fui até a cozinha tomar um copo d'água. Talvez ajudasse a acalmar meu coração.

A casa permanecia em silêncio e nem cogitei pensar no porquê. Entrei na cozinha e abri a geladeira. Pegando a garrafa, despejei uma boa quantidade num copo e bebi de uma vez só.

Muitas vezes, na vida, as coisas acontecem como numa peça de teatro, tudo ensaiado, no momento exato de acabar a atuação e as cortinas baixarem.

Meu pai e eu nunca tivemos uma relação tranquila. Eu acreditava que, por todo o peso que ele precisava carregar, era um homem tenso e sério demais, mas me lembrava de uma época em que éramos apenas um menino e seu pai. Não havia cobranças e expectativas que eu precisava superar.

E foi num desses momentos que me agarrei por toda a minha vida jovem para me lembrar do bom pai que ele havia sido.

Era uma tarde de primavera e mamãe havia saído para um dia no SPA. Papai disse que faríamos coisas de homem, mas não contou para onde estávamos indo e eu nem perguntei, na verdade; confiava nele cegamente.

Entramos no carro e ele dirigiu sem parar de falar no que poderíamos fazer o dia todo, estava empolgado e eu também fiquei, ao ver sua felicidade. Quando paramos em frente à cabana de inverno, eu não sabia o porquê de ele ter me levado lá, sendo que íamos apenas com mamãe e quando nevava.

— Vem meu filho, preciso te mostrar uma coisa. Algo bem legal.

Peguei a mão que ele estendeu para mim e sorri, olhando meu pai caminhar pela trilha que levava até um lago congelado onde mamãe gostava de patinar.

— Sua mãe sempre gostou daqui no inverno, ela fica encantada com o tapete branco que a neve deixa, mas eu gosto mais na primavera. Sabia que tem peixes no lago?

Arregalei os olhos e olhei meu pai, que sorria ao me observar.

— Então nós vamos pescar? — Podia ouvir na minha voz a expectativa e a esperança, pois sempre tive vontade de pescar.

Meu pai assentiu e parou na beira do lago, bagunçando meu cabelo.

— Sim, o que acha?

Assenti entusiasmado. Passamos a tarde toda na beira do lago pescando e comendo sanduíches de presunto. Aquela era uma lembrança que eu nunca esqueceria, não importava quantos anos passassem.

Assim que o último gole de água passou por minha garganta, a porta da sala se abriu. Me virei e encontrei Henrique parado olhando para mim, com os olhos tristes, o corpo tenso e a roupa toda suja de sangue. Ele não precisou dizer nada, eu soube exatamente o que havia acontecido. O copo caiu da minha mão, se espatifando no chão em vários pedaços, assim como o meu coração.

— Sinto muito, Enzo. Fiz o que podia. Ele não resistiu.

— Quem fez? Quero saber agora! — Minha voz falhou alguns decibéis, meu corpo todo tremeu e tive uma vontade repentina de me ferir para que a dor que sentia diminuísse em contraste com a que eu havia provocado.

Henrique balançou a cabeça e enfiou as mãos nos bolsos da calça jeans.

— Você não pode. Seu pai fez isso para te proteger.

— Como assim? Foi o pai do David?

Henrique me olhou intensamente, um olhar cheio de alertas e mensagens subliminares, como se assim me impedisse de descobrir.

— É muito mais complicado do que isso, Enzo. Não faça nada irresponsável. Você é o chefe agora. Seu pai errou em não te preparar, agora você é responsável por toda uma rede sem estar pronto para isso. Eu vou te ajudar, mas não me peça explicações que podem te colocar em perigo, algo que seu pai quis evitar.

Meu coração estava vazio, eu não sentia nada e isso era assustador. Parece que toda a minha compaixão se desvaneceu ao receber a notícia de que meu pai havia se sacrificado por mim. Eu sabia que Henrique não me diria nada, eu buscaria respostas e vingança em nome dele.

— Onde ele está?

Henrique fechou os olhos e respirou fundo, parecendo aliviado.

— Eu o deixei na funerária. Depois que o médico constatou o óbito, sabe como é, não poderia deixá-lo nas mãos de estranhos.

Não poderia. Caso ele sobrevivesse, chamariam a polícia. Apesar de ter alguns contatos que garantiam sua paz sem policiais batendo na porta, meu pai ainda era um traficante. Então, por isso, tínhamos médicos e clínicas na folha de pagamento.

— Tudo bem, avisem que estou indo para lá.

Henrique me olhava com os olhos rasos d'água.

— Vai dar tudo certo, Enzo. Vai dar.

Assenti e subi os degraus parecendo carregar toneladas nas costas, arrastando os pés escada acima. Eu estava preso por grilhões, minha herança havia invadido minha vida sem eu ter escapatória.

Ouvi muito da minha mãe, enquanto estava doente, que, na verdade, ela não morreria. Dizia que sua alma iria para um lugar muito bonito e que sempre olharia e protegeria a mim e ao meu pai. Seus meninos, como se referia a nós. Eu achava que ela queria me acalmar, fazer com que eu não ficasse tão triste. Só que eu já estava despedaçado vendo-a definhar a cada dia.

Ao olhar o rosto do meu pai, vi que ele estava irreconhecível. Não era o homem forte e viril. Estava pálido e sem vida, sua alma já havia partido, deixando apenas uma casca vazia no lugar. E meu coração se despedaçou novamente.

Não consegui derramar uma gota de lágrima sequer desde o momento em que Henrique me deu a notícia. Aquilo era minha culpa e eu sabia. Ele tinha ido resolver um problema que envolvia a mim, assim me disseram. Eu era o motivo de seu corpo inerte estar deitado naquela maca gélida.

— Enzo, vem. Os funcionários precisam arrumar tudo.

Virei o rosto e olhei Carina, que tinha os olhos vermelhos de tanto chorar. Subi para o quarto e tentei não acordá-la, mas a menina parecia sentir quando eu não estava bem. Abriu os olhos e me observou zanzando pelo cômodo. Quando me perguntou o que tinha acontecido, eu disse simplesmente que meu pai havia morrido e que precisava vê-lo. Assim, sem qualquer emoção aparente.

Seus olhos imediatamente derramaram todas as lágrimas que eu não conseguia liberar.

Assenti e a acompanhei até o corredor onde estavam todos que eram amigos do meu pai. Eu não queria falar com ninguém nem receber declarações de sentimentos.

Caminhei para o fim do corredor e encostei na parede. Não iria para casa, ficaria ali para resolver tudo que precisaria para o velório, não fugiria mais das minhas obrigações. Carina andou até mim, após uma parada para falar com o tio, e aproximou-se devagar, com receio do que eu faria ou diria. Fechei os olhos, percebendo que estava sendo um idiota. Quando senti seu corpo próximo ao meu, enlacei seus ombros e a trouxe até meu peito. Ela envolveu os braços em minha cintura e encostei meu queixo em sua cabeça, sentindo o perfume delicioso que desprendia dos cabelos sedosos da minha deusa.

— Você vai ficar bem, Enzo? — Sua voz calma e cheia de pena demonstrava toda a apreensão que sentia.

— Vou sim, princesa. Só preciso de um tempo para colocar minha vida no caminho certo. E você, está bem? Me desculpe por aquilo no quarto.

Ela se desvencilhou dos meus braços e olhou em meus olhos, mordeu os lábios carnudos e balançou a cabeça com o rosto bonito contorcido numa careta.

— Não há nada para se desculpar, Enzo, você está sofrendo muito, eu sei. Sua recusa em deixar isso passar vai te fazer mal. É isso que me deixa com medo.

Passei os dedos pelo rosto delicado e vi que os olhos dela estavam baixos e tristes. Meu coração estava despedaçado, mas só Carina o mantinha firme para que, um dia, se colasse novamente.

— Não fique preocupada, vai ficar tudo bem. Eu vou assumir tudo daqui pra frente.

— O que isso quer dizer, Enzo? — Engoliu em seco com os olhos arregalados. Eu precisava dizer a verdade de como tudo ficaria dali para frente. Daria a Carina a escolha de viver sem que ficasse preocupada com esse mundo louco.

— Quer dizer que não vou deixar quem eu amo morrer por mim. E você tem a escolha, meu amor. Se quiser, está livre. Não vou te segurar numa vida na qual *eu* não gostaria de viver.

Carina fez uma careta bonitinha e, apesar de toda a tragédia que acometeu minha vida, tive uma vontade enorme de sorrir, segurar seu rosto em minhas mãos e beijar aquela boca rosada como se não houvesse amanhã.

Quando ela falou, senti firmeza e certeza em cada palavra.

— Enzo, coloque uma coisa na sua cabeça: quando decidi ficar contigo apesar de tudo, foi pra valer. Não faço escolhas sem pensar nas consequências. Não sou irresponsável. Viciada em adrenalina sim, mas não louca.

Balancei a cabeça, recusando qualquer outra opção. Se ela queria ficar comigo, eu iria aceitar. Mesmo sendo um bastardo egoísta por isso.

— E outra coisa, você não sabe o que vai acontecer de verdade. Não sabemos onde seu pai estava e quem foi o causador.

— Carina, não há outra coisa que levaria meu pai ao covil do inimigo, a não ser eu. Ele prezava por minha segurança, e agora por minha liberdade, que eu havia solicitado. Não importa mais, ele morreu por isso. E quem quer que tenha puxado o gatilho irá morrer, e essa será a minha prioridade.

138 ROLETA
Russa

CAPÍTULO VINTE E TRÊS
Carina Agnelli

Não existem palavras para descrever o que sentimos quando se perde alguém importante. Eu mal conhecia o senhor Luca para julgar tudo que a fama dele acarretava, mas ele era uma presença marcante até mesmo estando ausente. Eu sentia a presença do pai em cada ato do filho. Sua morte foi um ato covarde, um tiro nas costas que perfurou o pulmão, e o fez afogar-se no próprio sangue. Como estudante de Medicina, eu sabia como ele devia ter sofrido, o quanto doeu, e me penalizei pelo seu fim. Como a mulher que amava o filho dele, senti a dor de Enzo emanando em ondas.

Por mais que soubesse da vida dele, do que representava ser o filho do chefe da máfia Gazzoni, não tinha ideia do peso que ele carregaria. Agora, parada no cemitério, olhando aquele bando de homens que eu nunca havia visto prestando sua última homenagem ao chefe, foi esmagador.

Havia poucas mulheres e crianças, mas as que ali estavam choravam copiosamente. Brizio, ao contrário do primo, estava destruído e não escondia isso, o que era bom, pois assim ele liberava toda a tristeza e depois de algum tempo poderia deixar no passado. Já Enzo...

O luto atinge as pessoas de maneiras diferentes, ele pode tanto destruir como fazer surgir um novo começo. Eu não tinha ideia do que acontecia com meu namorado. Ele permanecia de pé, sem derramar uma única lágrima, sem olhar para os lados com os cumprimentos de solidariedade, sem se abalar com os soluços altos. Ele estava frio ao toque e também, eu tinha certeza, seu coração estava congelado.

Nossas mãos estavam entrelaçadas, mas Enzo estava tenso. Seu corpo permanecia duro e ele nem ao menos olhava em minha direção. Meu peito se enternecia por ele. Acho que trazê-lo de volta seria muito difícil, só que eu não desistiria.

Ele estava parado olhando o caixão onde o pai era sepultado. Ao longe, ouvi sua voz baixa:

— Desde que minha mãe faleceu, eu me afastei dele, Carina. Mantive-me um pouco solitário, não sei bem por quê. Uma vez, o culpei pela doença dela. Que besteira! Na minha mente de criança, achava que ele tinha que lutar mais pela vida dela, afinal, não era o poderoso Luca Gazzoni? Então, o odiei por alguns anos até entender que nada daquilo era real, era apenas resultado do meu sofrimento pela perda dela, e ele também sofreu. Demais! Nunca mais ficou com nenhuma mulher, permaneceu fiel à única que amou. Acho que os Gazzoni têm disso, quando amamos é uma vez só. Agora ele se foi, eu o perdi e nunca fui tão amigo dele quanto ele foi meu. Meu pai morreu por minha culpa e sem eu merecer isso.

A cada palavra, eu sentia a dor dele, sua culpa e revolta por si mesmo. Acho até que Enzo não culpava quem apertou o gatilho, o responsável pela morte do pai, mas sim a si próprio.

— Como não, Enzo? Eu não conhecia seu pai muito bem, mas tenho certeza de que cada coisa que ele fez foi por amor. E talvez nem tenha sido o que aconteceu na festa a causa de toda essa confusão. Não se autodestrua por isso, por favor. Não foi você quem apertou o gatilho, não é o monstro aqui.

Ele se virou e, naquele instante, fecharam o caixão. Foi como se uma parte de Enzo estivesse naquela caixa de madeira, seu rosto estava duro, não era o cara que me encantou parado ali na minha frente. Olhou para mim com um fogo nos olhos, diferente do que eu já havia visto.

— Sou um monstro, Carina. Eu causei isso tudo, minhas mãos estão manchadas de sangue dele. Eu vou vingá-lo. Levarei o legado Gazzoni com orgulho... E, princesa, se quiser viver fora desse mundo, fique à vontade, não a impedirei nem mesmo irei atrás de você.

Estreitei meus olhos, apesar de saber que ele estava sofrendo, que doía ter perdido o pai daquela maneira, estava ficando chato e repetitivo aquele lance de me mandar embora. Olhei em seus olhos azuis frios e deixei minha personalidade falar mais alto.

— Eu respeito seu luto, entendo e sinto sua dor, mas, se você disser, mais uma vez, que eu posso ir embora com esse ódio na voz, eu vou e não volto mais. Entendeu?

Ele prendeu os lábios numa linha fina e, sem dizer uma palavra, virou-se para o grupo de homens que levava o caixão, tomou seu lugar na frente e caminhou até a cova. Ele não olhou em minha direção nem um minuto sequer. Permaneceu sério demais e distante.

Por mais que eu soubesse que era tudo besteira, me culpei por aquilo. Se não fosse por mim, Enzo não teria batido no David, seu pai não teria ido atrás do Luca e nada disso teria acontecido. Senti as lágrimas descendo por meu rosto, meu coração se despedaçando. Em nenhum momento, no mês que estava morando nos Estados Unidos, quis voltar para o Brasil. Até agora. O enterro foi no último dia do ano e eu tinha certeza de que nosso Ano Novo não seria como imaginamos.

— Não fique chateada, Carina. Enzo não lida bem com a morte. — Virei-me ao ouvir a voz de Fabrizio, que estava enxugando as lágrimas com as costas das mãos. — Luca foi um pai para mim, e não me lembro de muito da minha vida antes de estar aqui. Ele me recolheu das ruas muito cedo. E nunca houve distinção entre mim e Enzo. Sabia que não somos parentes de verdade? Quando a mãe do Enzo morreu, vi meu amigo se dissolvendo, e quem o reergueu foi o pai. Agora ele tem somente você.

Sacudi a cabeça e olhei para Enzo, que permanecia de cabeça baixa. Sem me virar, eu disse o que estava engasgado na minha garganta:

— Ele não me quer. Acho que tem deixado isso claro até demais.

— Besteira. O cara é louco por você, Carina. Dê um tempo, mas não o deixe.

— Eu não sei se nasci para correr atrás de alguém, Brizio. Se ele quer me ver distante, o que posso fazer?

— Seja o que ele precisa, Ca. Traga nosso menino de volta.

Quando a última pá de terra foi colocada em cima do chefe Gazzoni, Brizio pegou a mão de Jill e caminhou para fora do cemitério. Enzo continuou parado olhando para o monte de terra remexida e, sem dar nenhuma olhada em minha direção, se afastou, deixando-me sozinha.

Eu não sabia se seria forte o suficiente de suportar a rejeição. Sabia que ele estava sofrendo, mas não nasci para ser um fardo para alguém. Olhei para o túmulo e pronunciei minhas condolências:

— Fique em paz, Luca.

Deixei aquele lugar com o coração aos pedaços. E uma culpa enorme nas costas.

Minhas aulas já haviam começado há algum tempo e eu estava me adaptando bem, fiz amigos, até mesmo saí com algumas meninas. O ensino ali era bem diferente do que eu estava acostumada, mas conseguia levar bem.

Enzo havia sumido por semanas, nem mesmo recebi uma mensagem, e me recusei a procurá-lo, mesmo me corroendo de vontade. Talvez ele precisasse de um tempo sozinho, tinha tanta coisa para resolver. Ouvi burburinhos sobre o que aconteceu com Luca pelo campus, mas não me manifestei. Pelo que aprendi na convivência com a família, não se podia anunciar o envolvimento com eles para pessoas fora do círculo de segurança. E eu estava bem com aquilo, pois, pelo andar de toda a situação, não existia nada a anunciar. Qual não foi minha surpresa quando, ao sair da faculdade com umas amigas, vi Enzo parado do lado de fora com óculos escuros, jaqueta de couro, calça jeans... todo estilo *bad boy*, encostado na moto.

— Se esse cara não fosse um bandido, eu pegava! É gostoso demais. Quem será a sortuda da vez?

Engoli em seco e sorri para elas. Sabia que ele estava à minha espera. Respirei fundo e caminhei devagar em sua direção. Ignorei totalmente os chamados das meninas. Sabia que elas iriam lotar minha caixa de mensagens de ligações. Quando parei à sua frente, ele permaneceu indecifrável, sem nenhuma expressão no rosto.

— Oi — eu disse para tentar desanuviar a tensão, mas ele permaneceu com os óculos no rosto, olhando para mim sem esboçar nenhuma reação. — O que você está fazendo aqui, Enzo? Sumiu e nem ao menos me mandou uma mensagem e agora fica só me fitando? O que eu fiz? Está me culpando pelo que aconteceu? Se sim, por que protelar esse sofrimento? Se me odeia, me esquece. Não precisa se preocupar, não vou atrás de você.

Seu rosto era tão bonito. Mesmo tão sério, ele conseguia me tirar o fôlego. Fechei os olhos e me virei para ir embora, mas não consegui dar um passo. A mão forte dele agarrou meu braço e senti o calor do seu corpo se aproximando das minhas costas. Sua respiração quente soprou em meu ouvido.

— Eu tentei ficar longe, tentei mesmo te culpar, tentei arrumar uma desculpa por tudo ter dado errado. Tentei te proteger ficando distante, mas nada disso deu certo. Eu sofri cada um desses malditos dias. Cada vez que me virava na cama, sentia seu cheiro, cada vez me matava que você pudesse estar se sentindo culpada... — Respirou fundo e colou a testa em meu ombro. — Eu briguei com Fabrizio, ele foi até a academia onde eu me matava de treinar nas madrugadas e me bateu até eu recuperar o juízo. Quando me dei conta do que havia feito, me desesperei, mas vou entender, Carina, se você quiser ficar longe. Mesmo que eu morra tentando.

Me virei, arranquei meu braço do seu e olhei naqueles óculos idiotas.

— Você está falando muito isso. Eu já falei, porra! Se um dia eu quiser me afastar, eu vou. Pare de me mandar embora e tire essa porcaria para olhar nos meus olhos. — Arranquei os óculos do seu rosto e percebi o motivo de ele os estar usando: seu olho direito estava roxo e inchado. — Quanto Brizio te bateu?

— Muito.

Assenti e mordi os lábios. Fiquei tão magoada por tudo que ele fez e, ao mesmo tempo, entendia. Como eu disse, o luto transforma as pessoas.

— Eu não sei se devo te perdoar, Enzo. Estou confusa e magoada.

— Me dê mais uma chance, *cara mia*.

Estreitei os olhos e ele sorriu.

— Não me vem com esse charme italiano barato.

Ele riu e enlaçou minha cintura, aproximando-me do seu peito.

— Você sabe que gosta quando eu falo italiano.

— Não gosto! Sei por que o usa e morro de raiva.

Seu rosto se aproximou do meu e respirei fundo para não ser tão fácil para ele.

— Me dê mais uma chance, Carina. Eu vou te provar que nunca te magoarei de propósito como fiz. — Aquela boca se movendo era hipnotizante, tentei me concentrar no que era discutido, mas era difícil.

— Não sei se você merece.

— Provavelmente não mereço, mas preciso de você. Meu coração está despedaçado.

Droga, por que ele tinha que dizer aquilo? Precisava colá-lo de volta.

— Acho que você tem muito que suar para me fazer sentir melhor, me magoou demais.

Ele sorriu de lado e passou as costas da mão em meu rosto.

— Ah, eu pretendo fazer você suar muito.

Bati em seu peito, fazendo uma cara de indignada, mas devo confessar que fiquei bem animada de vê-lo voltando para mim.

— Safado, eu não quis dizer isso.

Ele riu — como eu senti saudade da sua risada rouca — e colou os lábios em minha testa. Fechei os olhos porque senti tanta falta do seu carinho... Mesmo que tenhamos nos conhecido há pouco tempo, me apeguei a Enzo tão fácil que chegava a ser assustador.

— Me perdoe, Carina, estava perdido e não sabia encontrar a luz de volta pra você. Precisou de muita porrada na minha cabeça para isso acontecer.

— Espero que Brizio não tenha batido tão forte.

— Bateu, o desgraçado tem um gancho de esquerda que vou te dizer. Mas também eu queria apanhar, então não fiz nenhum movimento para impedi-lo.

Me afastei do seu abraço e olhei seus olhos azuis.

— E por que não?

— Eu precisava acordar do pesadelo em que estava.

— E acordou?

— Mais ou menos, mas me sinto como eu mesmo novamente.

Assenti e encostei a cabeça em seu peito, ouvindo as batidas cadenciadas do coração do homem que, por mais que eu negasse, era responsável pela minha felicidade.

— Muito bom, porque você acaba de anunciar para a faculdade inteira que estamos juntos, e, se você me der um pé na bunda, eu te mato.

Ele riu e se afastou, colocou uma mecha de cabelo atrás da minha orelha e seus lábios encostaram nos meus delicadamente.

— Eu vou gastar cada minuto do meu tempo pedindo perdão dos meus erros. Prometo não te magoar mais.

Respirei fundo e, pela primeira vez em semanas, sentia alívio e esperança.

— Assim espero.

CAPÍTULO VINTE E QUATRO

Enzo Gazzoni

Vivi num mundo negro, cheio de monstros assombrosos. Quando era pequeno, tinha medo, mas entendia tudo que meu pai fazia, porque, mesmo sem ele saber, eu tinha essa noção do que nos cercava. Mas nunca me deixei envolver nessa escuridão, não até que tudo foi tirado de mim. Quando perdi minha mãe, parte de mim foi arrancada, só levantei para que meu pai não ficasse sozinho.

E ele se foi. Por minha culpa!

Eu achava que não precisava viver. Existir estava bom.

Minha intenção era assumir os negócios, ser o chefe que esperavam que eu fosse, mas, ao me ver sozinho, até Carina eu afastei. Não tinha nem coragem de me levantar da cama. Então, decidi exaurir meu corpo. Fui até a academia e treinei como louco por dias. Até que recebi uma visita de alguém que estava sumido desde então.

— O que você pensa que está fazendo da sua vida, seu otário? — Me virei e vi Fabrizio andando em minha direção com os olhos cheios de raiva.

Bom, porque eu tinha bastante ódio em meu interior também.

— Não sei do que tá falando.

Virei e consegui dar só mais um soco no saco de areia. Fui empurrado de lado e meu primo continuou me dando tapas no peito.

— Você não merece o amor dela, idiota. Como pôde fazer isso? Olha como você tá! É patético.

— Não se mete na minha vida, não te dou esse direito.

Ele parou, respirando rapidamente, e vi que queria briga. Ótimo, eu estava pronto.

— Você me deu esse direito a partir do momento em que prometeu estar comigo até o fim da vida. Não dê as costas pra mim, palhaço. Eu vou colocar juízo na sua cabeça nem que seja na marra.

O primeiro soco eu tentei bloquear e revidar, mas tudo entrou em xeque. Ele era meu irmão e eu o amava. A forma como tentou me salvar era a única possível e nós dois sabíamos. O orgulho havia me envenenado e eu não via nada mais do que minha dor e autodesprezo.

GISELE SOUZA 145

Fabrizio me deu uma surra que eu jamais levei. Mas isso se devia ao fato de que eu deixei, por isso era grato. A cada soco, um fio de luz se infiltrava na escuridão. Ele me dizia o quanto eu estava sendo idiota e, quando caí quase inconsciente, percebi o que fiz e me desesperei.

— Porra, o que eu fiz?

Brizio abaixou-se com as mãos nos joelhos à minha frente e, mesmo com os olhos inchados e quase não enxergando direito, vi como ele estava cansado, não da luta, mas de ter se segurado para não me machucar mais do que o necessário.

— Você é um fodido, Enzo. Mas ainda tem tempo. Carina é uma menina muito boa, sabe que isso tudo é porque sua cabeça não funciona direito. É bonito, mas muito burro.

Tive que rir e isso me custou dores no rosto onde eu nem sabia que podia sentir. Gemi sem poder segurar e me virei, tentando sentar. Brizio fez uma careta e me ajudou.

— Eu realmente espero que você tenha razão.

Tinha levado semanas para cair na real e talvez ela não me perdoasse mais.

— Só não faz mais esse tipo de coisa. Se não sabe, ela também tem sangue orgulhoso de italiano. Vai atrás da sua garota, *brother*. — Ele me encorajou a procurá-la, mas era tão tarde que resolvi esperar pelo dia seguinte. Me segurei para não enviar mensagem, o perdão devia ser pedido pessoalmente.

— Obrigado por isso!

Ele sorriu amplamente e me puxou, ajudando-me a ficar de pé.

— Não por isso, foi um prazer socar essa sua cara perfeita.

Me deu as costas e saiu da academia, deixando-me sozinho. Meus sentimentos por ela eram sufocantes, acho que por isso a afastei, porque não suportaria perder mais alguém. Só que não aguentava ficar afastado sabendo que a magoei. E, graças a Deus, ela me perdoou. Agora eu a tinha na garupa, com os braços em volta da minha cintura. Enquanto dirigia sem rumo, senti-me meio inteiro de novo.

Minha intenção era fazer alguma coisa especial para ela, mas não sabia por onde começar, devia ter feito um plano. Acabei parado em frente à minha casa e fiquei sem me mover. A faculdade da Carina era um pouco distante de onde morávamos, então já tinha anoitecido. Havia procurado o pai dela e dito que não precisava se preocupar, pois eu iria buscá-la. Percebi seu receio, porém ele tinha certeza de que eu não deixaria nada de mal acontecer a ela. Mas agora não sabia como agir.

— Enzo, tá tudo bem?

— Não, amor. Ainda não.

— O que foi? — Sua voz estava preocupada e me amaldiçoei por deixá-la assim.

Virei-me na moto e peguei seu queixo entre meus dedos, fechei os olhos e encostei meus lábios macios nos dela.

— Sinto muito, meu amor, eu não sei como fazer pra compensar o que te fiz.

Ela se mexeu e afastou minha mão do seu rosto, segurou meu pulso e desceu da moto. Em seguida, sorrindo, me deu um puxão. Desci e a acompanhei para dentro de casa. Como um robô, segui seus passos até que paramos no meu quarto. Ela se sentou na minha cama e deu um tapinha ao seu lado no colchão.

Sentei-me e esperei. Estava nervoso e ansioso para que pudéssemos resolver tudo, falar o que estava preso em nossas gargantas, nos livrar da saudade.

— Aqui mesmo nos despimos de tudo, Enzo. Eu te aceitei e aceito como é, não vou fugir só porque agora você tem responsabilidades e fará coisas que não concordo. Me encantei por você desde o momento que achei ser meu perseguidor. Louco, não?

Sorri e acariciei seu rosto delicado com as costas dos dedos. Ela fechou os olhos e se inclinou um pouco.

— Na verdade, não. Me encantei por você assim que escutei seu nome, quando Henrique me avisou para não me aproximar. Mas, Carina, eu te magoei e sinto muito por isso.

Baixei minha cabeça, incapaz de olhá-la. Meu corpo estava tenso e meu coração batia descontrolado. Ela ergueu meu queixo.

— Não há o que se desculpar, Enzo. Eu entendo, você tinha perdido seu pai, se culpou por isso e, acima de tudo, não se permitiu sentir e fechou-se. Foi o luto. Eu entendo.

— Mas não devia. Eu tinha que me arrastar aos seus pés pedindo perdão. Me preparei para isso, mas não para essa aceitação. Me sinto humilhado com todo esse sentimento.

— Já devia saber que não sou assim, querido. — Ela riu baixinho e foi automático retribuir o riso. — Eu não quero que se arraste, só o fato de ter você de volta já me satisfaz. Mas nunca mais faça isso, não me afaste por hipótese alguma. Não perdoarei uma segunda vez.

— Eu sei.

— Bom, já que estamos aqui, não vamos perder tempo. Preciso de você — disse com uma voz sedutora e eu não queria nem pensar mais, mas precisava que ela me conhecesse um pouco. Aproximei-me e dei-lhe um beijo casto.

— Quero você a noite toda, princesa, mas quero te mostrar uma coisa meio brega antes.

— Não me diga que são fotos suas quando era pequeno? — perguntou, sorrindo. Fiz uma careta e ela arregalou os olhos.

— Sinto muito, mas são. É que eu queria que me perdoasse conhecendo um pouco do meu passado. O que acha?

— Vou amar!

Levantei-me um pouco sem graça e abri o guarda-roupa, pegando a caixa empoeirada no fundo do armário. Bati em cima dela e me aproximei da cama. Sentei-me no chão e esperei que ela me acompanhasse. Carina cruzou as pernas e me olhou amorosamente. Seus olhos castanhos estavam curiosos e doces. Sorri tristemente e abri a tampa.

Dentro, tinha álbuns, tralhas de quando eu era pequeno, lembranças que guardei, pois eram dolorosas. O primeiro álbum era do casamento dos meus pais em Verona. Meu pai tinha vinte anos e disse ter encontrado a mulher mais linda, sua bela Giuliana. A foto era antiga, mas dava para ver os sorrisos em seus rostos. Anos depois, tudo mudou, a família do meu pai foi massacrada e, após o meu nascimento, ele migrou para os Estados Unidos. A foto seguinte mostra quando entramos em nossa primeira casa e eu era um bebê de colo.

— Nossa, como você parece com seu pai.

Assenti, concordando.

— Todo mundo fala isso. Ele era um homem muito bonito.

— Era sim.

A próxima foto era da minha mãe com seus livros e eu com seis anos brincando aos seus pés. Ela adorava ler, e passou essa herança para mim. Tinha muitas fotos minhas, dos meus pais. Mas, quando chegamos à mais dolorosa, eu parei. Fiquei por um bom tempo apenas olhando. Mamãe estava em estado terminal. Havia emagrecido vinte quilos, perdeu os lindos cabelos escuros e seus olhos estavam fundos, porém não perdiam o brilho. Seu sorriso direcionado à câmera, enquanto me embalava nos braços, era esplêndido. Naquele dia, ela me levou para conversar e disse o que iria acontecer; claro que foi depois da foto. Quando voltamos do passeio, me tranquei no quarto e não saí mais até o outro dia, que foi o que ela nos deixou. Eu tinha nove anos.

— Esse dia, foi um dos poucos que ela conseguiu sair da cama, levou-me para o Central Park, andamos de mãos dadas, ela me comprou um sorvete de chocolate com pedacinhos de menta, vimos os patos no lago e observamos as nuvens. Ela gostava de adivinhar imagens nelas, ficamos horas conversando e apenas curtindo o silêncio, depois me despedaçou. Foi um dia feliz e o mais triste, até mesmo que o dia da sua morte, porque ela me disse o quanto me amava, o quanto eu era importante em sua vida e que estava me deixando. Por mais que eu tenha acompanhado sua doença, não queria acreditar, não aceitava que ela estava partindo. Mamãe me pediu calma, que eu teria que ser um homenzinho e apoiar meu pai, que ele precisaria do meu apoio. Eu entendi essa parte, eles eram tão apaixonados que a perda dela iria destruí-lo. Ela me abraçou e cantou uma última canção. Nunca mais ouvi sua voz daquele jeito. Voltamos para casa em silêncio, ela me deu boa noite e se recolheu, pois estava cansada. Me tranquei no quarto e não quis jantar. Meu pai bateu na porta, Henrique me procurou, até Fabrizio. Eu não quis falar com ninguém. Quando acordei disposto a dizer a ela que eu seria seu herói, como me pediu, ela já havia partido. Eu não chorei, Carina. Não naquele dia. Depois demorou, mas me reergui. Perder meu pai foi cortar o último fio que eu tinha com ela, sabe? Não tinha por que ser forte, não tinha ninguém pra apoiar.

Levantei os olhos e ela chorava copiosamente em silêncio. As lágrimas manchavam seu rosto e estendi a foto para ela. Carina pegou e olhou com um sorriso.

— Você tem os olhos dela.

— Sim. Papai dizia que eu era a cópia da minha mãe de calças, mas, na verdade, pareço mais com ele do que imaginava.

— Linda foto e linda lembrança, Enzo.

— Ela sempre me trouxe muita dor, mas aprendi a conviver com ela. Não posso mais fugir, certo?

Olhei em seus olhos e ela assentiu. Num minuto, eu estava envolvido em um par de braços finos, mas que tinham um aperto mortal. Carina demostrava com aquele gesto que eu não estava sozinho, eu tinha ela, meu primo e a família.

— Não precisa fugir, amor. E se fugir, eu te caço.

Tive que rir da sua gracinha. Imaginá-la como uma amazona ao meu encalço foi uma visão e tanto.

— Acho bom, minha amazona. Agora, onde nós estávamos? — Balancei a sobrancelha, tentando amenizar o clima tenso com um pouco de malícia.

— Em lugar nenhum, quebrou todo o clima.

— Sinto muito.

Ela se afastou e sacudiu a cabeça.

— Não, por favor, não sinta. Fico feliz por ter compartilhado essa fase da sua vida comigo. Agora posso entender tudo mais claramente. Entendo até mesmo seu pai, que sempre foi um mistério para mim.

— Então, o que vamos fazer, já que não preciso me arrastar nem te convencer com minhas habilidades sexuais?

— O que acha de desvendar as nuvens?

Olhei em seus olhos risonhos e, se meu coração já não fosse dela, passaria a ser naquele momento.

— Garota, como eu amo você!

Seus olhos se arregalaram, seu sorriso morreu e fiquei com receio de ser cedo demais. Por mais que já tivesse dado todas as provas, nunca havia dito com todas as letras.

— Sério?

— Mais sério do que qualquer coisa que fiz na vida!

Meus olhos não desligaram dos dela, ela sorriu e respirou fundo.

— Que bom, amar de um lado só não é bom.

— O que quer dizer com isso?

Ela abriu a boca para responder, mas uma batida na porta chamou nossa atenção. Levantei-me e abri. Henrique estava parado do lado de fora com uma cara feia e eu soube que a hora havia chegado.

— Temos um problema.

Respirei fundo e assenti. Ele olhou para dentro do quarto e balançou a cabeça.

— Já estou indo.

Virei-me para ela e, com os olhos tristes, a encarei.

— Nossa diversão vai ter que esperar, amor. Tenho que resolver uma coisa, mas logo estarei de volta.

— Tudo bem, eu vou te esperar.

— Dorme. Quando eu chegar, te acordo.

Ela assentiu e se levantou, envolveu meu rosto em suas mãos delicadas e soprou um beijo em meu rosto.

— Volte para mim em segurança.

— Sempre!

Abracei-a forte. Não queria começar isso, mas era necessário. Beijei o topo da cabeça dela e saí sem olhar para trás, descendo as escadas como um condenado indo para sua execução. Ao pé da escada, Henrique me esperava com seu costumeiro olhar mortal. Ele era um cinquentão, temido e respeitado. Meus olhos capturaram duas sombras na porta e mais dois no escritório do meu pai, que também seria meu. Eles estavam ali para me escoltar. Respirei fundo e terminei de descer as escadas.

— O que está acontecendo, Henrique?

— Um dos rapazes foi morto em campo. Sabe o que isso significa?

— Alguém da rua, certo?

— Exato. Ele estava fazendo uma entrega e uma família inimiga o fuzilou de tiros.

Droga, isso era o que eu mais temia.

— Ok, e qual o procedimento? Confio em você para me dizer como prosseguir.

— Não há procedimento, Enzo. Quando isso acontece, nós indenizamos a família e fornecemos um funeral digno a eles, mas, nesse caso, os outros rapazes querem ir atrás da gangue adversária. E não podemos permitir. Eles não querem me ouvir e pedem sua presença.

Arregalei os olhos e senti como se fosse vomitar; a crueldade de tudo aquilo era demais para mim. Uma vida nesse meio não era nem um pouco insubstituível. Morria, enterrava e colocava outro no lugar. Como meu pai sobreviveu a isso a vida toda? Como ele se manteve um bom homem? Ah, ele não era.

Mas eu tinha que assumir!

— Me leva até eles, por favor. Onde estão?

Henrique assentiu, seus olhos brilhando de orgulho e admiração. Sei que ele disse o que faziam com alguém que perdia a vida nesse trabalho para me testar, ver qual seria minha reação.

— Vamos, Brizio está te esperando no carro. Ele também faz parte do conselho e achamos que você poderia precisar de um apoio como o dele.

Franzi a testa sem entender muito bem. Como assim apoio como o dele?

Cheguei ao carro e imediatamente entendi. Meu primo estava sentado na frente e mal olhou em minha direção. Sua expressão era aterrorizante e ele estava fortemente armado.

— Ele será seu segurança pessoal, assim como eu fui do seu pai. — Olhei para Henrique, que havia se acomodado no banco de trás. Engoli em seco com toda aquela situação. Eu não queria ter guarda-costas, ainda mais meu primo.

O silêncio se instalou e foi sufocante dentro do carro. Minha mente voava para minha Carina, que estava em casa me esperando. Eu não sabia o que me aguardava, nem como voltaria, mas tinha que ter a certeza e saber separar tudo, como uma borracha que apaga toda a maldade quando pusesse os pés perto da minha princesa, assim como meu pai fazia comigo e minha mãe. Ele era dois homens em um.

Chegamos ao galpão e vi vários homens furiosos. Percebi que suas armas haviam sido recolhidas e eles falavam alto. Assim que entrei, a balbúrdia acabou.

Parei à frente deles e olhei para Henrique, que se postou de um lado meu e Brizio do outro.

— Eu não preciso dizer nada, pois vocês deveriam saber que não se começa uma guerra. Nós não fugimos, mas também não a começamos. Meu pai nunca permitiu esse tipo de situação e eu seguirei seus passos, então ninguém irá contra isso ou estará fora.

Um homem mais velho, com cara de encrenqueiro, saiu do meio dos outros, e percebi que ele, provavelmente, era o líder da revolução.

— Você é só um moleque, não há porque seguirmos suas ordens.

— Eu espero não ouvir mais isso. Você me respeita ou, então, pode ir embora.

O homem cruzou os braços e me encarou atentamente.

— Force-me!

Droga, sabia que esse momento chegaria. Mas não tinha ideia de que seria tão cedo. Retirei a jaqueta e olhei meu primo, que assentiu me apoiando. Desci os degraus. Era hora de virar o chefe Gazzoni.

CAPÍTULO VINTE E CINCO
Fabrizio Gazzoni

Estar naquele mundo era muito difícil de lidar. Eu nunca consegui digerir as perdas e o que fazíamos. Era como matar um pedaço de mim a cada dia. Mas eu já estava metido até o pescoço e não podia sair.

Meu telefone tocou quando eu tinha acabado de cochilar com Jillian em meus braços depois de horas de sexo louco e apaixonado. Ela resmungou alguma coisa incoerente e tentei me esticar para pegar o aparelho.

— Alô!

— Temos uma situação.

A voz de Henrique me despertou imediatamente, sentei-me na cama e fechei os olhos. Sabia que esse momento não demoraria a chegar.

— O que foi?

— Um rapaz foi morto pelos rivais e os outros querem retaliação, estão exigindo o Enzo.

— Droga, já estou indo!

Jill já estava acordada, com o lençol em volta do corpo, e me encarava com medo nos olhos. Era sempre assim quando eu tinha que sair. Me inclinei e beijei seus lábios com doçura.

— Tenho que ir, amor.

— Não queria que tivesse... — Sua voz já estava rouca com a vontade de chorar.

— Eu sei, mas não tenho escolha. Enzo precisa de mim.

Ela suspirou e desviou o olhar. Seu corpo estava tenso e ela assentiu, virou-se para mim e as lágrimas escorriam por seu rosto.

— Se acontecer alguma coisa com você, eu te mato, Fabrizio.

Sorri e capturei uma lágrima com o dedo, fazendo carinho em seu rosto.

— Eu sei disso, deusa. Mas vou voltar, eu juro. Estarei sempre de volta pra você.

— É bom mesmo. Cuida do Enzo, ele não foi feito pra isso.

Me levantei e vesti calça preta e camiseta, coloquei o casaco e a olhei antes de sair.

— Nenhum de nós foi. Fica bem...

Jillian assentiu e saí do nosso apartamento. Apesar de ela morar com os pais e eu, na casa Gazzoni, mantínhamos aquele cantinho quando queríamos fugir de tudo. Assim que coloquei os pés na calçada, o carro de Henrique já me esperava. Era hora de o meu primo virar o chefe, e eu estaria com ele para o que quer que fosse.

Entrei no assento da frente e nem olhei para quem estava dirigindo. Agora iríamos pegar o Enzo e que Deus nos protegesse. As coisas mudariam a partir dali.

Quando estacionamos, Henrique entrou e depois de um tempo o vi saindo com meu primo às suas costas. Não olhei para ele quando se acomodou no banco de trás, mas senti que me encarava. Ele não queria que eu fosse seu braço direito, pois sabia o que esse tipo de "cargo" tinha que fazer. Nada do que eu já não havia feito, mas era mais obscuro estar tão ligado ao centro de tudo.

Assim que entramos no galpão, percebi que não seria tarefa fácil acalmar aqueles caras, ainda mais porque havia um agitador no meio.

Quando o cara mais velho provocou Enzo, eu sabia o motivo, ele se sentia inferior, pois estava na família antes mesmo de meu primo ter barba no rosto.

Eu dei um passo à frente, não conseguia aceitar que ele tivesse que fazer isso, mas o braço de Henrique me impediu de prosseguir. Enzo desceu as escadas e encarou o cara do alto. Ele era maior que a maioria ali, mas o idiota não se acovardou.

— Dê meia-volta e vá pra casa, esfrie a cabeça e volte amanhã. Não teremos guerra, não precisamos de mais nenhuma morte. — Eu sabia que ele tentaria usar diplomacia, mas, com os ânimos alterados, não adiantaria nada.

— Você é só um moleque que está brincando de ser bandido, não temos que te seguir. Seu pai morreu, os Gazzoni não mandam mais.

Droga!

Enzo estreitou os olhos e, sem aviso, desferiu o primeiro soco. O cara cambaleou, e a multidão se afastou.

— Eu vou fazer você me respeitar. — E assim deu dois passos à frente.

O cara era um homem de rua acostumado com brigas e confusões, então, apesar da experiência e técnica do meu primo, não foi um oponente fácil. Eu diria até que foi sujo.

Mas Enzo sabia como contornar esse tipo de situação, afinal, o sangue Gazzoni corria em suas veias. A cada soco, a cada vez que o cara cambaleava no chão, eu via que ele se tornava mais filho do seu pai. A voz do meu tio ecoou em minha mente naquele momento e senti um arrepio subir por minha espinha.

Quando Enzo aceitar seu destino, quero que esteja ao lado dele, meu filho. Ele vai precisar da sua força para se manter em pé.

Parecia que ele sabia que para o filho tomar seu lugar ele não estaria ali para ajudar. O homem deu trabalho ao meu primo e os cara agitavam mais, dando força para o idiota. Enzo quase o matou com os punhos até que desmaiasse. Então, levantou a cabeça, olhando cada um dos que estavam ali querendo arruaça.

— Que sirva de lição, eu não sou um moleque. — Se virou para mim com os olhos vidrados e vi que ele entraria em pânico a qualquer momento.

Desci as escadas e coloquei a mão em seu ombro.

— Vá pra casa e tome um banho, Enzo.

Ele estava coberto de sangue e seu rosto, machucado, mas o que vi em seus olhos me assustou mais do que se desse de cara com a própria morte. Meu primo estava se intoxicando com aquilo tudo. Ele nunca quis fazer parte desse mundo, mas era forçado a isso, extinguindo seu eu de verdade para vestir uma máscara.

— Leva ele pro hospital, senão o cara vai morrer.

Franzi a testa e olhei para Henrique, que assentiu, desceu e foi até o idiota caído no chão. Não era usual isso, pois nos trazia grandes problemas, mas acreditava que meu primo não aguentaria uma morte assim nas costas.

— Eu vou, agora vai pra casa.

Ele assentiu e saiu de cabeça baixa com os ombros caídos. Removemos o cara do galpão e seguimos para o hospital, o que nos rendeu olhares e comentários das pessoas que passavam, mas Henrique já estava acostumado. Ele nem pediu permissão e foi direto para o final do corredor. Quando o médico nos viu, balançou a cabeça e suspirou.

— Não sei por que ainda atendo vocês.

Henrique sorriu e bateu nas costas do médico.

— Porque esse é o seu trabalho, meu amigo. Esse idiota entrou numa merda e levou uma surra, não deixa ele morrer.

O doutor examinou rapidamente, levantou as pálpebras do cara e respirou fundo.

— Acho que ele caiu de exaustão, mas não vai morrer. O que ele fez pra merecer essa surra?

— Desafiou o chefe.

— Droga! Bom, vou cuidar dele, mas não quero você no hospital.

Henrique assentiu e sinalizou com a cabeça para que eu o acompanhasse. Nós seguimos para fora do hospital em alerta e, quando chegamos ao carro, Henrique suspirou e olhou para mim sombrio.

— Você vai atrás dele?

Balancei a cabeça e respirei fundo.

— Ele precisa ficar sozinho agora. Vou lhe dar um tempo.

— Entendido, só não o deixe por tempo demais. Agora, com o que aconteceu, ele se tornou um alvo e você vai ter que ficar na cola dele. Sabe disso, não é?

Assenti e olhei pela janela. Todo aquele pesadelo era contra tudo que meu primo acreditava e queria e, desde que me apaixonei por Jillian, também sonhava em fugir daquela vida. Que tipo de futuro daria a ela? Porém, agora, estava fora do meu alcance, nosso destino fora traçado e só tínhamos que aceitar e viver da melhor maneira possível.

Henrique me deixou na porta do prédio e foi embora, levando consigo toda a tensão. Eu tinha um costume quando chegava em casa ou quando iria encontrar minha namorada: deixava toda a sujeira para trás, assim poderia me iludir que tudo ficaria bem e que tínhamos um longo futuro pela frente.

A realidade era bem diferente.

Quando entrei no quarto, ela estava deitada de bruços e achei que estivesse dormindo, mas levantou a cabeça, me fitando com agonia nos olhos; sempre ficava dessa forma.

— Tá tudo bem, amor?

Neguei e baixei a cabeça, tentando colocar meus pensamentos em ordem. Ao me lembrar da expressão no rosto de Enzo, meu peito se comprimiu de remorso e mágoa. Sempre o incentivei que ali era o lugar dele, pois para mim nunca teve outra vida. Não até ver o mundo com outros olhos.

— Acho que vamos acabar perdendo o Enzo.

Jill se levantou e andou ajoelhada na cama até ficar de frente para mim.

— Como assim? Ele está bem?

— Externamente sim, o que me preocupa é o que está acontecendo dentro dele.

— Ah, amor. Você precisa parar com isso, seu primo sabe lidar com essas coisas.

Levantei a cabeça e a encarei. Jill não tinha como entender muito bem como funcionava a nossa cabeça. Apesar de estarmos envolvidos, não queríamos viver daquela forma.

— Você não viu como ele ficou, Jill. Ele já está afundando no poço e não posso fazer nada para mudar isso.

Jillian me abraçou pela cintura e apoiou a cabeça em meu peito. Seu simples toque tinha o poder de acalmar meu coração e alma, e eu era grato por isso. Esperava que Carina tivesse o mesmo efeito em Enzo, ele precisaria de um porto seguro para voltar.

158 ROLETA
Russa

CAPÍTULO VINTE E SEIS
Carina Agnelli

Eu nunca me senti tão inútil na minha vida e esse não era um sentimento muito bom. Não mesmo.

Depois que Enzo saiu para resolver sabe-se lá o que, eu andei pelo quarto, arrumei o guarda-roupa, limpei o banheiro, ajeitei a cômoda e organizei a mesa do computador. Por fim, enquanto ele não voltava, deitei na cama e fiquei olhando pela janela. Não queria dormir, mas meus olhos se fecharam lentamente contra minha vontade.

Pensamentos tumultuados e sentimentos sombrios se apossaram do meu sono, sem que eu pudesse escapar. Estive no meio de um pesadelo, eu o perdia e não conseguia voltar. Parecia me afogar em lágrimas de tristeza. Fui despertada por um grunhido baixo vindo do banheiro.

Sentei-me com os olhos ainda me acostumando com a fresta de luz que invadiu o quarto.

— Enzo?

— Oi, amor. Volte a dormir, só vou tomar um banho. — E fechou a porta, deixando o quarto na escuridão novamente.

Franzi a testa e estiquei o braço para acender a luz do abajur. Levantei-me e parei na porta do banheiro. Se ele a fechou era porque queria privacidade, mas fiquei tão preocupada, afinal, ele era meu namorado, eu tinha direito de entrar no banheiro com ele, não era como se não o tivesse visto pelado antes. Abri a porta e vi sua silhueta musculosa através do vidro do boxe embaçado pelo vapor.

— Enzo, está tudo bem? O que aconteceu? Fiquei preocupada, te esperei, mas acabei dormindo. — Percebi que ele parou o que estava fazendo e não olhou em minha direção quando falou.

— Vai deitar, Carina, depois eu vou. — Sua voz soou tão autoritária que me lembrou do dia do enterro do pai dele, o dia em que ele me rejeitou.

Isso fez com que uma rebeldia invadisse meu corpo. E o filho da mãe não teve a decência de olhar para mim, nem através do vidro.

Pisei duro e abri o boxe com força. Enzo se assustou e me olhou com os olhos arregalados. Meu coração parou na hora, seu rosto estava todo machucado, o piercing na boca sangrava e estava inchado. Abaixo do olho direito tinha um hematoma, que eu sabia que escureceria e continuaria doendo por um bom tempo.

— O que aconteceu com você?

Ele fechou os olhos e respirou fundo.

— Não era para você ver isso!

— Meu Deus, o que aconteceu? — Não pude mais esperar e entrei no boxe com roupa e tudo. Levei as mãos ao rosto dele e acariciei os machucados. — Onde você foi? O que houve?

Ele abriu os lindos olhos azuis para mim e tinha uma sombra que antes não habitava ali. Ele estava com dor sim, mas por dentro. O coração do meu namorado estava machucado, mais até do que seu rosto.

— Eu não quero falar, Carina. Você é a minha luz no meio disso tudo, é o que me segura. Eu vou cair no poço. — Sua voz rouca estava embargada, e subitamente Enzo se inclinou, encostando-se no azulejo do banheiro, e baixou a cabeça, começando a chorar. — Eu estou me tornando um monstro, *cara mia*.

Meu Deus, eu não sabia o que fazer. O jato d'água tinha me molhado completamente, mas nem liguei. Dei outro passo para perto dele e embalei-o em meus braços como uma criança que tinha se machucado. Enzo não era um menino, mas um homem forte, inteligente, carinhoso e meu. Com ele nu em meus braços, percebi que eu havia perdido a vontade de viver em adrenalina, queria ter apenas meus momentos com ele, aproveitar todos os segundos ao lado do homem que amava.

Ele ficou assim por algum tempo e depois se afastou. Tirei a roupa para não me atrapalhar, dei banho nele, acariciando o rosto machucado, lavando a dor do coração. A cada toque, ele se inclinava, aproximando-se das minhas mãos. Era como se precisasse daquele calor, daquele sentimento. Com os olhos colados nos meus, ele disse:

— Você é a minha luz no meio dessa escuridão toda.

Meus olhos se encheram de lágrimas e dei um meio-sorriso para ele, que seriamente ergueu a mão forte e machucada, acariciando toda a extensão do meu rosto. Abaixou-se devagar e colou os lábios nos meus num beijo que, a princípio, seria doce, mas que, aos poucos, foi se transformando em necessidade.

Enzo me puxou de encontro ao seu corpo, nossas peles moldaram-se, colaram-se e um arrepio me percorreu por inteiro. Uma de suas mãos se manteve em meu rosto, só que agora os dedos agarravam minha mandíbula, prendendo-me onde ele me queria. A outra mão me segurava pela cintura, apertando minha carne. Meu corpo todo se acendeu mesmo eu querendo saber o que havia acontecido para ele estar daquele jeito. Eu esperaria todo o tempo que fosse necessário, pois existem certos momentos em que precisamos apenas de apoio, calor humano, carinho, paixão...

Enzo me beijava como se fosse a última vez, ele sugava de mim tudo o que precisava, e eu dei tudo a ele. Minhas mãos espalmaram em seu peito, senti as batidas frenéticas do coração, a respiração entrecortada soprava em minha testa enquanto a água quente acariciava nossos corpos, relaxando toda a tensão.

Aos poucos, o beijo foi diminuindo de intensidade até que ficaram apenas selinhos suaves. Abri meus olhos, que nem tinha percebido que estavam fechados, e me deparei com Enzo me encarando. Com nossas bocas coladas, ele pediu:

— Vem para o quarto comigo, princesa? Deixa eu te amar.

Engoli em seco e assenti. Enzo já estava pronto desde o momento em que começou a me beijar. Ele estendeu a mão, desligou o chuveiro, pegou a toalha e a envolveu em meu corpo, secando cada gota de água morna. Fiz o mesmo com ele e, de mãos dadas, fomos até o quarto. Quando chegamos lá, ele me virou de frente e passou as mãos por meus braços, deslizando por minha pele, marcando cada parte como dele. Engraçado como um simples toque pode marcar a gente, né?

Ele me olhava com tanta admiração e devoção que senti um nó na garganta. Seus toques eram delicados e suaves, ele percorreu minha cintura e costelas deslizando as mãos em meus seios e barriga. Entreabri os lábios para dizer alguma coisa, qualquer coisa que fizesse sentido, porém nada vinha à minha mente. Ele sorriu levemente e roçou os lábios nos meus.

— Você me faz bem demais, me sinto um homem melhor quando estou ao seu lado. Amo você, Carina.

— E eu te amo muito, Enzo Gazzoni. Amo tudo em você.

Ele fechou os olhos e deu um suspiro profundo.

— Ter sido seu perseguidor valeu muito a pena, princesa.

Sorri e envolvi seu rosto forte em minhas mãos. A barba por fazer arranhou minha palma e, com ela aberta, deslizei por toda a face. Contornei o maxilar com muito cuidado para não machucá-lo.

— Sabe que eu estarei sempre te esperando, né? Sempre! Volte para mim, não me faça ficar sem você.

Os olhos azuis cansados e perturbados escureceram e Enzo me beijou duramente. Pegou-me em seus braços e levou-me até a cama. Deitando-me delicadamente nos travesseiros, afastou-se e me olhou com carinho.

— Não vamos pensar no futuro, Carina. Vamos viver o agora, o tempo é muito relativo, muito frágil. Temos que aproveitar cada minutinho dele. Serei seu até mesmo depois que morrer, você não tem noção do quanto é importante pra mim. Faço de tudo para te proteger. Agora, deixe-me viver esse momento, deixe-me amar você.

As palavras fugiram da minha mente, tornaram-se insignificantes, não precisavam ser ditas. Apenas assenti e recebi o que ele tinha para me dar. O corpo de Enzo cobriu o meu e em cada parte minha eu o senti completamente, era uma união que não tínhamos experimentado ainda. Suas mãos passearam pelo meu corpo. Os lábios me beijaram com amor e paixão. A respiração aqueceu meu coração.

Quando ele entrou em mim, senti como se pudesse explodir de felicidade. Meu coração estava tão cheio que meus olhos transbordaram de alegria, amor, paixão, temor e prazer. Nos dele refletia exatamente o que espelhava em mim. Ele se moveu e eu o acompanhei em sincronia, movimentávamos ao som dos nossos corações batendo em uníssono. O que quer que tenha sombreado sua alma tinha sido lavado pelo amor que emanava de nós dois.

Seus olhos não desgrudaram dos meus e, quando o ápice do prazer veio, ele nos arrebatou. Enzo envolveu meu rosto em suas mãos enormes e beijou-me com gosto salgado das lágrimas de amor que derramamos. Nossas línguas se emaranharam, traduzindo o que as palavras não podiam expressar. Fomos feitos um para o outro. E como ele disse, aproveitaríamos cada momento e cada segundo vivendo o hoje! O futuro era muito incerto.

— Quando você vai me falar o que aconteceu?

Olhei para ele do conforto que me encontrava em seus braços fortes e acolhedores. Enzo respirou fundo e olhou para o teto, contraindo o maxilar em sinal claro de nervosismo.

— Eu não quero te manchar com a minha vida.

— Eu não sou pura para você me manchar com qualquer coisa, Enzo. Sei o que significa você ser chefe de uma gangue.

Ele me olhou com os olhos sombrios de novo.

— Sabe mesmo, Carina? — Assenti convicta. Ele suspirou e começou a deslizar a mão que estava em minhas costas para cima e para baixo. — Teve uma morte na rua. Um dos rapazes de uma gangue rival o matou covardemente com um tiro pelas costas. Os outros ficaram revoltados, mas não há muito que fazer, ou perderemos mais pessoas. Meu pai nunca os tratou como funcionários, Carina, eram família. E cada um se importa com o outro. Já aconteceu outras vezes, há perigo em estar nesse meio, mas todos se acostumam. Só que tinha um baderneiro no meio. Quando cheguei para acalmá-los, ele me desafiou. Vi que iria dar confusão, pois, por mais que eles soubessem que não deviam começar uma guerra, mesmo que provocados, eles estavam tentados pelas palavras do cara. Ele me afrontou na frente dos homens e eu não tive escolha. Meu pai me disse isso uma vez: "Se você vai comandar uma tropa, mostre sua autoridade na primeira vez que não te respeitarem". E eu fiz, eu bati nele até desmaiar, mas o cara era forte, ele me deu trabalho. Então, quase o matei com minhas próprias mãos. Estava implorando para que ele perdesse a consciência, porque aquilo me matou por dentro, estraçalhou pedaço por pedaço, em cada soco, eu me transformei. E quando ele foi à lona, olhei de um por um e avisei que aconteceria o mesmo com eles se isso se repetisse e saí. Não pude ficar pra ver o que aconteceu com o cara, apenas olhei para Brizio e Henrique, que tenho certeza que cuidou para que ele fosse atendido logo. E se eu o matei?

A voz de Enzo estava carregada de remorso e medo. Tudo o que ele me disse era demais. Aquilo era cruel e doloroso, e ele era obrigado a fazer ou tudo sairia da linha e aconteceria o pior.

— Ei, olhe para mim. — Ele sacudiu a cabeça, negando, e me inclinei com os cotovelos apoiados no colchão, me impulsionando até alcançar seus olhos. — Você fez o que tinha que fazer, amor. Infelizmente, sua vida é essa, você não terá que fazer sempre. Eles precisavam saber que você não estava brincando.

— Mas eu não queria ter que fazer isso, Carina. Queria que tivesse uma maneira de não viver isso.

— Não há, querido. Isso é o que seu pai deixou para você.

— E eu não sei se gosto.

— Sei que não, mas vamos superar isso juntos, ok? Tenho certeza de que acalmaram os ânimos e vão respeitar mais o que você disser.

Ele fez uma careta e encostou a mão em meu rosto.

— Te amo, sabia?

— Hum-hum, é inevitável e eu sei muito bem disso.

Enzo riu e me puxou para um beijo suave. Deitei a cabeça em seu peito e ficamos em silêncio por vários minutos até que, com a voz embargada, ele acabou de arrebatar meu coração.

— Eu sei.

164 ROLETA
Russa

CAPÍTULO VINTE E SETE
Enzo Gazzoni

Acordar com ela nos meus braços se tornou rotina nos últimos meses. Carina praticamente morava comigo. Os pais dela estavam incomodados com isso, o que ficou bem evidente numa manhã, dois meses depois que ela me salvou de mim mesmo.

Eu a deixei se arrumando para a faculdade e fui fazer um café; não gostava que fizessem as coisas para mim, então, a moça que ajudava na casa só limpava. Minha alimentação e cuidados pessoais eu mesmo fazia. Estava animado para o dia, fazia algumas semanas que não tínhamos nenhum problema com os rapazes, achei até estranho. Na verdade, nenhuma das negociações tinha passado por mim. Me dei conta certa noite de que Henrique havia tomado a frente de tudo, me poupando. Desde que ele viu como fiquei ao corrigir um dos caras, começou a ficar cheio de dedos comigo. Por comodismo, eu permiti, fechei os olhos para o que acontecia ao meu redor e cuidei das contas e recebimentos que chegavam.

Coloquei o café para coar e fui até o fogão. Sabia que ela preferia pão francês, que era o costume do café brasileiro, mas queria fazer umas panquecas bem americanas esta manhã.

Ficar com Carina foi meu maior presente, com ela eu encontrava uma parte de mim que achei não existir ou talvez ter perdido a partir do momento em que tirei sangue de alguém propositalmente. Mas estar com ela me trazia de volta, e foi com esse pensamento que recebi seu pai em minha cozinha.

Abri a porta com o cenho franzido e uma espátula de virar panqueca nas mãos.

— Olá, Luciano. A que devo sua visita?

Com a cara amarrada, ele entrou na cozinha olhando para os lados e agindo como se fosse o inimigo, pois não me deu as costas um minuto.

— Cadê minha filha?

Arqueei uma sobrancelha e fui virar a panqueca, que começava a cheirar a queimado.

— Carina está se arrumando para ir pra faculdade.

— Por que minha filha praticamente se mudou para cá sem mais nem menos? Você sabe o quanto eu e a mãe dela reprovamos esse relacionamento, que é perigoso pra Carina.

Desde pequeno, eu não era famoso pelo humor delirantemente positivo pela manhã. Então, quando me virei novamente para olhar o cara que trabalhava para mim — e que era também o pai da mulher que eu amava —, me enfrentando daquele jeito, não foi com uma boa expressão no rosto.

— Perigoso pra Carina ou pra você? Exatamente do que está com medo? De ela descobrir o que você faz realmente para viver?

Ele pareceu ter se assustado com meu tom de voz porque deu um passo atrás.

— Não brinque com isso, Enzo. Carina não pode saber o que faço, ela não me perdoaria.

— E você acha que vai esconder isso dela até quando?

— Se dependesse de mim, Carina nunca tomaria ciência desse mundo, mas você apareceu na vida dela e colocou tudo a perder. O risco que ela corre estando ao seu lado é muito maior do que se permanecesse na ignorância.

— Essa escolha não pertence a você, Luciano.

— Pertence sim. Enquanto for sustentada por mim, ela vai seguir minhas regras.

Estreitei meus olhos, desliguei o fogão e coloquei a panqueca no prato. Me aproximei devagar para não assustá-lo, não queria machucar o cara desnecessariamente.

— E quem sustenta você?

O pai da Carina ficou abrindo e fechando a boca, procurando uma resposta à altura, mas não havia uma e ele sabia disso. Como vi que não iria recuar, respirei fundo e me afastei. Eu o entendia e sabia que estava certo, afinal, Carina corria um risco imensamente maior por estar ao meu lado.

— Olha, Luciano, sei que você está preocupado e te entendo. Só que é impossível eu me afastar dela. Você não consegue entender? Acho que somente se ela dissesse que não me quer mais é que eu seria capaz de deixá-la ir.

— Você vai esperar tudo dar errado para se afastar, Enzo. Aí será muito tarde para todo mundo.

— Não vai acontecer nada. Antes de Carina se machucar, eu morro.

— E depois? Quem vai cuidar dela?

O que ele dizia era tudo verdade, mas eu me recusava a deixá-la ir.

— Chega dessa conversa, daqui a pouco ela vai descer e você não quer que sua filha saiba do seu trabalho dessa maneira, né?

— Você está me saindo um belo Gazzoni, filho. Eu vou falar com ela lá em cima, se não for incômodo.

— Tudo bem.

Fiquei olhando-o subir as escadas e pensando no que disse, e aquilo de alguma forma me incomodou demais. Se ele quis dizer que eu estava melhor do que eles esperavam era porque parecia mais com meu pai do que pensavam e isso era bom e, ao mesmo tempo, não era.

Tudo que sempre almejei na vida foi ser um cara simples, poder me tornar alguém capaz de ajudar as pessoas, mas, de alguma forma, me tornei completamente o contrário. Meu destino foi traçado sem que eu tivesse escolha. Fui empurrado para uma vida que não queria e estava arrastando Carina comigo, mas não podia suportar a ideia de seguir meus dias sem ela.

Escutei vozes alteradas no andar de cima e logo fiz uma careta. Se Luciano foi ter o mesmo papo que teve comigo com a filha, ele estava tendo um momento difícil. Carina se tornou diferente nesses meses, estava mais madura e defendia o que amava com unhas e dentes. Eu estava feliz por estar nesse rol de pessoas queridas por ela.

Passou um tempo, as vozes cessaram e Luciano desceu as escadas soltando fogo pelo nariz e passando por mim sem nem olhar para trás. Comecei a contar, mas, antes de chegar a cinco, senti a presença dela na cozinha e sorri, me preparando.

— Quem ele pensa que é para achar que pode mandar em mim assim? — A voz dela estava bem alterada e me virei para olhar em seus olhos castanhos. Percebi que era bom não brincar com Carina.

— Ele é seu pai, princesa.

Ela arregalou os olhos, parecendo chateada, mas eu não podia alimentar essa revolta, afinal, ela sempre se deu bem com os pais, mas, depois que me conheceu, começou a ficar mais "revoltada".

— Enzo, por favor. Isso não dá o direito a ele de ditar minha vida. Acredita que ameaçou me mandar de volta para o Brasil se eu não fosse pra casa?

Senti um frio na barriga, não pelo fato de essa possibilidade acontecer, mas parecia uma previsão do futuro.

— Princesa, não seja dura demais. Eles devem estar sentindo sua falta, acho que estou tomando muito o tempo deles contigo, mas o que posso fazer se amo estar em sua companhia? — Vi que ela estava ficando mais calma e me aproximei, abraçando-a. Olhei em seus olhos e respirei fundo. Seria uma tortura passar uma noite longe dela. — Por que não vai jantar com eles e passa a noite lá?

Carina franziu a testa e deitou a cabeça em meu peito.

— Não gosto de ficar longe de você, parece que falta uma parte minha.

— Eu sei, mas, se você fizer um esforço, podemos evitar que eles fiquem no seu pé.

— Droga, estou louca para terminar essa faculdade e poder me sustentar. Depender dos meus pais está se tornando insuportável, acho que vou ver se encontro um emprego.

— Mas você sabe que mesmo assim não terá condições de pagar a mensalidade. Já está acabando e, assim que estiver livre, a gente casa e ninguém vai poder mandar onde você vai passar a noite, ok?

Passou um tempo até que ela se afastou, olhando em meus olhos curiosa e um pouco receosa.

— Você está falando sério?

— Muito!

E estava mesmo...

— Mas a gente mal se conhece, Enzo. E que tipo de vida nós teremos desse jeito?

Desde que meu pai se foi, eu não parei para pensar no futuro. Na verdade, tinha medo de visualizar esse lado da minha vida, mas entendi o que ela quis dizer, mesmo tendo ficado magoado.

— Não preciso te conhecer mais do que já conheço. Você é uma mulher maravilhosa, companheira, doce e generosa, mas entendo se não quiser firmar compromisso com o chefe da máfia. Estar na minha cama já deve bastar, né?

Fiz uma careta assim que as palavras saíram. Não era minha intenção incomodar Carina pela negativa dela de construir uma vida ao meu lado, eu a entendia. Na verdade, nem sabia que me sentia dessa maneira até ter dito em voz alta.

De cabeça baixa, me virei e fui montar as panquecas com seu doce preferido.

— Enzo, olhe para mim. — A voz da Carina soava baixa, quase como um sussurro. Balancei a cabeça porque estava envergonhado de ter sido fraco e não ter entendido realmente o lado dela. — Enzo...

Suas mãos delicadas pousaram em meus ombros e ela me virou para que ficasse de frente. Levantei os olhos e a encarei. Dentro de mim estava um caos. Sentimentos que eu não queria sentir vinham à tona como uma onda e, sem que eu pudesse fazer nada, me levavam para o mar de ilusões que criei.

— Está tudo bem, eu entendo o seu lado. Se fosse o contrário, eu faria o mesmo.

— Não está nada bem, pare de querer me proteger até mesmo quando eu magoo você. — Balançou a cabeça, parecendo irritada. — E o que eu quis dizer não é por você ser quem é, mas pela bagunça que está aqui dentro do seu coração. Pelo pouco que te conheço, já desvendei demais seus sentimentos. Como um relacionamento sobrevive quando uma das partes não sabe o que fazer para continuar vivendo?

Meu ar pareceu ter sido roubado, tamanha a angústia que sentia. Como ela percebeu aquilo tudo sem que eu dissesse nada? E por que ainda estava aqui se sabia que eu estava me destruindo?

— Não mereço você. — Levantei a mão e acariciei seu rosto com cuidado, ela era tão linda e delicada.

Eu me sentia sujo perto de toda a pureza da Carina, realmente não era merecedor de toda a sua atenção e carinho.

— Você precisa parar com isso, Enzo. Já ficou chato todo esse autodesprezo.

— Não é autodesprezo, *cara mia*. É a minha realidade, não é normal um cara de vinte e quatro anos ter que bater em alguém para provar um ponto, para ser respeitado. Porém, não há nada que eu possa fazer, minha vida é essa.

Ela balançou a cabeça e me abraçou apertado, sentir seus braços finos em volta do meu pescoço era como estar rodeado de amor; me sentia alguém diferente quando ela estava por perto. Os demônios não se aproximavam, era como se ela fosse meu anjo da guarda.

— Você é muito melhor do que imagina.

Eu realmente esperava que sim, porque, a cada minuto, eu sentia como se perdesse uma parte de quem eu fui.

ROLETA
Russa

CAPÍTULO VINTE E OITO
Carina Agnelli

Alguma coisa aconteceu comigo nos últimos meses. Eu me sentia diferente de uma maneira que nada tinha a ver com maturidade, mas tudo a ver com um italiano moreno de olhos azuis. Depois que Enzo retornou do problema que precisava resolver, ele estava diferente; nem mesmo quando o pai morreu ele ficou daquela maneira. Seus olhos pareciam vazios e eu tinha a sensação de que o perderia a qualquer instante.

Então, fiz o que qualquer mulher apaixonada faria no meu lugar: eu o protegi.

Alguns dias depois do incidente, Enzo tinha saído com Fabrizio para resolver algumas coisas e, quando cheguei à casa dele depois da faculdade, dei de cara com meu tio saindo do escritório. Ao me ver, ele parou no meio do caminho.

Apesar de ninguém ter me dito nada sobre o que Henrique era e o que significava ele trabalhar para os Gazzoni, como uma pessoa inteligente, deduzi depois que descobri tudo. Meu tio era um bandido, ou talvez algo mais: o braço direito do chefe, aquele que fazia de tudo, que protegia e mandava quase tanto quanto Luca.

— Bom te encontrar, tio. Queria muito falar com você.

Desde pequena, me impressionei com o tamanho do meu tio. Ele era enorme, com muitos músculos e uma expressão meio sombria no rosto. Agora eu entendia o porquê, viver num mundo como aquele devia tomar tudo de bom que alguém tem. Eu não queria isso para o meu Enzo.

Ele estreitou os olhos e cruzou os braços em frente ao corpo.

— Ah, é? Que engraçado, sobrinha, você tem me evitado ao máximo desde que chegou.

Isso era verdade, não queria que ele jogasse na minha cara todos os riscos que eu corria estando com Enzo, não precisava de ninguém me dizendo o óbvio. Mas também não era só por isso. Quando nos mudamos, meu pai disse que tio Henrique tinha encontrado um serviço para ele. Quando tudo foi revelado, inevitavelmente as coisas se encaixaram. Porém, eu não queria pensar nisso, eles achavam que eu era idiota de não colocar tudo em seu lugar e os deixaria assim, talvez fosse melhor imaginarem que eu era uma menina inocente.

— Pois é, a faculdade tem tomado muito meu tempo. Não tive férias direito e o ensino daqui é diferente do Brasil, mas estou me adaptando bem. Podemos conversar, tio? É importante.

Ele me encarou por alguns segundos e cheguei a achar que recusaria, mas sinalizou para que eu o seguisse até onde ele tinha acabado de sair. Eu não tinha entrado naquele escritório ainda e me surpreendi com o bom gosto que o pai do Enzo tinha; era tudo da melhor qualidade. Henrique deu a volta e sentou-se num sofá de canto, batendo no assento ao seu lado para que eu me juntasse a ele. Me acomodei e, olhando nos olhos que eu conhecia como um super-herói quando criança, logo disse, sem rodeios.

— Eu quero que você poupe o Enzo de toda essa merda que envolve ser um chefe da máfia.

Esperei alguma reação, surpresa, deboche, até raiva. Mas nada veio, apenas o entendimento e um olhar que parecia de alívio.

— Por que eu deveria fazer isso, sobrinha?

— Ele não foi feito para essa vida, Henrique. Enzo é diferente de você e do Brizio. Ele tem sonhos que não poderá realizar, está preso a isso, mas pode ser poupado de ter que fazer coisas que abomina.

— Hum, e eu posso? — Um pequeno sorriso enfeitava o canto da boca do meu tio. Ele parecia estar se divertindo com aquilo tudo.

— Não seja assim, tio. Você está nessa vida desde antes mesmo de eu nascer, já deve ter visto e feito de tudo. Eu não sou idiota como você e meu pai acham.

Não pretendia dar a entender que sabia de tudo, pelo menos parte de tudo. Mas não pude evitar, aquilo estava entalado na minha garganta há muito tempo.

— Você está certa, Carina. É esperta até demais, mas tem razão. Luca não pensou quando decidiu que queria passar a herança ao filho. Podia ter escolhido qualquer outro da família, que estaria melhor. Enzo não nasceu para isso, eu vou fazer o possível para poupá-lo. Tem minha palavra.

— Muito obrigada, tio! Bem, vou indo porque não quero que ele saiba o que fiz.

Henrique sorriu amplamente e piscou um olho. Levantei-me e, quando estava na porta, ele me chamou. Me virei e meu tio estava sério.

— Ele não matou o cara.

Não sabia que estava com esse medo até ouvir as palavras de Henrique. Pude respirar mais aliviada e assenti em agradecimento pela informação e por ele entender o meu lado tão facilmente.

Na verdade, achei que Henrique estava apenas esperando um pedido para que pudesse agir.

Nas semanas que se passaram tudo mudou. Enzo não tinha tanta coisa a resolver, meu tio estava um pouco fora da vista e eu passei a ficar mais tempo na casa e na cama de um italiano sedutor.

Tudo estava indo muito bem e minhas noites eram perfeitas com Enzo, o que me fazia acordar de muito bom humor. Porém, quando algo está indo bem demais devemos desconfiar, certo? Bem, eu deveria.

Ouvi passos na escada e já sabia que não era meu namorado, pois ele era silencioso como um gato à espreita. Não, o que vinha eram problemas. Quando olhei para a porta e vi meu pai parado com o rosto vermelho e os olhos injetados de raiva, percebi que ele tinha tido um confronto com Enzo.

— Oi, pai. Tudo bem?

— Sério, Carina? Acha mesmo que está tudo bem?

Olhando-o, percebi que não estava e, aliás, ele tinha vindo não para uma visita social, mas para procurar briga. Sentei-me na cama do Enzo e respirei fundo, olhando para o homem que eu sempre respeitei e admirei, mas que havia sido uma farsa por toda a minha vida.

— Fala de uma vez, pai, eu tenho que ir para a faculdade.

— Que, aliás, eu pago. — Olhei para o homem à minha frente e me recusei a dizer qualquer coisa, ele queria briga e a teria, se continuasse assim. — O que você acha que está fazendo agindo dessa maneira? Não vai ser bom para seu currículo ser mulher de traficante. Que tipo de hospital vai te contratar assim? Pelo amor de Deus, minha filha, seja inteligente e venha comigo pra casa.

Sempre mantive minha personalidade presa, não gostava de ser alguém insensível e por isso engoli muita coisa, principalmente dos meus pais. Mas com tudo que vinha acontecendo percebi que não conseguia me conter mais, já estourei com duas colegas da faculdade depois que Enzo apareceu por lá, sentia que meus pulmões iam pegar fogo de tão forte que eu respirava.

— Bom, pai, e ser filha de um conta também?

Os olhos castanho-esverdeados do meu pai pareciam que pulariam para fora. Ele estava assustado e eu tinha a impressão de que iria explodir a qualquer instante.

— Do que está falando, Carina? Não sou eu que estou em xeque aqui, mas seu namorado, que agora é chefe de toda uma rede. Tem noção do que é isso? — Sua voz já não estava tão calma como no início, mas alterada e subindo alguns decibéis.

Levantei-me da cama calmamente e fiquei cara a cara com o homem que me deu a vida. Se ele achava que podia ser tão hipócrita assim, estava enganado.

— Você realmente deve saber o que significa, né, pai? Afinal, está ligado a isso tudo. Acha mesmo que, ao criar uma filha inteligente, capaz de pensar por si própria, eu não iria ligar os pontos do motivo de termos nos mudado? Apesar do que todos acham, sou mais esperta do que pensam, não adianta me esconder as coisas, pois percebo o que está à minha volta. — Ele parecia sem fala, então dei o golpe final. — Eu não vou com você, meu lugar é aqui agora.

— Quem você pensa que é para ditar as regras assim, menina? Não sei de que pontos está falando, mas, se não estiver na sua cama esta noite, amanhã terá uma passagem de volta para o Brasil com o seu nome.

Ele explodiu e saiu do quarto batendo a porta. Minha vontade era ir atrás dele e falar às claras o que eu sabia e o que desconfiava, mas resolvi respirar fundo e tentar me acalmar, o que não funcionou muito. Então, fui atrás do meu calmante particular.

Quando cheguei à cozinha, Enzo estava lindo de morrer, sem camisa e calça de moletom preta aparecendo a barra da cueca branca. Suas costas se moviam conforme ele montava as panquecas num prato. Apesar de ser uma visão e tanto, eu estava num estado de emergência.

Desabafei tudo com ele, como sempre fazia, e meu namorado lindo tentou colocar panos quentes. Estava funcionando... Até que ele disse algo que me deixou suando frio, meu coração gelou, parecia que um rio do Ártico corria por minhas veias.

Senti que Enzo havia ficado chateado pela minha recusa, mas não tinha nada a ver com o fato de ele ser quem era, mas como ele estava se sentindo ultimamente.

Ele tentou desconversar, mas até o momento que fui para a faculdade percebi que ainda estava incomodado com o fato de eu me recusar a dar aquele passo tão importante em nossas vidas. Mesmo que tenha sido dito num impulso para me acalmar, eu sabia que era verdade. Enzo Gazzoni não dizia nada sem sentido.

Na faculdade, minhas colegas não perguntavam mais nada sobre o mafioso que eu tinha me envolvido, mas não deixavam de ficar surpresas quando ele aparecia na porta para me buscar. E, naquela tarde em questão, ele estava lindo e totalmente comestível, encostado na moto vestido todo de preto com os óculos escuros cobrindo seus lindos olhos. Ah, sem contar o sorriso perfeito que enfeitava seu rosto.

— Porra, Carina! Por um cara desses, até eu entraria na máfia.

Olhei Brenda, que só faltava babar no meu namorado.

— Fica quieta, menina, vai acabar me metendo em problemas. E pare de devorar meu namorado ou te encho de porrada.

Ela arregalou os olhos e fingiu estar com medo, mas, pelo pouco tempo que a gente se conhecia, sabia que eu estava brincando. Bem, em parte, porém, ela não precisava saber disso.

Me despedi e fui ao encontro do meu *bad boy* safado, que resolveu aparecer e enlouquecer as boas moças da universidade.

— Posso saber o que o senhor está fazendo aqui?

Ele descruzou os braços, tirou os óculos e, ainda sorrindo, me abraçou, aproximando-se do meu ouvido.

— Vim te buscar, princesa. E vou te roubar um pouquinho também.

Cara, aquela voz me enlouquecia completamente.

— Posso saber aonde você vai me levar?

— Surpresa, mas prometo que valerá a pena.

— E aquela conversa de eu ter que passar a noite na casa dos meus pais?

Enzo se afastou e olhou nos meus olhos intensamente. Senti meu coração acelerar com aquele simples olhar.

— Acho que não sou forte o suficiente para abrir mão de você, então, se teu pai quiser te mandar de volta, ele terá que passar por cima de mim primeiro.

— Não vai precisar, eu não saio do seu lado nem amarrada!

— Acho bom, princesa. Porque você é minha!

Seus lábios cobriram os meus e senti como se fosse uma promessa. Eu acreditei naquela ilusão, me entreguei de corpo e alma. Tinha a sensação de que ainda seria colocada à prova.

176 ROLETA *Russa*

CAPÍTULO VINTE E NOVE
Enzo Gazzoni

Eu deveria estar acostumado com certas coisas do meio que vivia, mas ainda era difícil aceitar fatos que não poderiam ser mudados e conviver com a realidade de saber que éramos a causa da destruição de famílias. O pior era saber disso e não poder mudar nada. Os Gazzoni eram apenas um grão de areia no meio de toda uma rede.

E tinha o fato de as pessoas serem imprevisíveis e voláteis. Como exemplo, o humor maravilhoso que Henrique estava pela manhã e, na parte da tarde, parecia ter sido mordido por um cão raivoso. Quando tentei saber mais sobre o que estava acontecendo, ele me mandou sair, porque era melhor eu não saber. Bem, não sei muito bem dizer se sou um covarde ou esperto demais porque fiquei feliz em não precisar fazer nada.

Depois que Carina saiu para a faculdade, fiquei pensando em tudo que ela disse sobre não estar sendo eu mesmo, e tive que concordar. Fazia algum tempo que eu estava constantemente tenso, sempre esperando pelo pior. Precisava relaxar. Foi quando tive a ideia de passar o final de semana na cabana com ela, só nós dois curtindo o frio e namorando um pouco.

Enquanto esperava que Brizio aparecesse, fui até a academia, afinal, não adiantava ficar ansioso, Carina só saía da faculdade mais tarde.

Estava dando socos no saco de areia e ouvindo Linkin Park no volume mais alto quando senti uma presença atrás de mim. Meu sentido de autopreservação entrou em alerta e me virei com os punhos em riste, pronto para atacar, quando vi que era meu primo que me olhava da porta, sorrindo como um idiota.

— O que esse saco de areia te fez?

Minha respiração estava acelerada e eu não tinha tido noção que estava tão intenso no treino até parar. Acho que descontei minhas frustrações no saco de areia e nem percebi. Peguei o controle do som e desliguei.

— Nada, mas antes ele do que qualquer outro, certo?

— *Nisso* eu tenho que concordar. — Brizio sorriu e fez uma careta. — Mas aconteceu algo em especial para esse ato de violência contra o inocente saco?

Seus olhos evitaram os meus quando ele fez a pergunta e desconfiei que sabia de coisas que eu não tinha conhecimento.

— Na verdade, eu nem sabia que estava tão intenso no treino, estava esperando você chegar e queria passar o tempo. Vou buscar Carina na faculdade e levá-la para a cabana. Estamos precisando de um tempo juntos, longe disso tudo.

Ele assentiu e respirou fundo, parecendo aliviado.

— Isso é bom, preciso fazer uma viagem assim com a Jill. Estamos muito tensos ultimamente. Ela até veio com um papo de terminar comigo, mas consegui convencê-la do contrário.

Meu primo era completamente apaixonado pela namorada e achei que devia ser isso o incomodando. Chamei-o com um aceno para um banco que tínhamos no canto da academia e peguei uma garrafa de energético, tomando um bom gole.

— Acho que sair da rotina é o que precisamos, essa vida não é fácil. Ainda mais para elas, que não estão acostumadas com isso.

Ele assentiu, suspirando, sentou-se ao meu lado e encostou a cabeça na parede, olhando para o teto.

— Às vezes, fico pensando que seria melhor para ela não estar comigo, mas sou um filho da puta muito egoísta pra deixá-la ir.

Ele colocou em palavras exatamente o que eu sentia cada vez que pensava no meu futuro.

— Conheço o sentimento, primo. Mas o que podemos fazer é aproveitar cada minuto que temos. Não sabemos o que será das nossas vidas, não é mesmo?

Fabrizio assentiu e ficamos algum tempo falando de amenidades e lembrando da nossa infância, quando o mais perigoso que fazíamos era subir na árvore para construir uma casa.

Quando deu a hora, subi, tomei banho e arrumei uma mochila com algumas roupas minhas e da Carina. Não precisávamos de muito, nem pretendia ficar de roupa, de qualquer maneira.

Minha moto já estava à minha espera. Eu a mantinha sempre de tanque cheio e com a manutenção em dia. Passei pela segurança e deixei um bilhete para que entregassem na casa da Carina avisando da nossa viagem; não queria que eles a importunassem na volta.

Quando estacionei na porta da universidade, vi que muitos alunos passavam por mim e faziam questão de desviar o caminho. Eu tinha a aparência sombria e gostava disso. Não precisava ter que espantar ninguém e não me envolvia com problemas. Por isso mantinha a pinta de *bad boy* e me divertia fazendo caretas assustadoras. Contudo, nem isso assustou minha princesa quando nos conhecemos. Eu realmente achei que ela não iria querer me ver depois do nosso encontro na lanchonete quando eu disse o que queria fazer com ela.

Estava um pouco distraído quando a vi caminhando para o portão de saída. Poderiam passar anos que eu nunca me acostumaria com a sua beleza, e nem digo a física, apesar de a minha brasileira ser bem marcante e linda, mas ela exalava felicidade e confiança. E isso a tornava diferente e especial, ninguém se comparava, era imbatível.

Quando me viu, seus olhos adquiriram aquele brilho maravilhoso que me encantou desde o início, e eu abri um sorriso idiota no rosto. Fiquei completamente louco por ela desde o momento em que ouvi seu nome; o proibido era sempre muito bom de experimentar. E talvez por alguma boa ação em minha vida passada eu a merecesse, pelo menos assim pensei. Não iria ficar me culpando por querer viver uma vida plena, repleta de amor e carinho.

Com Carina grudada em minhas costas, pilotei até a cabana da família. Seu corpo me acalmava, mesmo sem eu saber que estava precisando daquele contato. Ela tinha total confiança em mim, o que me fazia sentir-me um deus.

Quando parei, ela desceu sem me oferecer um olhar e se dirigiu até a beirada, observando o vale abaixo de nós. Eu realmente ia deixá-la ter seu tempo, mas não resisti e me aproximei, enlaçando sua cintura fina e apoiando o queixo no ombro.

— O que tem aí que é tão mais interessante do que uma cama quentinha e uma sopa nos esperando lá dentro?

— É engraçado como somos pequenos, né?

— Como assim?

Ela se virou, olhou em meus olhos e apontou para a imensidão à frente.

— Olha isso, é grande demais e não faz parte de nem um terço do que existe no mundo. Sempre fiquei fascinada com essas coisas, de como somos insignificantes.

— Hum, e isso é bom ou ruim?

— Ainda não decidi. — Sorriu e se virou para mim, colando os lábios nos meus num beijo suave. — Qual a ordem das coisas, sopa ou cama?

Caramba, que mudança de assunto. Mas eu não iria reclamar, estava em chamas por ela. Me inclinei e com cuidado tirei uma mecha de cabelo de perto da orelha e sussurrei:

— Pode escolher, mas acho que a sopa ficará bem mais saborosa se estivermos nus.

— Acho que preciso concordar com você. — A voz dela estava rouca e precisei fechar os olhos ao perceber que ela me desejava tanto quanto eu.

GISELE SOUZA 179

Entrelacei nossos dedos e andamos um pouco apressados até a frente da cabana. Peguei a mochila que estava na moto e levei minha mulher para se aquecer perto da lareira.

Assim que pisamos na sala, fomos recebidos pelo calor e o cheiro gostoso de eucalipto. Fui até o quarto e deixei a mochila em qualquer canto, aproveitei e tirei a jaqueta de uma vez, pois ali dentro estava bem quente. Tive uma ideia e queria ver se Carina concordava; uma xícara de chocolate quente cairia muito bem.

— Ei, princesa. O que acha de depois do jantar... — Quase mordi minha língua quando retornei para a sala.

Carina havia se desfeito do casaco também e estava parada no meio do tapete olhando para mim. Em seus olhos, havia devoção, confiança e amor. Seus lábios estavam entreabertos e ela respirava rapidamente, fazendo o peito subir e descer. Estaquei no lugar, apenas a observando.

— Eu acho que você precisa me dar a tal sopa antes de qualquer coisa, Enzo.

Sorri de lado e assenti, me aproximei e nem mesmo disse nada. Envolvi seu rosto entre minhas mãos e assaltei sua boca com vontade, precisava dela mais do que nunca. Apesar de dormirmos juntos todas as noites, sempre que tinha seu corpo no meu, parecia que precisava de mais.

— Eu acho que você está certa, *cara mia*.

Ela gemeu e jogou a cabeça para trás quando desci mordiscando seu maxilar e, então, o pescoço delicioso.

— Para de falar, então, e toma logo o que é seu.

— Porra!

Me afastei e tirei a camisa que ela usava sem cuidado algum, expondo o sutiã meia-taça azul que cobria os seios fartos e deliciosamente meus. Carina mordeu os lábios e deslizou as mãos por minha barriga, embrenhando-as por baixo da camisa. Sua mão delicada em minha pele parecia pegar fogo.

Ela puxou e tirou minha camisa, deixando-me exposto à sua avaliação. Encostou seu corpo no meu e aquele contato de pele com pele era indescritível. Ela sempre gostava de fazer isso. Antes de qualquer coisa, me abraçava; às vezes, estávamos completamente sem roupa e Carina queria apenas aquele contato, que para mim era mais íntimo e intenso do que o ato de amor em si.

Seus olhos não deixavam os meus enquanto ela mapeava minhas costas com os dedos delicados.

— Sabe por que eu gosto de ficar assim com você?

— Porque eu sou irresistivelmente delicioso?

Ela riu e balançou a cabeça, negando.

— Porque esse tipo de contato a gente nunca esquece, é algo que marca, o calor da pele, a sensação gostosa, o cheiro... Esse tipo de lembrança fica gravado em nossa memória e eu quero ter você comigo em todos os minutos do meu dia.

Engoli em seco, tentando não chorar como uma criança por ter me emocionado com o que ela disse.

— Se depender de mim, princesa, teremos muitos contatos desse tipo para recordar quando estivermos velhos e nossas memórias começarem a falhar.

— Promete?

Por mais que a pergunta tenha tido várias interpretações, eu sabia a que ela se referia. Não podia prometer aquilo, mas eu fiz. Assenti e Carina fechou os olhos, aliviada. Com essa distração, terminei de tirar a roupa dela e, então, a minha, peguei-a nos braços e carreguei até o quarto para a cama enorme que nos esperava.

Coloquei-a na beirada da cama. Carina usava apenas calcinha e sutiã.

— Eu farei o que precisar para ver você velhinha, minha linda. Quero ver seu sorriso por muitos anos.

Ela estendeu a mão e a depositou em meu rosto, acariciando levemente.

— Eu sinto que vou te perder a qualquer momento, Enzo. Não sei o que faço da minha vida sem você, nunca fui de depender de alguém assim, nunca gostei. Porém, foi inevitável, não consegui controlar.

— Sei bem como é, *cara mia*. Eu também sinto isso, você não vai me perder. Prometo.

E não só de palavras se faz um homem, eu precisava mostrar a ela. Tinha que fazê-la entender que uma alma quando acha sua metade precisa se conectar para ficar inteira.

Deitei-a na cama e, com os olhos nos dela, tirei o que faltava para que pudéssemos nos unir novamente. Sabendo o que eu queria, Carina levantou os braços e os estendeu acima da cabeça. Eu gostava de fazer isso, pois assim ela poderia sentir com mais intensidade, apesar de amar as mãos dela em meu corpo.

Beijei cada parte de Carina com a intensidade que havia em mim, venerei a mulher como ela merecia, seus lábios nos meus quando a beijei era como o paraíso. Experimentava tantas sensações com ela: amor, orgulho, possessão. Era eu mesmo quando estava em seus braços, não tinha que me esconder, ser alguém que não queria. Carina fez eu me reencontrar quando apareceu em minha vida.

E, ao final, senti como se fosse uma despedida.

182 ROLETA *Russa*

CAPÍTULO TRINTA

Carina Agnelli

O vento gelado estava de cortar, mas nem me importei. Estar nos braços do Enzo era o paraíso. Depois de uma noite maravilhosa em que nos entregamos de corpo e alma, o café da manhã foi perfeito.

Ele acordou bem cedo e saiu dizendo que iria buscar na casa do caseiro tudo que precisávamos para termos uma manhã ainda mais maravilhosa do que foi nossa noite. E não me decepcionou. Enzo era muito romântico e nem mesmo se esforçava para isso. Depois de degustarmos tudo que tínhamos direito, ele me chamou para a varanda e nos envolveu num enorme cobertor.

— Acho que vou te sequestrar para sempre, princesa. É quase um sonho estar assim com você, nesse silêncio maravilhoso, e ouvir só a sua voz.

Virei-me no seu abraço e dei um beijo no seu queixo quadrado.

— Acho que devo concordar, Enzo. Eu poderia ficar aqui para sempre, longe de tudo que te incomoda.

Ele ficou tenso, mas eu não iria me fazer de besta e fechar os olhos para o que vinha acontecendo.

— Não se preocupe com isso, Carina. Eu estou bem, ou ainda vou ficar. Tenho uma coisa para te dar. — Enfiou a mão no bolso da calça e tirou um pacote. — É bem simples, mas quando vi achei que precisava comprar. Abra!

Engoli em seco, esquecendo de toda a tensão de segundos atrás, e peguei o pequeno pacote de veludo de sua mão. Sorrindo como uma idiota apaixonada, abri o cadarço rapidamente e tirei um colar de couro com dois anéis de ouro envelhecido pendurados e uma plaquinha.

— É lindo, Enzo! — Virei a plaquinha e vi que tinha uma frase escrita em inglês.

"I feel about you makes my heart lone to be free."
(O que eu sinto por você faz meu coração solitário ser livre.)

Ergui meu olhar e o encarei. Ele me observava com afeto e amor.

— É tudo o que sinto por você. Carina, você me fez sentir livre mesmo tendo que enfrentar tudo que precisava sem fraquejar. Você me faz mais forte!

Abri a boca para responder, porque dizer o quanto ele era importante para mim, o quanto havia me emocionado e também me libertado de alguma forma de tudo que escondi a vida toda, quando meu celular apitou com uma mensagem de texto.

Com os olhos marejados, baixei o olhar e desbloqueei a tela.

Lia: Espero que esteja tenho orgasmos múltiplos nesse momento porque senão eu irei até aí te socar na cara por não estar respondendo as minhas mensagens.

Sorri e digitei rapidamente para Lia, ou era capaz de a louca pegar um avião mesmo e vir direto cobrar por que não lhe respondi todos esses dias. Fazia algumas semanas que não nos falávamos.

Carina: Não se preocupe comigo, estou bem.

Enzo arqueou as sobrancelhas e pegou o celular da minha mão. Não deixou que eu visse o que digitava e, quando o celular apitou, peguei da mão dele, que riu de mim, voltando a cruzar os braços em minha cintura.

Quando vi o que ele havia enviado, não pude acreditar.

Carina: Oi, Lia! Aqui é o Enzo, não se preocupe que sua amiga está tendo vários orgasmos sim, estou cuidando disso. ;)

— Não acredito que você fez isso, Enzo!

Ele riu e piscou um olho. O pior não foi a resposta dele, mas a dela. Minha amiga não tinha jeito.

Lia: Meu Deus, preciso ir conhecer esses italianos nova iorquinos. Aproveite, amiga!

— Eu vou até estranhar se ela não aparecer aqui.

— Será bem recebida, afinal, é sua amiga. Só tenho que agradecer por cuidar de você até que eu a conhecesse.

— E quem disse que ela cuidou? Quando a conhecer, vai entender, Lia não cuida nem dela mesma. — Enzo riu e deu um beijo no topo da minha cabeça. — E o que vamos fazer no resto do dia? Ficar aqui nos aquecendo vendo o tempo passar? Se for, pra mim tá bom demais.

— Pensei em te levar pra dar umas voltas pela montanha, um passeio seria bom. Depois voltamos e nos aquecemos, o que acha?

Senti um frio na barriga só de ele mencionar em voltar para a cabana, o que poderíamos fazer em nosso retorno... Me levantei e o encarei, estendendo a mão para ele.

— Então vamos, pra gente voltar logo.

— Droga, assim nem me animo de ir, mas quero te mostrar algumas coisas por aqui. — Enzo pegou o colar da minha mão e o prendeu em meu pescoço, dando um beijo em minha bochecha.

Entramos, vestimos roupas quentes e fomos enfrentar a neve, que estava bem densa. Era estranho para mim, porque, nessa época do ano, no Brasil, é quente como o inferno, e aqui nevava muito ainda.

Nossas mãos estavam cobertas por luvas de lã, mas mesmo assim Enzo insistiu que andássemos de mãos dadas, apesar de quase não conseguirmos fechar os dedos. O tempo todo ele me mostrava lugares e lembrava da época que passava as férias na cabana. O colar que ele me deu estava em meu pescoço me lembrando do tamanho do amor que eu sentia por aquele homem que escondia tanta dor dentro de si.

— Quando mamãe era viva, meu pai era bem mais tranquilo, sabe, Carina? Ele não ficava tenso o tempo todo, ria muito mais, gostava de vir para cá quase todos os finais de semanas e era muito bom nos afastarmos daquela vida.

Nós subimos uma trilha, que, segundo ele, levava para a estação de esqui.

— Mas você sempre soube com o que sua família era envolvida?

Ele assentiu e parou, virando-se para mim, com os olhos nublados.

— Sim, só que não entendia muito bem o que queria dizer. Eu fui compreender quando, uma vez, na escola, me acusaram de um monte de coisa. Desde esse dia, nunca mais consegui ter amigos normais, apenas crianças que faziam parte da família.

Senti um nó na garganta pelo que ele teve que passar. Crianças podem ser cruéis às vezes e pude imaginar o que foi entender o que significava sua família por "amigos" que se afastaram, abandonando-o.

— Sinto muito!

Enzo sorriu e se aproximou, pegando meu rosto entre as mãos fortes. Abaixou-se e colou os lábios nos meus.

— Não precisa ficar com essa carinha, já faz muito tempo e eu superei. Sempre tive meu primo ao meu lado, que entendia tudo que se passava comigo.

— Graças a Deus por isso!

Ele assentiu e afastou-se, olhando para o final da trilha.

— Agora vamos, princesa. Falta pouco para deslizarmos na neve.

— Que caminho é esse, Enzo? Da outra vez pegamos uma estrada diferente.

Voltamos a andar e ele não respondeu até que chegamos ao topo. Quando olhei para baixo, quase perdi o fôlego.

— Eu e minha mãe costumávamos vir por aqui, ela adorava essa vista.

E não era de se admirar, o vale abaixo era lindo. De um lado, algumas casas e, do outro, a pista de esqui, onde pessoas desciam o morro se divertindo e sentindo-se livres. A neve branca cobria cada pedaço de terra e meu coração bateu acelerado com a adrenalina de descer, mais uma vez, por ali.

— Acho que nasci para estar nesse lugar.

— Eu sei o quanto gosta de praticar esportes radicais e desde a última vez que viemos você não fez nada, mesmo porque, aquele dia não conta, o chato do Brizio não deixou que eu te libertasse para descer a montanha, o cara é muito medroso.

Sorri para ele e dei dois passos para a descida do morro.

— Só ele? — Sorrindo, Enzo me olhava daquele jeito encantador, parecendo um menino perdido. Meu coração batia cada vez mais forte em sua presença. — Então vamos, está esperando o quê?

Ele mordeu o lábio do jeito que me deixava louca e sorriu, me alcançando e prendendo-me entre seus braços.

— Já esperei demais por você, *cara mia*. — Roçou a boca na minha e me beijou intensamente. O vento frio passava por nós fazendo com que o calor que nos envolvia deixasse o contato ainda mais delicioso. — Agora vamos, quero ver você deslizar na minha frente para admirar sua bunda empinada enquanto esquia.

— Safado!

Piscou um olhou e tomou a frente.

— Sempre, princesa!

A tarde foi maravilhosa, descemos a pista de esqui algumas vezes e depois sentamos num mirante e ficamos apenas apreciando a vista. Senti que Enzo estava mais tranquilo e pude respirar mais aliviada, talvez as coisas ficassem bem, apesar de tudo que nos esperava na volta.

— E se a gente fugir, Enzo? E se sumirmos com identidades falsas?

Uma risada chamou minha atenção e me virei para olhar seu rosto. Ele ria com vontade e amor.

— Como eu queria ser alguém normal e fugir com você, Carina. Mas infelizmente não dá.

— E por que não? Você odeia liderar uma quadrilha de traficantes. Odeia estar nesse meio.

Ele assentiu e engoliu em seco, não me olhou, apenas ficou observando o vale branco à nossa frente e meu coração acelerou com a possibilidade de sumirmos de tudo que nos cercava. Sermos um casal normal, poder ter uma vida comum e tranquila, nunca pensei que desejaria algo assim.

— Queria muito poder fazer isso, *cara mia*. Não pensaria duas vezes, mas muita coisa depende de, pelo menos, eu estar por ali. Não pense que não percebi que as coisas andam mais fáceis para mim, seu tio anda muito atarefado e eu só fico com o administrativo. Já me aproveito disso, não posso simplesmente abandoná-los.

Apesar de ficar orgulhosa por ele pensar nos outros, queria que realmente fosse mais egoísta. Às vezes, precisamos parar de pesar as consequências dos nossos atos e simplesmente viver do jeito que queremos.

— Te entendo, mas queria que pudesse ser diferente.

Enzo sorriu e pegou meu queixo entre os dedos.

— Eu também, princesa.

Depois dessa conversa, o clima ficou um pouco tenso e decidimos voltar para a cabana e tomar um banho quente. Porém, parece que, quando algo de ruim tem que acontecer, nada pode mudar, só não imaginei que seria naquele dia.

Assim que chegamos à cabana, vimos a caminhonete do Brizio ao lado da Harley do Enzo. Logo ele saiu e não estava com uma boa expressão no rosto.

— Você precisa voltar agora, primo. Tem uma coisa para resolvermos urgente.

Um calafrio percorreu minha espinha e tive um pressentimento de que as coisas ainda podiam piorar. Enzo soltou minha mão e se aproximou de Brizio, que o chamou para um canto. Odiei aquilo, me senti excluída e fora do lugar. Vi que meu namorado ficou tenso, olhou para mim de esguelha e logo voltou para o primo, que pegou algo dentro do bolso e colocou na mão estendida dele. Então, veio até mim com a cabeça baixa.

— Carina, aconteceu uma coisa e precisamos voltar. Fabrizio emprestou a caminhonete para voltarmos e ele vai na moto. Você pode pegar nossas coisas lá dentro?

— O que aconteceu, Enzo? — Ele continuou de cabeça baixa, se recusando a me encarar. — Olha pra mim, caramba!

Quando ele levantou a cabeça e me olhou nos olhos, dei um passo atrás. Aquele era o mesmo Enzo que vi quando enfrentou David, ali estava o filho do chefe da máfia. O cara que não pensava em nada, a não ser fazer justiça com as próprias mãos.

— Eu te conto no caminho. Por favor, pega nossas coisas — falou pausadamente como se medisse as palavras.

Por mais que eu quisesse discutir, apenas assenti e entrei na cabana. Olhando em volta, vi que ele teria mais memórias para guardar desse lugar depois de passarmos momentos maravilhosos naquele lugar cheio de paz. Não sabia o que tinha acontecido, mas alguma coisa me dizia que as coisas mudariam dali por diante.

GISELE SOUZA 187

Só podia torcer para que ele fosse forte e enfrentasse tudo o que viria para nos atingir, que realmente cumprisse o que me disse e não me mandasse ir de novo, porque eu não voltaria mais se ele o fizesse.

CAPÍTULO TRINTA E UM
Fabrizio Gazzoni

Sempre fui um cara temente a Deus e, todas as manhãs, antes de sair de casa, pedia proteção a Ele. Mesmo não merecendo, sabia que, como ser bondoso e superior, olharia por mim.

Naquela manhã fria, tudo aconteceu rápido demais. O pai de Carina havia levado um tiro e ido para o hospital, a esposa dele surtou e chamava pela filha, ameaçando todos que chegassem perto do marido. Mas o pior não era isso. O que complicava as coisas era maior do que ela poderia saber. Estava tudo um caos e tinha que ir buscar Enzo, pois precisávamos dele.

Sem dizer nada a ninguém, peguei minha caminhonete e subi a montanha para trazê-lo de volta. Enzo me viu ali parado e já sabia que as coisas não estavam boas.

Carina, que não era boba, também percebeu a tensão que emanava de mim. Era realmente uma pena atrapalhar o final de semana deles pelo tanto que precisavam se afastar de tudo, mas, como dizem, as tragédias não escolhem os melhores dias para acontecer. Elas vêm como uma avalanche arrastando tudo no caminho, deixando frio e destruição.

Eles discutiram por alguns segundos, então meu primo se aproximou.

— Qual é o problema?

Me virei de costas para não correr o risco de Carina ler meus lábios; a garota era esperta demais.

— Luciano Agnelli levou um tiro. — Enzo praguejou baixinho e olhou em direção à namorada. Peguei em seu braço e o olhei atentamente. — E não é só isso.

Enzo suspirou e balançou a cabeça.

— O que mais?

— Ele faz trabalho duplo e parece que fez merda. Tem ameaças para todos os lados, cara. Não é seguro.

— Porra, o cara não estava satisfeito só com a gente? Tinha que trabalhar pra outro e ainda fazer merda?

— Pois é, mas não acho uma boa ideia contar pra ela agora. — Tinha medo da reação da Carina quando descobrisse tudo. Ela era uma mulher forte, mas decepções têm limites.

— Verdade, mas vou levá-la daqui. É muito aberto, estamos expostos.

— Concordo, por isso vim te buscar.

Enzo olhou para mim e bateu em meu ombro em agradecimento.

— Pode me emprestar a caminhonete? Não estou com cabeça para andar de moto.

— Claro, eu levo sua moto pra casa. A gente se encontra lá.

Enzo tirou a chave da Harley do bolso e me entregou. Por um momento, nos comunicamos com o olhar, tínhamos essa ligação desde o início e conseguíamos entender um ao outro sem dizer uma palavra.

Ele se afastou e foi falar com Carina, que vi não ter aceitado a falta de explicações dele. Entendia meu primo, não era fácil abrir para quem a gente ama a sujeira na qual estamos mergulhados até o pescoço.

Saí com a moto, mas não fui muito na frente deles. Por algum motivo, me deu uma vontade quase irresistível de falar com a Jill. Parei numa esquina e tirei o capacete, peguei o telefone no bolso da jaqueta e disquei o número dela. Minha deusa não tinha nenhuma noção do que acontecia, devia estar trabalhando ou em casa me esperando chegar. No terceiro toque, ela atendeu.

— Oi, meu italiano sem vergonha. Que horas você chega? Estou preparando uma seção de dominatrix hoje.

Sorri ao pensar nos detalhes que ela estava arrumando para minha deliciosa tortura.

— Eu não sei, deusa, surgiram alguns problemas e posso demorar a chegar em casa. Não quero que me espere, está bem?

Ouvi-a suspirando e alguma coisa caindo no chão.

— Droga, odeio quando esses problemas acontecem. O que foi dessa vez, Brizio?

— Sabe que não posso te dizer, amor.

Mais alguma coisa bateu no chão. Jill tinha mania de atirar as coisas pela casa quando estava com raiva ou nervosa.

— Uma porcaria isso, não aguento mais viver assim sem saber se você vai voltar pra casa inteiro ou em partes.

Sorri ao imaginar a cena que ela devia estar fazendo. Se estava se preparando para nossa noite, já devia estar vestida a caráter e andando pela sala jogando os objetos nas paredes.

— Ai, amor, em partes não. Você está andando pela casa, né?

Ela jogou mais alguma coisa e percebi que parou.

— Não estou, nem me venha com esse papo meloso. Sabe o que quero de você.

Fechei os olhos e joguei a cabeça para trás, deixando que o vento gelado tirasse aquele peso de mim. Bem, pelo menos tentei, não era tão fácil como eu queria que fosse.

— Sabe que não posso, deusa.

— Pode sim, você que não quer. Tenho certeza de que Enzo te deixaria ir.

— Eu não posso deixá-lo sozinho, Jillian.

Ela ficou em silêncio e meu coração martelou no peito. Tudo havia ficado complicado depois que tivemos que resolver a situação no galpão e Jill vivia pedindo para que eu deixasse aquela vida. Queria ir embora e construir uma nova identidade para nós. Era tentador, muito tentador. Porém, eu estava ligado aos Gazzoni eternamente, não conseguia romper aquele laço e não deixaria Enzo sozinho quando ele mais precisava. Mas, no meio de tudo, eu poderia acabar perdendo a única mulher que me amou de verdade. Mesmo sabendo tudo que eu fazia, ela me aceitava. E eu não sabia se suportaria viver sem ela.

— Então eu acho que você fez sua escolha, não?

Engoli em seco e olhei para a estrada.

— Jill, não fala besteira, estou chegando aí pra gente conversar. Não faz nada que possa se arrepender.

— Vou te esperar só mais uma vez, Fabrizio. Não quero ter que enterrar você!

Desligou, deixando-me com o coração estraçalhado. Por mais que minha obrigação com os Gazzoni fosse forte, eu não poderia esperar para falar com ela. De lá, eu ligaria para Enzo e contaria que teria que me ausentar por um tempo. Liguei a moto e o ronco do motor me distraiu pela estrada.

Meus pensamentos estavam longe e, dentro de mim, amor e lealdade duelavam como inimigos numa batalha. Nunca tive que escolher algo com tanta dificuldade. Vivi minha vida pronto para fazer o que me pediam e sem reclamar em afundar naquele mundo.

Agora, tudo era posto à prova, e o que vi depois daquela curva selaria meu destino para sempre.

192 ROLETA
Russa

CAPÍTULO TRINTA E DOIS
Enzo Gazzoni

Tive a impressão de que tudo desabaria quando Brizio me disse o que estava acontecendo em casa. Era um pesadelo tornando-se real. Sei que fui grosso com Carina, mas não podia dizer a ela assim. Vi meu primo partindo na frente com minha Harley a toda velocidade e, quando ela retornou com nossas coisas, entramos na caminhonete e dei partida; queria chegar logo em casa.

— Enzo, dá pra me falar de uma vez o que está acontecendo?

A voz dela estava contida, mas eu sabia que Carina estava com raiva da maneira que eu havia falado com ela. Minha princesa não guardaria aquilo por muito tempo.

Sem olhar nos seus olhos, apertei o volante com força.

— Por favor, Carina. Agora não!

— Como assim, agora não? Tem alguma coisa muito séria acontecendo ou Fabrizio não viria até aqui. Me diz logo, eu não sou criança, caramba!

Droga! Por que tudo que me cercava tinha que ser tão complicado? Minha vida nunca tinha sido um mar de rosas, contudo, depois de um tempo, tudo ficou muito tenso e eu não via saída para que as coisas se resolvessem.

— Eu sei disso, mas preciso pensar.

— Pensar em quê, Enzo? Meu Deus, o que está acontecendo?

Olhei de relance para ela e vi o quanto estava angustiada, mas eu não podia dizer que seu pai havia levado um tiro e estava no hospital. Engoli em seco e balancei a cabeça, olhando para a estrada. Fizemos uma curva e tive que frear bruscamente quando vi o que estava acontecendo à nossa frente.

— Ai, Deus, Enzo. — Olhei Carina, que segurava no painel da caminhonete e olhava para mim com terror nos olhos.

— Fique aqui, eu já volto.

— Não! Por favor, não vá. Fique comigo!

Respirei fundo e percebi que poderia ser a última vez que a veria. Aproximei-me dela e coloquei a mão em seu rosto. Carina inclinou-se para meu toque e, com lágrimas nos olhos, se inclinou e beijou meus lábios suavemente.

GISELE SOUZA 193

— Eu tenho que ir lá, é o Brizio. Por favor, se acontecer alguma coisa, dê meia-volta e só pare quando estiver segura. Ok?

Ela sacudiu a cabeça e as lágrimas desceram por seu rosto, molhando minha mão. Meu coração estava apertado pelo que acontecia à nossa frente e pelo que poderia acontecer. Não queria deixá-la, mas não a colocaria na linha de perigo assim. Beijei a testa dela e me afastei, abrindo a porta e saindo para o vento gelado que assobiava sem cessar.

Sem olhar para trás e com confiança, andei até onde havia carros estacionados, com homens desconhecidos, mal-encarados, vestidos de preto, e meu primo ajoelhado no meio da pista com uma arma apontada para a cabeça. Só que eu não esperava ver quem a segurava.

— Muito bem, Gazzoni, resolveu deixar a gostosa no carro para nos enfrentar? Boa escolha, poderia acabar com tudo aqui mesmo.

— O que você quer, David? Deixa meu primo ir embora, seu lance é comigo.

Ele sacudiu a cabeça e sorriu sinistramente.

— Tsc, tsc, tsc. Você não está mandando em nada agora! Quem dita as regras aqui sou eu! — Destravou a arma e empurrou no crânio do meu primo, que estava com as mãos para o alto.

— Porra, Harris. Pare com essa merda, vamos resolver isso como homens — tentei distraí-lo, mas o cara tinha um olhar louco nos olhos. Pessoas assim eram capazes de qualquer coisa.

— Igual à surra que você me deu? Vai me pagar muito caro por aquilo, Enzo. Ah, se vai! Eu descobri umas coisinhas sobre sua família e encontrei as pessoas certas para me darem cobertura, posso fazer o que sempre quis. Vou acabar com a sua vida!

David era inofensivo sozinho, mas, se ele tinha cobertura, podia ser perigoso.

— Você sabe que não foi assim, cara. Deixe ele ir.

O filho da mãe aprontava todas, era um marginal acobertado pelo pai promotor e se fazia de vítima. Tive que me segurar para não dizer o que realmente pensava dele.

— Não vai ser assim! Em primeiro lugar... — Levantou a arma e deu uma coronhada na cabeça de Fabrizio, que caiu desmaiado no chão. — Vamos tirar a distração do caminho.

Dei um passo à frente, mas parei na mesma hora quando ele apontou o revólver para o meu peito.

— Porra, cara! Para com isso!

Ele sorriu de lado e olhou para trás de mim, para a caminhonete.

— Agora manda aquela vagabunda vir até aqui.

Neguei com um aceno e o encarei seriamente.

— Não! Ela fica lá. Se quiser, pode me matar.

David estreitou os olhos, passou por cima do meu primo desmaiado e chegou até mim com a arma em riste.

— Você realmente acha que está tudo no seu controle? Você não sabe de nada, Gazzoni. Seu querido pai escondeu muita coisa de toda a família, você ainda vai pagar caro por tudo. Eu quero fazer um joguinho com você. — Apertou o revólver no meu peito. — Chame a sua vadia!

Meu coração estava acelerado e, apesar do frio que fazia, eu suava. Isso era mais sério do que uma vingança de um cara mimado. Mesmo que para o David fosse apenas isso, se meu pai estava envolvido, a coisa podia ficar muito ruim.

— Cara, deixa a gente ir. Pode complicar pra você. Esse mundo é mais perigoso do que você imagina.

Ele se aproximou e sussurrou:

— Acredite, eu sei o que estou fazendo: acabando com sua vida perfeita. Agora, ajoelhe. Já que não quer chamar a gostosa vagabunda, eu vou forçá-la a sair.

— Eu não vou fazer isso!

David sorriu e assentiu.

— Acredito em você. — Olhou para a caminhonete. — Sai daí, princesa, ou eu mato seu namorado.

— Não faz isso, Carina. Vai embora e não para...

Torci para que ela me ouvisse e entendesse que, se eles a tivessem, tudo ficaria mais complicado.

— Cale a boca ou eu te mato, filho da puta! — sussurrou e sorriu. — Pode sair, querida, ninguém vai se machucar, eu prometo. Agora vem cá, temos que brincar de um jogo.

O desgraçado tentava amenizar a situação, mas eu sabia que tudo iria piorar. Não tinha como eu sair dali, mas ela podia.

— Carina, vai embora! — gritei a plenos pulmões.

— Se você se mexer para esse banco, eu mato ele, juro que mato! — Empurrou o revólver mais um pouco em meu peito, forçando o cano da arma como se assim eu tivesse a certeza de que ele faria realmente tudo que estava prometendo.

Então, meu pesadelo começou a se concretizar. Escutei a porta do carro batendo e sabia que ela viria até onde estávamos; Carina era teimosa demais. No desespero, tentei ir até ela e, no susto, consegui dar alguns passos até sentir uma ardência no ombro e cair de joelhos com a dor.

De relance, vi Carina correndo em minha direção, gritando. Voltei ao dia em que a vi pela primeira vez e pedi para que voltássemos para aquele momento. Eu não a abordaria, deixaria que seguisse sua vida. Eu a afastaria, mesmo tão tentado a tê-la, mesmo que amá-la fosse a coisa mais linda que senti. Mesmo sendo grato por aquela mulher ser minha, eu a deixaria. Mas isso não seria possível, eu arruinei a vida dela.

Carina se ajoelhou à minha frente e pegou meu rosto entre suas mãos.

— Enzo, fale comigo, amor!

Os olhos castanhos dela estavam repletos de terror, e eu era a causa daquilo.

— Desculpe, princesa. Eu não consegui te proteger.

— Não fale isso, amor. Por favor, fique comigo.

Do que ela estava falando? Nossa, esfriou tão rápido! Mas a mão dela em meu rosto me trazia calor.

— Eu estou aqui, querida...

De repente, não conseguia falar e estava deitado no chão com ela pairando sobre mim e tentando me arrastar para longe, e mais alguém entrou em meu campo de visão: David. Ele me afastou com o pé e sussurrou em meu ouvido o quanto iria se aproveitar dela. Meu ouvido zumbia e não consegui ouvir o que ele disse a ela e o que Carina respondeu, mas, pelo jeito, irritou o idiota, porque ele deu um soco com a arma no rosto da minha namorada, que caiu desacordada.

Eu queria me levantar e mostrar ao imbecil que não se bate em mulher, mas me sentia fraco demais. Mas por que estava assim? Um tiro no ombro não devia me derrubar, a não ser que tivesse atingido uma artéria e eu estivesse perdendo muito sangue.

Ele voltou, achando que eu tinha desmaiado, e ficou surpreso ao me ver observando-o sendo o lixo humano que nasceu para ser. David inclinou-se e o rosto do babaca ficou perto demais.

— Você não devia ter feito isso, Gazzoni, agora vou ter que mandar te costurar antes do nosso joguinho. Você é um filho da puta, sabia?

Eu queria gritar, queria pegar Carina e Fabrizio e ir embora, mas meus olhos já não me obedeciam. Então os fechei, porque, às vezes, tudo que a gente precisa é fechar os olhos e fingir que tudo não passa de um pesadelo.

CAPÍTULO TRINTA E TRÊS
Carina Agnelli

Ouvi um som intermitente e meus olhos se recusavam a abrir. Estava zonza e minha memória falhava; apenas alguns flashes do que havia acontecido permaneciam em minha mente. Mas meu coração estava apertado, senti como se ele fosse se quebrar em pedacinhos minúsculos e não ser mais consertado.

O barulho começou a ficar mais alto, mais próximo. Parecia que estava dentro da minha cabeça agora. Eu só queria dormir. Sumir! Talvez, se eu fingisse que já havia morrido, eles não me incomodassem mais. Mas, então, me veio um rosto no meio daquela escuridão. Um sorriso bobo, olhos intensos, covinha de menino... Enzo! Deus, onde ele estava?

Meus olhos pareciam presos com duas toneladas no chão, meu corpo estava mole. O que tinha acontecido comigo? As lembranças do que aconteceu começaram a voltar: nosso passeio à cabana, as horas de amor que passamos naquela cama macia, o frio lá fora que nos fez aconchegar mais, os problemas que deixamos para trás. Merecíamos, pelo menos, um final de semana de paz, que foi perfeito, maravilhoso, até a chegada de Fabrizio...

Enzo me deixou furiosa ao querer esconder o que estava acontecendo e ficou frio comigo. Mesmo ninguém me dizendo nada, eu sentia que tinha alguma coisa a ver com o meu pai. Eu desconfiava de tudo, sabia que meu pai também havia se envolvido com a máfia e não era de agora e não me importava, somente Enzo me importava. Sabia que ele se sentia culpado por eu ter que passar por aquilo. Se não tivesse entrado em minha vida, eu não saberia desse lado do mundo; mesmo que meu pai estivesse envolvido, eu nunca saberia. Mas a verdade era que, de uma forma distorcida, eu agradecia por estar nesse mundo, pois o tinha. E não saber exatamente o que estava acontecendo me matou.

Nós saímos em disparada na caminhonete, enquanto Fabrizio ia à nossa frente na moto do Enzo. Louco, devia estar congelando. Em uma curva, vimos Brizio parado, a moto caída ao seu lado, e, de joelhos, ele mantinha a cabeça abaixada enquanto um homem estava de pé na sua frente com uma arma apontada para sua cabeça. Enzo freou bruscamente e disse para que eu ficasse no carro e fosse embora se algo desse errado. Como eu o deixaria? Meu coração estava disparado ao assistir tudo de longe. Ele parecia tentar convencer David de alguma coisa que o fez bater em Brizio e deixá-lo descordado. Então, se aproximou do meu namorado e começou a gritar para que eu saísse do carro, enquanto Enzo pedia para que eu fosse embora.

Resolvi sair, precisava ajudar Enzo de alguma forma. E foi tudo em câmera lenta: ele se virou e tentou correr em minha direção, David sorriu amplamente e atirou. Aquele zumbido pareceu ecoar por horas em meu ouvido quando vi Enzo caindo ajoelhado no chão. Corri ao encontro dele, que já estava caído. Meu peito apertou até que eu me ajoelhei ao seu lado e vi que tinha acertado apenas seu ombro esquerdo, mas devia ter atingido alguma veia importante porque sangrava demais e seu rosto começou a ficar muito pálido. Ele estava com dor. Seus olhos estavam baixos e parecia grogues. Segurei seu rosto entre minhas mãos, e ele me olhou parecendo destroçado. Abriu a boca para falar que sentia muito e, então, foi caindo no chão. Pedi para que ficasse, mas Enzo estava perdendo a consciência. Um homem aproximou-se e, quando olhei para cima, dei de cara com o sorriso de escárnio de David Harris. Segurei o corpo de Enzo junto ao meu quando ele caiu e tentei me arrastar levando-o comigo. David passou por cima dele, arrancando-o dos meus braços com o pé. Eu disse para ele se foder, o que o deixou com uma raiva nos olhos que, confesso, me deixou com medo. Ele sussurrou algo no ouvido do Enzo que não tenho certeza se conseguiu ouvir, pois devia estar apagado. Depois de deixar meu namorado no chão, ele aproximou-se e levou a arma até meu pescoço. Fechei os olhos por um momento, o medo me invadindo. Ele se abaixou e senti sua respiração em meu pescoço.

— Vou aproveitar cada pedacinho do seu corpo, garota. Quero te ver entregue, ou talvez goste de um pouquinho de luta. Ainda preciso pensar — sussurrou.

Meus olhos se abriram e o encarei. Meu corpo estava tenso, pois a luta dentro de mim estava ativada em um nível máximo.

— Você nunca me terá entregue, acho bom cortar minhas mãos, pois, se eu puder usá-las, mato você enquanto estiver dormindo. Prefiro a morte a ter você no meu corpo, seu estúpido! — Juntei saliva na boca e cuspi com vontade em seu rosto. Ele me olhou cheio de ódio, com um olhar maníaco, e sorriu.

— Você pediu, princesa. — Levantou a mão e me deu um soco com a arma em punho, e, aos poucos, fiquei tonta. O que seria de nós agora?

E, com esses flashes, a consciência voltou a mim como uma maldição. Minha cabeça doía e eu sentia como se uma escola de samba tocasse lá dentro. Forcei meus olhos a ficarem abertos, mas não fez muita diferença porque o local estava escuro como breu. Agucei meus ouvidos e ouvi o barulho novamente, parecia metal batendo em alguma coisa. Testei minhas pernas e as senti duras; meu corpo doía da posição que fiquei. Levantei as mãos devagar e tateei minha cabeça, sentindo bem no canto direito um líquido pegajoso e uma parte seca em meu cabelo. Devia ter machucado quando David me bateu.

Sentei-me com cuidado e fiz com que meus olhos se acostumassem com a falta de luz. Meu peito se comprimiu por não saber onde estava e qual era a situação. Onde Enzo e Fabrizio estavam? Será que estavam bem? Vivos? Percebi que estava prestes a hiperventilar e respirei fundo tentando me acalmar. A adrenalina pulsava em meu sangue e não era bom.

Alguns minutos se passaram até que pude ver vultos pelo lugar: uma mesa, cadeiras... Tentei ver mais do cômodo e, no fundo, vi dois corpos, mas parecia que tinham faróis virados para mim. Enzo estava me olhando com os olhos brilhando. Devagar, fiquei de quatro e engatinhei com cuidado. Não queria me levantar, não sabia se chamaria atenção e preferia que não. Minha respiração acelerou. Quando bati em seu pé, apressei-me e cheguei ao seu lado. Ele me olhou com os olhos arregalados de medo; eu conseguia ver seu rosto agora. Ele tinha uma mordaça na boca, que o impedia de falar. Sem demora, puxei-a e ele abriu a boca para dizer alguma coisa.

— Está tudo bem, amor. Eu estou bem. Como você está?

Ele sacudiu a cabeça e respirou fundo.

— Tive tanto medo, Carina. Achei que estava morta quando acordei, que ele tivesse te matado. Depois que ele te bateu, eu apaguei. Brizio ainda está desmaiado. — Virou a cabeça e segui seu olhar, só então vi seu primo deitado de lado em posição fetal, desacordado. — Eu não sei o que fizeram com ele, minha única preocupação era te acordar. Eu fiquei batendo nesse cano por horas.

O barulho. Passei as mãos por seus braços até que senti as algemas que o prendiam a um cano de ferro que ia do chão ao teto.

— Oh, Deus! Enzo, você está bem? E seu ombro?

— Está doendo um pouco, mas nada grave.

Estava preocupada com o tiro que ele levou e tentei sentir como estava a ferida, e percebi que havia sido enfaixada. Provavelmente costurada, mas notei que ainda sangrava um pouco por causa do esforço que fez para chamar minha atenção. Tinha que estancar aquele sangue. Levantei-me e tirei o casaco que cobria a camiseta que estava por baixo. Como ela era de material fino, não foi difícil de rasgar com os dentes. Enrolei-a como pude por debaixo da axila.

— Temos que estancar esse sangramento, amor, você não pode ficar inconsciente de novo, ok?

— Eu não vou. Preciso te proteger, Carina.

Ouvi um estalo e as luzes se acenderam, fazendo-me recuar e cair de bunda no chão, cobrindo os olhos com um braço.

— Ora, ora, o casal vinte já acordou, achei que tivesse batido mais forte.

Ouvi uma agitação ao meu lado e abri os olhos, franzindo a testa e olhando para nosso algoz. David tinha uma arma apontada para nós e Enzo estava tenso, agitando o corpo. Tenho certeza de que esse foi o motivo de tê-lo prendido. Se pudesse, meu namorado pularia no pescoço do idiota.

— O que você quer, David? Deixa Carina e Fabrizio em paz, o seu problema é comigo.

O cara riu e balançou a cabeça.

— É aí que se engana, amigo, já te expliquei isso. O problema é com todos vocês, eu sou só um peão. Mas, vamos lá, vim aqui por conta própria, quero brincar com sua garota um pouco. Está todo mundo na hora do lanche, sabe como é, né? Esses idiotas são fáceis de enganar. É só mostrar uma boa pizza, mulheres gostosas e drogas, que eles se esquecem das ordens.

Estalou a boca, piscando um olho, e aproximou-se de mim, sorrindo maliciosamente. Enzo começou a gritar e a se debater e eu recuei para perto dele em busca de proteção.

— Não se aproxime dela, seu desgraçado, eu faço tudo que precisar. Não toque na minha mulher.

O idiota estreitou os olhos para nós e parou, olhou para Fabrizio e sorriu.

— Qualquer coisa? — Enzo assentiu e David sorriu mais amplamente. — Aí sim! Vamos acordar esse cara, ele apagou com a dose cavalar de heroína que apliquei na veia. Se não tiver morrido de overdose, podemos brincar e eu nem tocarei na sua mulher.

Aquilo não me soou muito bem, mas só em não ter aquelas mãos nojentas em mim já era um alívio, porque, por mais que eu lutasse, ele me venceria.

David aproximou-se de Fabrizio e o chutou na barriga. Me encolhi para mais perto de Enzo, que grunhiu de ódio. Brizio se moveu um pouco, mas não acordou.

— Essa cara está mal. Eu não quero brincar sem ele, assim, prefiro comer sua garota.

Arregalei os olhos e respirei mais rápido. David se aproximou de uma pia que havia no canto oposto, encheu um balde de água e jogou em Fabrizio, que levantou assustado, olhando em volta.

— Beleza, agora podemos brincar. — Bateu palmas, parecendo extremamente animado com a "brincadeira". Eu não tinha ideia do que ele ia fazer. David se afastou e olhou para nós três. De esguelha, observei Fabrizio tomando conhecimento de onde estávamos e qual era a situação. — Acho que terei que soltar o príncipe italiano. Mas não tente nada, herói, ou mato sua mulher sem pensar duas vezes.

Enzo se acalmou, mas pude sentir a tensão emanando em ondas dele. David caminhou até a mesa e tirou uma .38, colocando-a no centro. Ajeitou três cadeiras e sorriu para mim, aproximou-se e puxou-me pelo braço. Com um gemido, fui com ele, mas não desgrudava os olhos do meu namorado, que me olhava tenso. Depois, pegou Fabrizio, que ainda estava meio tonto.

David olhou para Enzo e falou com ódio na voz, pontuando cada palavra:

— Nós vamos fazer o seguinte: eu vou te soltar para poder brincar. Se você fizer alguma merda, atiro na cabeça da sua namorada e decoro essa sala com os miolos dela. Entendeu? Nada de gracinhas!

Enzo assentiu e trancou o maxilar quando David jogou a chave perto da mão dele e apontou a arma para minha cabeça.

— Qualquer movimento em falso e eu estouro a cabeça dela!

Vi a força que meu amor fazia para não explodir de raiva. David estava apertando todos os botões dele e isso não era bom; eu já tinha visto Enzo fora de si muitas vezes e realmente era assustador. Ele se contorceu e fez careta, mas sem tirar os olhos fulminantes do idiota, que era homem somente com uma arma na mão.

Soltou os braços e se levantou. Fiquei com receio do que ele iria fazer, porque o dedo do Harris estava no gatilho e para ele cumprir a ameaça não custaria nada. Enzo passou por ele e sentou-se à minha frente. A mesa que estávamos era quadrada e cada um de nós estava em uma extremidade. Olhei Brizio e ele parecia um pouco aéreo, devia estar drogado, mas estava consciente, o que era bom.

— Engraçado, não planejei nada disso e tudo conspirou a meu favor. Descarreguei quase um pente inteiro num babaca lá fora, sobrou apenas uma bala. Vamos brincar, então, né? Por que desperdiçar uma bala?

Franzi a testa e olhei para o rosto sorridente do idiota. Ouvi a respiração pesada de Enzo e me virei para ele. O que estava acontecendo?

— Não faz isso, David, por favor, faço o que você quiser.

— Eu sei, você já disse isso. E é isso que quero, vocês vão brincar para eu me divertir. E se não fizer, mató sua mulher, mas antes como ela na sua frente e você não poderá fazer nada.

Enzo olhou entre mim e Fabrizio, piscando lentamente. O que estava acontecendo? David sorriu e piscou.

— Eu já rodei o tambor, você vai contar com a sorte.

— Não, David, por favor. — Enzo não era de implorar e o estava fazendo. Olhei da arma até Enzo e Fabrizio, que parecia ter ficado sóbrio de repente, mas não disse uma palavra. Havia algo diferente nele, que não parava quieto. E levantei-os olhos para o idiota.

— Você quer que a gente faça roleta russa?

— Bingo! Além de gostosa, é inteligente. Isso mesmo, gata, um de vocês tem que pagar o pedágio para sair daqui, são ordens do chefe!

Arregalei os olhos e meu coração acelerou no peito, olhei para Enzo, que estava desolado, destroçado. Não podia ser, tinha que haver outra maneira.

— Sinto muito, linda! — A voz de Enzo estava falhando como se ele tivesse algo preso na garganta.

— A Carina não precisa participar, seu problema nunca foi com ela, Harris. — Virei a cabeça, seguindo a voz de Fabrizio, que estava firme e muito séria. Ele olhava para David. — Você quer a mim ou Enzo, deixa ela de fora.

Virei-me para David, que estreitou os olhos e mordeu os lábios, batendo o cano da arma que, provavelmente, tinha só uma bala e a outra apontada para mim.

— Você tem razão, mas ela vai assistir com o cano da minha arma apontada para a cabeça dela. Qualquer gracinha, eu decoro a mesa com seus miolos.

Ele era nojento.

Enzo me olhava com os olhos brilhantes de lágrimas não derramadas. Abriu a boca e pediu desculpas sem dizer uma palavra. Eu apenas balancei a cabeça e uma lágrima desceu por meu rosto. Ele torceu a boca numa careta e baixou os olhos, incapaz de me encarar. Pelo canto do olho, percebi David se postando atrás de mim e senti o cano da arma em minha cabeça. Fiquei tensa e respirei fundo.

— Meu dedo está no gatilho, qualquer gracinha, eu mato ela. — Jogou a outra arma no centro da mesa. — Podem começar.

Tudo pareceu surreal demais. Eu achava que era tudo uma brincadeira de mau gosto. Enzo respirou fundo e, sem olhar nos meus olhos, pegou a .38 e apontou para a própria cabeça. Ele não esperou e apertou o gatilho, que deu um clique surdo sem nada mais. Meu coração poderia parar a qualquer momento.

— Oh, que peninha! Mas o bom é que teremos mais alguns minutos de brincadeira. Que a sorte esteja com vocês. Ou não.

Brizio estendeu a mão e, sem pestanejar, levou a arma até a cabeça e apertou o gatilho. Saiu o som oco e pareceu que só então eu pude respirar. A expressão em seu rosto era determinada, ele estava desligado de todo e qualquer sentimento. Também já havia visto Enzo assim.

Meu coração estava acelerado, martelando em meu peito enquanto as lágrimas escorriam livremente por meu rosto, sem barreiras. O sangue corria pelas minhas veias como lava queimando e destruindo cada parte de mim que tocava.

Os pelos dos meus braços estavam arrepiados e calafrios faziam com que eu ficasse cada vez mais tensa. O tempo zombava de mim! Um desespero me assolou e percebi que tinha começado a hiperventilar. Olhei para cima e ele me encarava com um sorriso triste, seus olhos azuis rasos d'água, e só o fato de que depois daquilo tudo mudaria fazia com que meu desespero aumentasse em proporções gigantescas. Porém, no meio daquele caos, ele tentava me acalmar. Sempre colocava minhas vontades e segurança à frente de tudo. Eu estava a ponto de desmaiar, sabia que aconteceria a qualquer minuto, e ofeguei tentando colocar um pouco de ar em meus pulmões.

Talvez, se eu fechasse os olhos, perceberia que tudo não passava de um pesadelo, daqueles terríveis que você acorda chorando e dando graças por não ter passado de um sonho ruim. Quem sabe não daria certo se eu o fizesse?

Ele me encarou e se preparou. Sabíamos que estávamos no fim da linha, era o último fio que nos ligava. Acho que naquele momento meu coração parou.

— Feche os olhos, Carina. — Sua voz embargada e que eu tanto amava fez-me voltar no tempo. Voltei ao dia em que minha vida mudou completamente.

Talvez não passasse realmente de um sonho ruim...

Tudo passou em minha mente como um filme desde o dia em que meus pais anunciaram que nossas vidas mudariam da água para o vinho, o primeiro momento em que o vi: os dias e as noites que passamos juntos em meio a palavras de amor e gemidos de prazer, a amizade entre nós quatro. A minha vida estava focada em uma bala, qualquer um que nos deixasse seria fatal, mas perder meu Enzo daquela maneira seria um desastre de proporções épicas, iria me estraçalhar, eu seria apenas um pedaço de nada.

O clique oco fez meu coração bater novamente. Abri os olhos e ele estava me encarando com a boca entreaberta. Olhou para David e balançou a cabeça.

— Você já se divertiu, cara, pare com isso. Não leve adiante, pois sabe que, no final, quem vai se ferrar é você.

Senti que David apertou a arma em minha nuca e riu.

— É aí que se engana. Pegue a porra da arma, Fabrizio, é sua vez de tentar a sorte.

Brizio pegou a arma e olhou em meus olhos, piscou um olho e apontou para a própria cabeça. Sorriu e disse:

— Diz a Jill que não passou um dia em que eu não a amasse e o farei para todo o sempre. Por favor, Carina, diga isso a ela.

Engoli em seco e senti meu peito apertando, enquanto chorava silenciosamente com o coração destroçado. Assenti e ele suspirou. Fechou os olhos, mas não apertou o gatilho. Num movimento muito rápido, levantou a arma e apertou. A porcaria disparou, derrubando David, que não teve chance de atirar.

Senti como se meu coração tivesse sido reanimado. Teríamos uma chance de escapar ilesos, afinal.

CAPÍTULO TRINTA E QUATRO
Enzo Gazzoni

Acordar naquele lugar não foi uma boa experiência, meus olhos demoraram a se acostumar com a escuridão e orei para que Carina e Fabrizio estivessem bem. Quando consegui enxergar vultos, encontrei meu primo caído ao meu lado e Carina deitada na outra extremidade.

Para não chamar muita atenção dos nossos algozes, fiquei batendo com a algema que prendia meus pulsos no cano até que ela acordou e veio em minha direção. Meu coração voltou a bater quando percebi que minha mulher estava bem. Mas tudo se tornou um pesadelo, estávamos no meio de uma brincadeira sádica de um idiota mimado.

Percebi que meu primo tinha um plano, eu podia ver em seus olhos que ele me pedia para confiar nele. E eu o faria sem pestanejar. Ele conseguiu que Carina ficasse fora da roleta russa e dei graças a Deus por isso. Zombamos da sorte por três vezes e ela estava a nosso favor.

Numa tentativa arriscada, Brizio atirou em David, e, por incrível que pareça, a arma que estava com a única bala que tiraria a vida do meu primo derrubou nosso algoz.

— Porra! — Brizio disse com a voz arrastada.

Minha respiração estava acelerada e não pensei duas vezes, me levantei e agachei-me ao lado de Carina, que tinha os olhos arregalados e parecia em choque.

— Ei, princesa, está tudo bem? — Ela olhava em meus olhos, mas estava longe, parecia aérea a tudo. — Carina, preciso que volte, amor. Temos que arrumar uma maneira de sair daqui. Vem pra mim, linda.

Me aproximei e beijei seus lábios levemente, tentando assim trazê-la de volta. Carina soluçou e eu a abracei, procurando acalmá-la, não podíamos chamar a atenção de quem estava do lado de fora.

— Calma, amor. Nós vamos ficar bem, ok? — Ela assentiu e respirou fundo. Me afastei e olhei em seus olhos castanhos, que estavam assustados.

— Pensei que o pior aconteceria.

— Eu sei, linda, mas ainda não acabou, precisamos sair daqui. Eu vou me levantar, tudo bem? — Esperei que ela concordasse e levantei, olhando para meu primo, que já estava de pé. Ele olhava David, que estava caído atrás de nós com um ferimento na barriga.

Brizio conferiu a pulsação no pescoço do idiota e olhou para mim com os olhos nublados.

— Ainda está vivo, precisamos ir antes que alguém entre. — Concordei com um aceno e Fabrizio pegou a arma que David havia usado para nos ameaçar, conferiu a munição e sorriu. — Acho que com isso conseguimos sair, mas você vai ter que usar, Enzo, ainda estou muito grogue.

Eu odiava pegar em armas, mas sabia atirar muito bem. Meu pai me forçou a aprender; mesmo a contragosto, eu me empenhei em ser o melhor atirador possível.

— Tudo bem, vamos logo. Tem alguma ideia do que vamos fazer?

Fabrizio se virou e olhou para Carina, que já tinha se levantado e observava David desacordado no chão.

— Você vai na frente e eu protejo Carina por trás. Se o que o babaca do Harris disse é verdade, não tem ninguém lá fora. — Meu primo sacudiu a cabeça. — O que esse cara pensava? Se ele matou alguém lá fora como disse, ia se ferrar.

— Ele não pensava mais, só queria nos destruir. Não se importava com mais nada — Carina disse com um fio de voz. — Espero que morra dolorosamente, desgraçado.

Engoli em seco e me aproximei dela, abraçando-a pelo ombro. Pela ferida que sangrava muito da barriga, o idiota provavelmente não sobreviveria. Arrastei-a para longe dele e olhei para Fabrizio.

— Então vamos logo, quero deixar os dois em segurança.

Brizio assentiu e nos posicionamos, empunhei a arma e me coloquei na frente para que protegesse os dois atrás de mim. Carina, que não parecia mais nem um pouco assustada, estava em alerta e se escondia às minhas costas. Quando abri a porta, dei de cara com um homem todo furado de balas. Pelo visto, David estava realmente louco e seria capaz de qualquer coisa, pois, ao executar um comparsa, ele estaria em grandes problemas.

Fiquei com os ouvidos em alerta para qualquer barulho de alguém se aproximando, mas o corredor estava vazio e vi uma porta no final dele. Apesar de tudo estar fácil demais, eu só pensava em sair daquele lugar, e depois daríamos um jeito de entrar em contato com Henrique para nos buscar. Fabrizio precisava de um hospital para ver se a droga que injetaram nele ainda estava na corrente sanguínea. E, para falar a verdade, meu ombro estava reclamando do esforço que fazia.

— Enzo, vai devagar. Tá fácil demais. — Brizio também pressentia que ainda teria mais.

Assenti e continuamos devagar. Ouvi um barulho de passos vindo do lado esquerdo, de dentro de uma sala com a porta fechada, e arregalei os olhos. Se nos descobrissem, alguém poderia sair ferido.

— Vamos embora, precisamos sair daqui.

Apressei o passo, estávamos quase correndo. Aquela porra de corredor não tinha fim? Só que meu pressentimento estava certo, ouvimos gritos atrás de nós e, quando abri a porta e saí para o vento gelado, um tiro soou e rezei para que não tivesse atingido ninguém. Continuamos correndo até entrarmos numa mata densa, mas não paramos. Depois de mais ou menos cinco minutos, eu parei e olhei para os dois, que me acompanharam sem perder o ritmo.

Carina estava sem fôlego e seus olhos muito arregalados não paravam de olhar para nossas costas.

— Ei, princesa. Está tudo bem, ok? Eles não vão nos alcançar. — Larguei a arma no chão e a tomei em meus braços, tentando apaziguar a situação tensa com um pouco de conforto.

— Será mesmo?

— Pode ter certeza! Demos uma canseira neles. — Soltei-a e me virei para falar com meu primo, tínhamos que arrumar um jeito de nos pegarem logo. — Brizio...

Não consegui terminar de falar, pois meu primo estava pálido como papel e segurava as costelas, sua mão já encharcada de sangue. Corri até ele e o segurei antes que caísse no chão.

— Eu disse que estava fácil demais.

— Porra, brother! Não faz isso, segura aí que logo chega ajuda.

Ele sorriu e sacudiu a cabeça.

— Só quero dormir um pouco, posso?

— Não, já dormiu demais, filho da puta. — Me virei para Carina, que estava horrorizada. — Amor, eu vou carregar ele e você vai na frente à procura de alguma casa, liga para o seu tio e pede para ele nos buscar.

Ela assentiu, mas vi certa determinação em seu olhar. Carina se aproximou e olhou onde Brizio segurava o ferimento, do qual estava saindo bastante sangue.

— Tira a sua camisa, Enzo, e pressiona bem o ferimento. A bala não atravessou, ele precisa ser atendido com urgência.

Fiz o que pediu e tentei estancar o sangue com a camisa. Segurei meu primo com força em meus braços e olhei para ela. Carina estava parada no mesmo lugar e parecia que poderia entrar em choque a qualquer momento.

— Amor, vai!

Ela olhou para mim, muito assustada e insegura, mas estava determinada a ajudar Fabrizio; o medo de deixá-lo estava claro em seu olhar.

— Ele vai ficar bem?

Sorri para tentar tranquilizá-la, mas eu não tinha como saber, as coisas tinham fugido totalmente do controle. Porém, precisava que ela me ajudasse.

— Vai sim, esse italiano é duro na queda. Agora vai, amor, não sai da trilha, eu te acho, ok? Corre em linha reta, essas matas não são muito densas.

— Continua pressionando, tá? Se mantiver o sangue o máximo possível dentro do corpo, ele terá mais chances de sobreviver.

— Pode deixar, e você toma cuidado!

Ela assentiu e começou a correr. Por mais que eu estivesse preocupado por ela estar sozinha, eu precisava de ajuda para Fabrizio o mais rápido possível. Peguei meu primo em meus braços e comecei a andar mata adentro. Ele gemeu de dor e tentei ao máximo amenizar o impacto, mas precisava correr.

— Porra, sempre soube que você tinha uma quedinha por mim, cara. Tá me levando pro altar?

— Cale a boca, nem morrendo você pode falar sério?

Ele riu e gemeu.

— Pra quê? Você precisa lembrar de mim assim, cara.

— Não fale besteira, Brizio. Você vai ficar bem, continua pressionando isso daí.

Meu primo sempre foi brincalhão e não me surpreendia ele querer fazer piada em um momento como esse, mas eu estava com muito medo de que ele não resistisse. Era um irmão para mim, estava sempre comigo e, se ele morresse, seria minha culpa. Eu não devia ter me envolvido com Carina, não devia ter batido no Harris. Droga! Não devia ter deixado Fabrizio para trás.

— Cara, você precisa dizer a Jill que eu sinto muito não poder realizar o sonho dela, mas que vou sempre estar protegendo-a.

Porra, minha garganta estava fechando e por isso não consegui brigar com ele. Apenas assenti e percebi que ele soltou mais o corpo em meus braços. Logo chegamos a um campo aberto com algumas cabanas na encosta de um pequeno lago. Carina acenava de uma delas e me aproximei.

— Henrique já está perto, ele rastreou sua moto e a caminhonete do Brizio. Parece que os idiotas a levaram com eles. Disse que já "visitou" onde estávamos.

Assenti sem poder falar, pois estava cansado de correr com meu primo nos braços. Sentei-me na escada e olhei para Brizio, que ainda tinha os olhos abertos, mas parecia desligado de tudo.

— Carina, onde estão os donos da cabana?

— Eles me escutaram falar sobre o que aconteceu e disseram que deixariam vocês irem embora porque não queriam problemas.

Assenti sorrindo amargamente. Minha vida era assim, as pessoas fugiam de mim e do que eu representava.

— Você está bem, princesa?

Olhei para cima e ela sorriu, sentando do meu lado.

— Estou com dor de cabeça do soco que levei, mas fora isso não tenho nada de grave. E você, como está?

Olhei em seus olhos e sabia ao que se referia, ela queria saber se eu tinha algum ferimento ou algo assim. Com meu primo em meus braços entre a vida e a morte, apenas uma coisa me doía em tudo que me cercava: a violência e o perigo que corriam as pessoas que eu amava. Meu peito parecia que ia explodir de tanta culpa, mas ela não precisava de mais essa preocupação, já tinha passado por muita coisa.

— Estou bem, vou ficar bem.

Ela assentiu e passou a mão por meu ombro, verificando a tala que havia feito e que sangrava pelo esforço que fiz ao carregar Brizio, sem contar que doía como o inferno.

— Precisamos ver isso, não sabemos o que usaram para costurar.

— Tudo bem.

Carina franziu a testa com minha voz apática.

Passou-se uns cinco minutos e meu primo desmaiou, mas ainda respirava. Henrique chegou com duas caminhonetes cheias de homens. Levantei rapidamente e corri com Brizio para o veículo. Henrique se aproximou e, sem olhar para trás, eu disse:

— Leva a Carina pra casa, eu vou para o hospital com o Fabrizio.

Ele arqueou as sobrancelhas e olhou para a sobrinha, que vinha em nossa direção.

— Tem certeza?

Fechei os olhos e assenti, entrei na caminhonete e ordenei que nos levassem ao hospital. Ouvi Carina me chamando, mas não podia atendê-la. Agora ela estava em segurança.

CAPÍTULO TRINTA E CINCO
Carina Agnelli

Estar naquele lugar era doloroso demais. Uma vida perdida já era muito ruim, se era alguém que você ama, então, pior ainda. Sentia como se meu peito estivesse se estraçalhando, parte por parte. Escutar aquele choro sentido sem poder fazer nada a respeito estava me sufocando.

Depois de o Enzo ter me deixado, Henrique me levou para casa. Ainda não sabia como me sentir, achei que estava em choque por tudo que aconteceu e fui direto para o banheiro tomar um banho relaxante. Depois iria para a casa dele em busca de novidades do Brizio. Era estranho estar no meu quarto novamente. Depois de meses ficando com meu namorado, estar sozinha estava sendo muito incômodo.

Já estava vestindo a roupa quando minha mãe entrou aos prantos no quarto falando sem parar que meu pai havia levado um tiro e foi para o hospital e que era tudo culpa dessa gente. Eu não podia acreditar que aquilo estava acontecendo. Era muita desgraça para um dia só. Após eu tentar acalmá-la, ela disse que tinha sido superficial e que ele estava bem, no dia seguinte estaria em casa.

Aguentei-a por horas falando do perigo que era se envolver com Enzo e acabei revelando que sabia o quanto eles também estavam envolvidos. Mamãe era meio dramática e saiu chorando, nem mesmo percebendo o quanto eu estava abalada. Não mencionei nada do que aconteceu; ao que parecia, ela não tinha ideia do que passei, ou não queria saber.

Fiquei esperando por notícias e, quando elas chegaram, não pude acreditar. Já era de madrugada quando recebi uma mensagem de texto do Enzo, suas palavras frias e sem sentimentos.

"Meu primo não resistiu, o enterro será amanhã de manhã."

E nada mais.

Olhei para a janela do meu quarto. O vento zumbia lá fora, forte, como se estivesse tudo ensaiado para uma cena de drama. Senti todas as coisas que passei naquele lugar novamente, mas agora vinha em forma de culpa e tristeza. Fabrizio levou um tiro me protegendo. Eu não escutaria sua risada nem o veria mais, a alegria de viver daquele homem era contagiante.

Engraçado como as coisas perdem as cores quando sua vida está saindo do controle.

O dia amanheceu cinzento e parecia que ia chover, mas não aconteceu, apenas ficou frio demais. Assim como nossos corações. Eu observei Jill sendo amparada por Enzo, ela estava destruída. A cada palavra que o padre dizia, era ouvido um soluço de partir o coração.

A família preferiu que tudo fosse feito com o caixão fechado, queriam lembrar-se dele como era em vida, não pálido e sem sua alegria inabalável.

O vento soprava impiedosamente tentando levar a tristeza, mas ela havia feito morada em nossas almas. Até os pássaros que viviam por ali não soltaram um pio sequer. O que se ouvia eram apenas lamentos. E, apesar de toda a dor, eu só conseguia me lembrar de como Fabrizio amava a vida e recordei de uma frase que dizia o seguinte: *"Não importa como uma pessoa morre, mas sim como ela vive"*. [1] E ele viveu plenamente, amando intensamente. Mesmo no meio de tudo que estava envolvido, ele tentava ser feliz. Carregava o mundo nas costas, medo, culpa, gratidão, porém, ainda assim, tinha motivos para sorrir. O funeral de Fabrizio foi como se todos estivéssemos sendo enterrados com ele. Nossos sonhos, ilusões e expectativas foram destruídos com aquele tiro que tomou a vida de um grande amigo. Ficava, então, a saudade do ser humano maravilhoso.

O caixão foi descendo e com ele nosso querido amigo. Permaneceu somente a lembrança de um homem sorridente que perdeu a vida antes da hora, como muitos que vivem nesse mundo.

As consequências das nossas escolhas podem refletir em quem mais amamos.

Eu estava sem saber como agir, o que fazer. Minha mãe tinha ido ficar com meu pai no hospital, não quis nem saber de me acompanhar. Porém, achei que iria encontrar o Enzo e que ficaríamos juntos. Imaginei o quanto devia estar arrasado e queria apoiá-lo. Contudo, ele nem mesmo olhou para mim. Sabia que meu namorado não lidava bem com o luto, mas eu também estava sofrendo, Brizio era meu amigo!

Quando acabou, fiquei olhando para Enzo e Jill, que conversaram por alguns minutos; ele disse alguma coisa e ela assentiu. Logo deu a volta e foi embora como todos os outros. Só então que ele olhou para mim, mas não era mais o homem que conheci, o cara que amava, o menino com um sorriso lindo.

Ali na minha frente estava um ser cruel, que havia perdido seu coração. Os olhos azuis pareciam ocos e sem vida, não tinham mais o brilho de antes, os lábios estavam inchados de tanto morder. Ele tinha esse hábito quando estava nervoso ou chateado.

---

1   Frase de Samuel Johnson (escritor e pensador inglês).

— Você está bem?

Ele não respondeu de imediato, estava olhando em meus olhos e me senti um pouco desconfortável com aquilo, pois não era com amor que me fitava.

— Como estaria bem depois de tudo isso? — Sua voz estava grossa, embargada e triste.

Dei um passo à frente, tentando me aproximar, e ele recuou. Aquilo me doeu tanto. Por mais que ele tenha sido frio desde que fomos "resgatados", não tinha ficado exatamente claro que não me queria por perto, mas essa rejeição machucou de verdade.

— O que foi, Enzo? Está acontecendo alguma coisa?

Ele engoliu em seco e enfiou as mãos nos bolsos da calça. Virando-se, olhou para a terra remexida onde agora o corpo de Fabrizio descansava.

— Está acontecendo, Carina, que não aguento mais viver essa vida, ver pessoas que amo serem mortas, estar no meio de tudo e não poder fazer nada. Não aguento mais sustentar uma rede que abomino, não quero mais ver ninguém morrer por minha causa.

Enzo estava de perfil, olhando para baixo, tenho certeza de que sem enxergar nada realmente. Mas de relance vi que as lágrimas escorriam por seu rosto, deixando minha mente confusa e meu coração partido.

— Você precisa parar de se martirizar tanto. Nem tudo acontece por sua culpa ou porque está envolvido, as coisas simplesmente são o que são. Fogem do nosso entendimento quando alguém que amamos perde a vida, mas nem tudo é como a gente quer.

Muitas vezes me irritei com ele por essa mania de perseguição, de achar que tudo era porque ele estava envolvido, porém, Enzo esquecia a origem que sua família tinha, em que todos estavam envolvidos. Ele era apenas um peão sendo jogado para todo lado.

Ele olhou para mim com os lábios presos numa linha fina, enquanto a raiva faiscava dos seus olhos, e confesso que fiquei com um pouco de medo, não do que ele pudesse fazer comigo, pois eu confiava piamente nele e sabia que nunca me machucaria. Recuei um pouco até que encostei numa árvore e apoiei as mãos no tronco para me equilibrar e não levar um tombo.

Enzo foi aproximando-se e estava cara a cara comigo com o rosto banhado de lágrimas de tristeza e sua respiração forte soprava em minha face.

— Você acha que estou me martirizando, Carina? Você não entende e nunca vai entender. Sempre viveu em seu mundo colorido e de algodão doce, não percebe a destruição à sua volta, as trevas dentro da sua casa. Nunca parou para pensar que o que põe comida na sua mesa é o que destrói milhares de famílias. Nunca sentiu nojo de si mesma, sempre teve o que queria sem nem mesmo saber a origem. Sua vida foi fácil demais na ignorância e você se aproveitou disso. Mesmo agora que tem consciência de tudo, está feliz assim. Para você, só importa ter a faculdade paga, suas roupas de marca no guarda-roupa, uma vida descomplicada e fácil demais... Estar envolvida com o cabeça de uma rede de tráfico só adiciona uma coisa a mais na sua lista de "aventuras". Acho que deu um pulo gigantesco desde o seu vício de praticar esportes radicais, não? — Sorriu com escárnio, respirou fundo e aproximou-se mais, colando os lábios em meu ouvido. Meu corpo traidor o conhecia bem e respondeu, arrepiei-me toda só pela proximidade e perigo que ele representava. — Então, não venha me dizer que estou me martirizando por ser a todo momento consciente de tudo que sempre envolveu minha vida.

Afastou-se, olhando em meus olhos, e só consegui ver rancor e ódio. Não tinha mais o amor que ele proferiu inúmeras vezes nem a devoção e o carinho que me prometeu.

Doeu demais aquilo. As pessoas tendiam a dizer coisas que não queriam quando estavam sofrendo, mas também costumavam dizer o que estava engasgado dentro delas. A dor já fazia sofrer demais e não se importavam com as consequências dos seus atos.

— Por que você está falando isso pra mim, Enzo? Pensa realmente assim depois de tudo que vivemos?

Ele sorriu, um sorriso cruel e sacana. Essa era a porta que faltava fechar para prender meu coração.

— Eu nunca fui alguém que você deveria se envolver. Sou radioativo, Carina. Deveria ter deixado você continuar nessa sua vida sem graça e cega, mas a tentação que senti ao ouvir que seria inalcançável ativou em mim uma parte que sempre tentei manter à margem. Eu quis o que não podia ter.

Eu já respirava fortemente depois de ouvir aquilo tudo. Já não sentia meu coração bater, ele tinha sido reduzido a cinzas.

— Quer dizer que tudo que me disse, todo amor que tinha por mim, foi nada mais do que uma brincadeira? Um capricho?

— Entenda como quiser, mas não quero mais ficar com você. Desde que chegou, minha vida começou a desandar de uma maneira que não posso controlar. Não quero mais você no meu caminho.

Engoli em seco e já não segurava as lágrimas que inundaram meus olhos. Ele estava acabando tudo porque estava sofrendo.

— Você está me mandando embora de novo? Eu não vou voltar...

Enzo Gazzoni se desnudou à minha frente, mas não como da outra vez que ele prometeu me amar e disse estar sem nada para esconder. Dessa vez, estava o verdadeiro, o garoto que cresceu rodeado de bandidos e havia se tornado um. Ele se aproximou e roçou os lábios nos meus levemente. Com a boca na minha, enterrou meu coração.

— Você não devia ter saído do seu conto de fadas, precisa voltar para a sua vida perfeita. Aqui não encontrará mais diversão. Vá e não volte, *cara mia*.

Afastou-se e foi embora sem nem olhar para trás. Meu peito doía, parecia que tinha toneladas em cima de mim que me empurravam para baixo e eu não conseguia me erguer. Sentei na grama e fiquei olhando para o túmulo de Fabrizio. O estampido da bala que matou meu amigo destruiu a minha vida. Tinha certeza de que o que mudou Enzo foi a perda do melhor amigo.

Não pude conter os soluços que brotaram em meu peito. Eu não lutei mais contra, precisava tirar toda aquela dor de dentro de mim. Apesar de tudo, me critiquei por não lutar, gritar e espernear. Mas eu estava cansada de ser mandada embora. Não era nada daquilo que ele disse. Ou era?

Meu corpo parecia ter sido feito de papel, não pesava nada. Ou pesava uma tonelada. Fechei os olhos e encostei a cabeça na árvore, tentando controlar minhas emoções e voltar para casa. Precisava dar um rumo na minha vida, precisava pensar no que fazer, tinha que aprender a voltar a viver depois de ter sido enterrada viva por alguém em quem confiei tão cegamente.

Senti um toque leve em meu rosto e olhei para cima com esperança, pensando ser ele que se arrependeu e voltou. Mas dei de cara com os olhos da Jill, que me observava com tristeza e pena.

— Levanta daí, querida. Vou te levar para casa.

Olhei para ela, surpresa. Desde que chegamos à capela, ela mal conseguiu dizer uma palavra e agora queria me consolar. Peguei sua mão estendida e me levantei, enxugando as lágrimas que não paravam de cair.

— Jill, eu... sinto muito por tudo! Amava Fabrizio como um irmão e perdê-lo partiu meu coração. Queria ter feito mais para ajudá-lo. — Apesar de ter feito o possível, naquele momento, acreditava que poderia ter feito mais e sentia como se tivesse falhado de alguma forma. Eu tinha certeza de que essa dúvida ainda iria me assombrar.

Ela sorriu tristemente e assentiu.

— Eu sei, Carina. Agora precisamos cuidar de você.

Acompanhei-a em modo automático, sentia como se estivesse sendo guiada até o carro por linhas invisíveis que controlavam meus atos. Jill não soltou minha mão nem um segundo e, quando me colocou no banco do passageiro, fiquei olhando pela janela e vendo as casas passarem. Tomei minha decisão ali mesmo. Ela parou em frente à minha casa e sorri para minha amiga, que, ainda abatida, tirou um momento da sua dor para cuidar de mim.

Me inclinei e a abracei apertado.

— Eu realmente sinto muito, Jill. Espero que você consiga superar logo e venha me visitar.

Ela afastou-se e franziu a testa, olhando-me atentamente.

— Como assim?

— Eu vou voltar para o Brasil. Hoje ainda, se conseguir passagem.

— Mas, Carina, e a sua vida aqui? Ela não acabou só porque Enzo terminou com você.

Sorri para ela e assenti. Mesmo que minha garganta estivesse obstruída com a vontade de chorar, me segurei.

— E por isso vou embora. Preciso recomeçar longe disso tudo, mas levo você no coração, minha amiga. Vem me visitar, o Brasil é um lugar lindo para espairecer. Te levo pra "turistar" no Rio.

Jill respirou fundo e pareceu ponderar sobre algo. No final, assentiu e sorriu.

— Se eu conseguir, te encontro em pouco tempo, será bom mudar de ares.

— É assim que se fala! Eu tenho que ir, não vou nem me despedir, então, te vejo em breve.

— Ok, bom retorno, amiga, e fica bem.

— Você também...

Abri a porta e saí, dei uma última olhada para ela e torci para que cumprisse o que disse; eu queria que Jillian ficasse bem. Antes de abrir a porta de casa, ela me chamou e virei para o carro. Ela me olhava da janela do passageiro, que estava aberta.

— Ele te amou de verdade, Carina.

Meu coração deu uma batida forte, mas logo parou. Depois de tudo que ele me disse, era difícil acreditar nisso. Contudo, Jill já estava sofrendo por causa do amor perdido, não precisava dos meus problemas. Acenei para ela e entrei em casa.

Era hora de recomeçar.

CAPÍTULO TRINTA E SEIS

Enzo Gazzoni

Quando você toma conhecimento do erro que faz sua vida andar para trás é a sua chance de consertar as coisas.

Precisei de um choque de realidade para visualizar tudo que cercava minha vida. As coisas que passamos, o medo que senti, a angústia do que não conhecia... tudo contribuiu para que eu tomasse a única decisão possível. Precisava escolher e não tinha muito tempo.

Só não pensei que doeria tanto, que me machucaria a ponto de quase desejar morrer a sentir aquilo. Era algo que nunca imaginei passar e a culpa era um peso constante em minhas costas.

Presenciar a dor da Jill também não foi nada fácil, mas a apoiei e tentei amenizar tudo que aquilo causou... e ainda iria causar. Só esperava que um dia ela pudesse me perdoar, porque eu não tinha ideia se eu poderia perdoar a mim mesmo.

Mas tudo que foi feito precisava acontecer.

Eu precisava que ela fosse embora e Carina não iria se desconfiasse de alguma coisa. Ela não partiria se ainda sentisse o meu amor. Então, fiz sangrar a ferida que sabia que estava aberta. Usei sua dor e culpa como um artifício para que ela fosse embora. Eu virei a confiança que tinha em mim contra ela e fui em oposição a tudo que sentia para protegê-la. Não voltaria atrás em minha decisão. Porém, eu não estava preparado para o olhar em seu lindo rosto e a desolação que vi dentro dela. Eu destruí tudo e qualquer coisa que tivemos e poderíamos ter com a confirmação de que a culpa da morte do meu primo era dela. A mulher que sempre foi forte agora estava completamente dilacerada.

E agora eu estava parecendo realmente um bandido me escondendo dessa maneira. Era como se tudo estivesse começando de novo, estava perseguindo-a sem nenhum escrúpulo. Só que agora mais cuidadoso, Carina não podia perceber minha presença.

Vi quando ela saiu da casa dos pais acompanhada pela mãe até o táxi que a esperava. Não tinha ideia de que iria embora tão rápido. Mas o que eu queria? Magoei-a tão profundamente que tinha certeza de que ela se lembraria disso por muito tempo.

Carina nem mesmo olhou para trás quando o carro partiu levando-a ao aeroporto. Eu ainda a segui até lá. Fiquei curioso e, ao mesmo tempo, muito chateado porque ninguém a acompanhou para se despedir. Precisei de uma força sobre-humana para não ir até ela e dizer tudo que tinha guardado no peito. Ver seus olhos sempre tão quentes e cheios de alegria se apagarem, e por minha culpa, foi como se alguém enfiasse uma faca em meu peito e a torcesse sem dó.

Eu a segui até o portão de embarque, tinha que ter certeza de que estava mesmo indo embora. Antes de entrar, ela se virou e colocou a mão acima do peito. Me escondi atrás da pilastra com o coração acelerado. Mas, lá no fundo, fiquei feliz que ainda tínhamos uma ligação; de alguma forma, ela sabia que estava sendo observada, mas num lugar tão cheio de gente era normal esse tipo de sensação.

Senti como se estivesse sufocando, até mesmo visualizei a cena. Carina vinha em minha direção e queria tirar satisfação do motivo de eu estar observando-a se fui eu quem a mandou embora. Pois é, minha mente pregava peças demais desde a manhã em que eu destruí meu coração e o dela.

Mas quando abri os olhos e me virei, ela já tinha partido. Eu senti aquela dor somente uma vez na minha vida: quando perdi minha mãe. Era como se arrancassem minha alma sem nenhuma maneira de ser devolvida. Estava vazio e não sentia nada mais do que agonia por ter perdido a parte mais importante da minha vida. E o pior era que, dessa vez, a culpa era toda minha.

Eu precisava extravasar aquele sentimento!

Andei pelo aeroporto de cabeça baixa e as mãos enfiadas nos bolsos da calça. Percebia as pessoas se afastarem de mim e nem mesmo arrisquei um olhar para elas. Eu não queria mesmo que ninguém se aproximasse. Como disse à Carina, eu era radioativo. Quem ousava chegar perto era contaminado pela escuridão da minha vida e ficava com marcas profundas. Eu não era digno de sentimentos bons; depois de tudo, me conformei com isso, minha sina havia sido desenhada lá na Itália, antes mesmo de eu nascer, quando o destino dos Gazzoni foi traçado.

Assim que pisei na calçada, peguei o celular do bolso e disquei. No segundo toque, a pessoa atendeu.

— Já foi feito, ela foi embora. — E desliguei sem esperar por qualquer resposta, meu ódio aumentava a cada minuto e precisava colocar rédeas nele. Montei na minha Harley e pilotei até a academia sem nem mesmo me importar se estava burlando leis e descumprindo regras que foram impostas a mim.

Assim que passei pela porta, Jack me olhou do centro do octógono com o mesmo respeito que vi tantas vezes a cada luta que vencia, a cada obstáculo que ultrapassava.

— Eu não preciso que me diga nada, pois sei de todo o mal que minhas escolhas causaram. Não quero nenhum sermão, só estou aqui porque preciso extravasar essa dor que me consome a cada segundo que me dou conta de tudo que perdi.

Ele olhou para mim e assentiu. Depois de todos esses anos treinando, eu sabia muito bem o que ele pensava sobre tudo que eu vivia e sobre minhas escolhas, mas, acima de tudo, Jack me respeitava, entendia o que era não ter escolha. Nunca fiquei tão grato pela compreensão de alguém.

Baixei a cabeça, me sentindo um pouco humilhado pela amizade incondicional do meu mestre. Tirei os sapatos e a camisa, caminhei a passos lentos até o canto e deixei minhas coisas no banco, olhei para o protetor de mão e me perdi por um momento, eu precisava sentir algo maior do que aquilo que me despedaçava por dentro.

Alonguei meus ombros e pescoço e subi no ringue. Jack olhou para as minhas mãos nuas e balançou a cabeça em desaprovação.

— Causar dor a si mesmo não vai trazer nada de volta, Enzo. Você precisa colocar a cabeça no lugar e pensar com calma em suas ações. Eu estou aqui para te ajudar a queimar as energias que estão te sufocando, mas não vou ver você se destruir por nada nesse mundo.

— Sei o que estou fazendo, cara. Minha cabeça está fria, assim como meu coração. Preciso sentir alguma coisa, não tem nada dentro de mim.

— É aí que se engana, amigo. A vida é muito mais do que a definimos. Você não pode tomar decisões por fatalidades que acontecem, nem tudo é culpa sua e nem sempre temos controle.

— Eu sei, mas, se tenho o poder de controlar certas coisas e proteger quem amo, o farei. Mesmo que me machuque no final.

Jack assentiu e começou a se movimentar.

Minha vida foi recheada de sofrimento, dor, mortes, escolhas erradas, mas nem sempre minhas, pois em muitas coisas que aconteceram eu não tive escolha. Contudo, agora que tomei o controle do meu destino, não recuaria.

A cada porrada que a vida me desse, eu levantaria os punhos e devolveria na mesma moeda. Não era um cara de jogar a toalha. No ringue, era o dono das minhas escolhas, um justiceiro das ruas. Seguiria minhas próprias regras e não permitiria que magoassem minha família nem as pessoas que eu amava.

Era um Gazzoni e honraria esse nome exatamente como ele foi forjado, assim como ele foi marcado. Com sangue e vingança. Meu pai fez sua escolha anos atrás e agora eu faria a minha.

Se para protegê-la eu teria que destruir seu coração, assim o faria. E não pensaria duas vezes antes de exterminar qualquer um que ficasse em meu caminho ou ameaçasse a vida dela.

CONTINUA EM...

AGRADECIMENTOS

Estou sempre dizendo que *Roleta Russa* é um livro diferente, não apenas pelo enredo e sua história, mas por tudo que significou na minha vida. O processo de escrita foi em uma fase difícil que eu estava enfrentando e **não conseguia "funcionar" direito**, então uma amiga me disse o seguinte: "Usa todos esses sentimentos e faz esse livro ficar maravilhoso".

Bem, eu tentei...

Roleta Russa me ajudou a superar meses de tristeza e saudade. Me ajudou a superar a mim mesma e a pensar de forma diferente, sentir mais, aproveitar mais a vida. Os livros para mim não são apenas um emaranhado de palavras, não são apenas fruto da minha imaginação, eles são como melhores amigos. Cada personagem, cada sonho, é tudo **tão real quanto** essas palavras que você está lendo agora.

Por isso, de antemão, eu agradeço por permitir que meus sonhos, sentimentos e superações entrem na sua vida de alguma forma e espero de coração que se apaixone tanto quanto eu me apaixonei por esse mundo incrível.

Graças a Deus eu tenho uma família maravilhosa que está sempre ao meu lado me apoiando e dando forças para que eu leve um dia de cada vez, superando cada obstáculo. Este livro é dedicado ao meu principal incentivador, meu amigo, namorado, meu esposo, meu Gu. Obrigada por tudo que vivemos juntos e que ainda iremos viver. Você sempre será uma linda escolha!

Ao meu lindo menino de sorriso sincero, meu filho, minha vida inteira. Ele é a luz dos meus dias, os abraços de amor, o carinho que preciso. Obrigada, filho, por me honrar tendo você na minha vida, amo você com toda a minha alma. Escolher você é tão fácil como respirar.

Agradeço de todo coração **às** minhas amigas, betas e incentivadoras. Meninas que estão ao meu lado diariamente brigando comigo e me dando puxões de orelha. Vocês não fazem ideia do quanto são importantes para mim. Obrigada por não desistirem mesmo quando eu quero fazer isso.

Às minhas parceiras, blogueiras e amigas, obrigada pelo apoio de sempre, o carinho comigo e meus livros. Obrigada por estarem sempre dispostas a me ajudar. A todos os blogs que me ajudam e ajudaram desde que entrei nessa carreira, deixo meu agradecimento verdadeiro e de coração. Sem vocês, eu não teria conseguido chegar onde cheguei. Obrigada!

Um obrigada gigante à Editora Charme pelo carinho, confiança e amor comigo e meus livros. Obrigada por acreditarem no meu potencial até mesmo quando eu não acredito mais. Obrigada a toda a equipe que fez um trabalho incrível, teve paciência e cuidou do meu Enzo de uma forma maravilhosa. Não consigo traduzir em palavras toda a minha gratidão e amor. Muito obrigada mesmo!

Aos meus lindos leitores, milhares de vezes obrigada, obrigada, obrigada! Espero de coração ter conseguido fazer o meu melhor para essa história e que vocês possam sentir tudo que passei para o papel. Estou torcendo muito para que Enzo e toda a família Gazzoni encantem vocês de uma forma irreversível.

Obrigada por estarem ao meu lado até nos momentos em que não sabem que eu PRECISO que estejam!

E um brinde às melhores escolhas da vida!

Gisele Souza 🖤

Entre em nosso site e viaje no nosso mundo literário.
Lá você vai encontrar todos os nossos
títulos, autores, lançamentos e novidades.
Acesse www.editoracharme.com.br

Além do site, você pode nos encontrar em nossas redes sociais.

 https://www.facebook.com/editoracharme

 https://twitter.com/editoracharme

 http://www.pinterest.com/editoracharme

 http://instagram.com/editoracharme